私奔

方野 著

团结出版社

图书在版编目（ＣＩＰ）数据

私奔 / 方野著. -- 北京 : 团结出版社, 2014.5
ISBN 978-7-5126-2746-8

Ⅰ.①私… Ⅱ.①方… Ⅲ.①长篇小说—中国—当代
Ⅳ.①I247.5

中国版本图书馆CIP数据核字(2014)第070213号

私奔

出　版：团结出版社
（北京市东城区东皇城根南街84号　邮编：100006）
电　话：（010）65228880　65244790
网　址：www.tjpress.com
E-mail：65244790@163.com
经　销：全国新华书店
印　刷：北京华忠兴业印刷有限公司

开　本：787×1092　1/16
字　数：198千字
印　张：12.5
版　次：2014年6月第1版
印　次：2014年6月第1次印刷

书　号：978-7-5126-2746-8/I.947
定　价：30.00 元

一、见怪不怪，哥哥要把妹妹爱

1

高成爱上妹妹是在院子里的葡萄架下。

那天中午，高成回来一点多了。往屋里走的时候，他发现葡萄架下凉席上睡着一个女孩。女孩身穿粉红色连衣裙，紧翘的臀部包进裙子里，显出一道优美的曲线；只看背影，他就觉得女孩实在太美了。

他蹑手蹑脚绕到女孩前面看一眼，惊呆了，美丽女孩不是别人，正是妹妹玉叶！要在往常，他会蹑手蹑脚走过去胳肢她，笑得她满炕打滚；他会拿一根毛毛草在她的鼻孔里拨弄，让她痒痒。可是今天他做不到，仿佛睡在葡萄架下的不是妹妹，而是一个陌生女孩。他的思维有些混乱。他闭上眼睛，轻轻摇头，想把刚才的印象拼命从感觉中驱除出去，但是没有做到。他心里发颤，脸上发烧，周身的血液一阵一阵往头上涌。

以前妹妹从来没穿过这种款式、颜色的裙子，今天穿上它，她一下子长大了许多，艳丽了许多。

他再没敢走近她，也没有马上离开她，而是站着不动，用欣赏的目光看着她。

玉叶没枕枕头，头下垫着两只手。旁边扣着一本书，是夏绿蒂·勃朗特的《简·爱》。她乌黑的短发有些蓬乱，睫毛又黑又长；她额头上和鼻尖上渗出几滴晶莹的汗珠；她的脖颈很白，白得令人眩晕；她肩上的一只裙带掉到胳膊上，裸露出胸膛的上半部分，再往下就是……高成不敢再往下想了。

这时，玉叶开始翻身。高成又看见她洁白的大腿，心里产生了一种从未有过的

异样感觉。他害怕玉叶忽然醒来，一边看，一边往外退。他痛苦地摇着头，整个脑袋都涨大了。

由于思绪太乱，高成没到厨房吃晚饭，重新来到外面的水渠上，靠着一棵白杨树站下了。他回味刚才的情景，思绪定格在玉叶的睡姿上。以后十多年里，不管是结婚娶妻，还是和情人幽会，他不想玉叶还好，一想起玉叶，便马上兴致全无。当和她们在一起的时候，他又没有一次不想起玉叶。因此在男女感情上，他一直被折磨得非常痛苦。

一会儿，玉叶来叫高成吃午饭。她和往常一样把他的手拉住，另一只手毫无顾忌地搭在他的肩上。高成感觉一股电流传遍全身，脸上烧得冒汗，垂下眼睛不敢看她。玉叶浑然不觉，像只喜鹊似的叽叽喳喳说这说那。

一家四口围坐在一起吃午饭。高成既不抬头，也不说话，机械地往嘴里扒拉饭。玉叶和父母都看出他有心事，又不好问他有什么心事，只是不停地互相交换眼色。

高成回到自己屋里睡午觉。但他睡不着，也不想睡着。他躺在炕上，回味刚才看到的情景，怎么也平静不下来。这是他有生以来第一次对一个女孩产生奇妙的感情，而这个女孩竟然是他的妹妹。

2

十几年前，文仙虎想领养县福利院的孤儿高成。当时高成刚满5岁。政府的领养条件是：一、收养后高成仍然姓高；二、高成到底做不做文仙虎的儿子，要等到他年满十八周岁自主决定；三、政府每年给文家一定的经济补偿。办理完领养手续后，文仙虎把高成领回来了。

一进院子，文仙虎就朝屋里喊："叶子，快来看，我给你领来哥哥了。"

当时玉叶只有三岁，走起路来还不太稳当。她从屋子里跑出来，后面跟着妈妈吴月华。玉叶怯生生地望着高成，高成也怯生生地望着玉叶，两个人都不说话。

吴月华对玉叶说："还愣着干什么，快叫哥。"

玉叶甜甜地叫了一声"哥"，走过去把高成的手拉住了。接着他们就到一边玩去了。

文仙虎让高成叫他大叔，叫吴月华大婶。

高成淡化了对父母的思念，很快融入这个家庭。他和玉叶两小无猜，在一起玩耍。高成像亲哥哥一样关心玉叶，玉叶像亲妹妹一样服从高成。他们也吵架，也闹别扭，但是很快就和好了。

高成越长越可爱。

在他长到 6 岁的时候，文仙虎和吴月华商量，将来让玉叶做高成的媳妇，这样玉叶就不用嫁出去，把两个孩子都留在身边了。

有一天，吴月华笑着问高成："高成，想不想娶玉叶做媳妇？"

高成没回答，头一扭跑了。

他找到玉叶，用十万火急的口吻说："大事不好啦！大叔大婶要让你给我当媳妇。"

玉叶问："当了媳妇还能不能给你当妹妹？"

"不能。"高成说，"我也不能给你当哥哥了。"

玉叶意识到问题的严重性，瞅着高成问："怎么办？"

高成说："做夫妻没什么意思，不如做兄妹。大叔和大婶倒是夫妻，他们动不动就吵架，一点意思也没有。"

"他们还打过架呢。" 玉叶说，"有天晚上我睡到半夜醒来，看见我爸趴在我妈身上咬我妈的嘴。我妈被他压得直呻唤。我吓得连气都不敢出。"

两人商量的结果是坚决不做夫妻，只做兄妹。他俩回去和父母大闹起来。直到父母答应不让他俩做夫妻，他俩才善罢甘休。

一年后，文仙虎把高成送进学校。高成念到二年级的时候，玉叶也背上书包上学了。

十六岁那年，高成初中毕业。又过了两年，玉叶也中学毕业回到家里。他们都在长高长大，生理、心理都发生着变化，但是，他们的兄妹关系却从来没有改变过。

3

现在高成后悔了，和玉叶的兄妹关系在他心中动摇了。他满脑子装的都是玉叶美丽的身影，要是当时答应娶玉叶做媳妇，那该多好啊！

第二天天麻麻亮，高成就开上小四轮耕地去了。正是农忙季节，他顾不上回家吃饭，早饭都是由玉叶送到地里。以前没感觉到什么，今天他却对玉叶送饭寄予太多的希望和意义。他怀着迫不及待的心情不停地往南边的村口瞅，心里升腾起一个又一个波涛，脑海里充满幸福的憧憬。

太阳升起一竿子多高的时候，玉叶在村口出现了。她提着篮子向这边走来。高成心里又开始跳，激动得连方向盘都有些把不稳了。

早晨天有些凉，还有露水。玉叶穿一身普通衣裤，步态轻盈敏捷，远远看去就

像一朵云彩飘飞。她忽儿蹲下采一朵野花，忽儿又去捉一只蜻蜓，姿态极其优雅。看着这种情景，高成又有些晕乎，心思根本集中不到耕地上去。他索性停下小四轮，来到地边的柳树下，等待玉叶到来。

玉叶老远就向他招手，一边哥长哥短地喊叫起来。

高成不禁皱眉头。现在他最不希望玉叶叫他哥，一叫哥他心就烦，所以不管玉叶怎么呼喊，他就是不答应。他越不答应，玉叶就喊得越凶。走一路喊一路，喊得嗓子都有些沙哑了。

玉叶过来后，气愤地质问高成："哥，我喊你你为什么不答应？"

高成垂下眼睛说："我不是你哥，以后再不要叫我哥了。"

玉叶奇怪地看着他："怎么了？"

高成不答。

玉叶又问："到底怎么了？"

高成红着脸说："反正你以后再不要叫我哥了。"

"不叫你哥叫什么？"玉叶愣怔一下，不服气地说："我偏要叫：哥，哥，哥，哥……我叫了，你想咋样？"

"你姓文，我姓高，我们没有血缘关系，我凭什么要给你当哥呢？"

玉叶眨巴着眼睛说不出话来了。心想对呀，我俩一个姓高一个姓文，的确没有血缘关系。但是，玉叶无法面对她和高成不是兄妹这个现实，特别伤心。以前她从来没想过这个问题，觉得高成就是她哥，她就是高成的妹妹。现在高成把这个问题提出来，她也觉得是个问题。别人的兄妹关系都是天生的，想当也是哥，不想当也是哥。她和高成就不一样了，高成想当哥就是她哥，不想当就不是她哥。

玉叶问："你说我们不是兄妹，那我们是什么关系？"

高成没回答。犹豫了一会儿，他然后从衣兜里掏出一块叠得四四方方的手绢，递给玉叶："就是这种关系。"

玉叶把手绢展开，发现手绢上绣着一对鸳鸯，还有"百年好合"四个字。玉叶不禁大笑起来："错啦！错啦！哥，错——啦！这不是给我的，是给我嫂子的。"又问："怎么，我有嫂子了？是谁家的姑娘啊？"

高成的脸早红成酱紫色，低着头说："就是你。玉叶，我爱你。咱们不做兄妹了，做夫妻吧。"

现在玉叶一下子全明白了。她觉得脑袋轰的一声，像要炸了。她惊愕地张着嘴巴，半晌说不出话。一时慌乱得不知道该如何好。

她低头把手绢搓成条儿缠在手指上，又取下来，再缠上去，再取下来，循环往复，就是不说一句话。忽然，她像受了委屈似的哭起来。一边哭，一边撕手绢，撕一条儿扔一条儿。

玉叶一哭，高成慌了，一慌他就后悔了。后悔不该这么莽撞地向玉叶示爱。可是想收回他的话已不可能，只能硬着头皮任事态发展下去。

玉叶就哭就说："怪不得你不想给我当哥了，原来……"

过一会儿，玉叶又说："怪不得你不给我当哥了，原来你不安好心。"

高成怎么也想不到他向玉叶求爱会是这么个结果，非常难堪。他满脸通红，低下头一句话也说不出来。

玉叶忽然站起来，像发布宣言似的大声说："我不要情人，只要哥！"

高成仍然觉得不甘心，心里酸酸地说："可你终究要嫁人的。"

"我谁也不嫁。"玉叶斩钉截铁地说，"我要永远和你们在一起。"

高成瞅着玉叶："这话可是你说的？"

"是我说的，怎么了？"

"你敢打赌？"

"你听着，将来我要是嫁人，你就把我的舌头割了。"

"好，我记下你说的话。"

高成还没有完全绝望。只要玉叶不嫁人，他就有希望得到她。

二、情窦初开，美少女遭遇好帅男

4

一晃一年过去了。

第二年夏天，玉叶十七岁。一天上午，她看了一会儿书，就到外面去了。

她沿着村前的水渠往南走，依然穿着去年夏天穿过的那件粉红色裙子。渠畔挺立着碗口粗的笔直的白杨树，树与树之间的绿草丛中开满五颜六色的小花。清澈静止的渠水像一面镜子，能照出她的倩影。

她就像一只欢悦的鸟儿走走停停，停停走走。时而弯腰采一朵小花，放在鼻子上嗅嗅；时而折一根树枝，驱赶嗡嗡飞舞的蚊虫；时而蹲下，冲着水中的倒影挤眉弄眼，龇牙咧嘴，然后就咯咯笑了。

她没有目标，不知道要往哪儿去。

又走了三四里，田野消失了，水渠向东拐去，面前出现了一个南北走向的沙丘。沙丘那边有个村庄。玉叶虽然知道那个村庄叫沙前营子，但它属于另一个乡管辖，并不熟悉。

她想到沙丘上去，在那儿坐一坐，躺一躺，爬在沙丘上看看书。沙丘西边有个果园，她还想去看看果园里是什么样儿。

想到这里，她往沙丘上去了。

双脚陷进沙里，沙粒装满鞋子，每走一步都很吃力，得用力把脚从沙子里拔出来。她觉得这样走路很有意思，很好玩。

她一边走，一边低着头哧哧笑，身后留下一串深深的脚印。

她走上沙丘的最高处，舒展地躺下了。

她望着天空，天空是那么湛蓝，那么明净，又是那么深邃，那么神秘。沙子是那么松软，那么温柔。她打了个滚，爬在沙丘上，把书展开来，准备认认真真地读上它几十页。如果没有干扰，今天上午她就在这儿度过了。

宁静奇妙的氛围没有持续多久，就被狗叫声打破了。她一骨碌坐起来，惊恐地寻找狗在哪儿。

狗叫声是从沙前营子方向传来的。一条黑狗正从村口往这儿奔跑，一边跑一边冲着她嚎叫。

大概是听到了同伴的呼唤，又有三条狗跑来声援，它们从村子里蹿出来，一起向这儿飞奔。

转眼间，玉叶的好心情被击得粉碎，代之而来的是惊慌和恐惧。她赶紧往沙丘下面逃跑，样子十分狼狈。

四条狗看她软弱可欺，更加肆无忌惮地狂奔过来，叫得更凶了。

她的双腿有些发软，想跑却跑不动。很快，她就被它们包围了。

四条不同颜色的狗在沙丘上形成一个包围圈。玉叶被围在中间，不知道该怎么突围。她朝一个方向前进一步，前面的狗就后退一步，后面的狗又向她逼近一步。它们昂着头一起朝她汪汪。

她吓坏了，急得团团转，心想今天我要被这群狗撕碎了。这么一想，她禁不住失声哭起来。

在玉叶大声哭喊的时候，在四条狗凶猛的狂吠中，她隐隐约约听见一个男人的声音，好像是在向她大声呼喊。

她看了一眼，什么也看不见。喊声使她顿然有了获救的希望。她听不清他在喊什么，因为狗叫声几乎把他的声音淹没了。

声音越来越近，也越来越清晰。玉叶觉得获救的希望更大了。

"不要跑，蹲下！听见了没有，蹲下！"

她赶紧蹲下。蹲下后，四条狗果然停止前进，但是也不后退，只是更加疯狂地向她嚎叫。双方就这样僵持着。

她看见一个男人从西边的果园出来，正往这边跑。她再不像刚才那样恐惧和绝望，不哭了。

"姑娘，不要怕，我来帮你。"那个人喊着说。

玉叶看得更清楚了，说话的是个小伙子，他已经走上沙丘。现在她更放心了，只要小伙子一到，她就可以获救了。

小伙子突然打起口哨，显然是为了转移狗的注意力，想把它们吸引到他那边去。

可是它们不为所动，回头看一眼，仍然围住玉叶不放。玉叶又有些紧张，哭起来了。

"不要怕，我有办法。"小伙子大声说。

他用最快的速度脱下自己的上衣，揉成一团，用力扔出去。四条狗看见扔出去的衣服，大概当成什么美味佳肴，争先恐后扑过去，围住那件衣服撕扯起来。转眼间，衣服就被撕成碎片了。

玉叶这才长出了一口气。

她非常感激，本想说句感谢的话，又没有说，一动不动地站着。

小伙子上身穿一件红背心，下身穿一条绿军裤，脚穿白色球鞋。他相貌英俊，体格匀称而且健壮，看上去不像个农民。玉叶从来没见过他。

小伙子没有马上离开，而是向玉叶走来。一边走，一边笑，就像刚刚看过一场好戏似的。

这让玉叶很难为情，甚至有些恼火。她发现小伙子正在打量她，脸上露出惊讶的神色。她被看得不好意思，把头低下了。

小伙子脸也红了。

"你脱离危险了。"小伙子又问，"狗没伤着你吧？"

"这是谁家的狗？这么讨厌！是不是你们家的？"

她本想说句感谢的话，可是由于刚才吓昏了头，话从嘴里出来后，就变成这个样子。

小伙子愣住了，说："我们家的狗？你怎么知道是我们家的狗？"

"只有你们家的狗才会这么凶，要吃人似的。"

小伙子没有生气，依然笑着："你是不是觉得我也很凶？"

"善良的主人不会养这么凶恶的狗。"

说完这句话，玉叶的头脑才真正清醒了。心想我怎么也像条疯狗似的乱咬一气？这样一想，她也不由得笑了。

小伙子也笑了，说："不能怪我们家的狗凶，是你长得太漂亮了。它们都是些嫉妒成性的家伙，专拣漂亮女孩汪汪。"

玉叶有些害羞，脸红了。她又偷看他一眼，眼睛不禁一亮。小伙子留着背分头，眼睛大大的，眉毛又黑又浓，红色背心上印着"中国人民解放军某某部队"字样。显得非常干净整洁，英俊帅气。

这时候，小伙子也在看她，两个人的目光便撞到一起。玉叶躲闪不及，赶紧把头低下了。

她用脚踢着沙子，没话找话地问："这么说，这群恶狗真是你家的了？"

"我可没那么多狗。如果有那么多狗，我就开一家肉铺，天天请你吃狗肉。"

"对不起，我还以为是你家的狗呢。"

"其中有一只是我家的。"

"哪一只？"

小伙子用手指着："就是那只黑的。"

"我最恨它了。"玉叶说，"正是它带头咬我，就它最凶，追得最紧。真是狗仗人势。"

"对不起，回去我要好好教训它，让它给你赔礼道歉。不过我可没它那么凶，它要是学了我，就是一条温顺善良的狗。"

"你帮了我，让我怎么谢你呢？"

"不用谢，倒是我家的狗追了你，我应该向你致歉。"

"可你失去一件上衣。"

"一件上衣能换来你的安全，值。再说你又那么漂亮。"

玉叶脸上一片血红。

小伙子好像这才发现了玉叶手中的书，或者有意缓和拘谨的气氛，就问："看的什么书？"

玉叶把书举起来让他看。

"噢，是司汤达的《红与黑》。好看吗？"

"还行。"玉叶回答，"只是我不喜欢于连这个人物。"

"为什么？"

"他太不珍惜别人的感情了，为了往上爬不择手段。"

"我倒不这么看。"小伙子停顿一下，又说，"他不是贵族，只是一个锯木工场主的儿子，所以他想往上爬。这是可以理解的。"

玉叶仿佛找到了知音似的忘了羞怯，问："你也看过这本书？"

"看过。我还看过他的其他作品。"小伙子说，"司汤达是法国批判现实主义文学的代表人物。他的作品故事性强，很吸引人。"

玉叶觉得自己应该离开了。可是不知为什么，她又不想离开。她的心里涌起一种说不清楚的感觉。这种感觉是全新的，是以前从未有过的。当她有了这种感觉之后，她觉得她整个人都改变了，变得和以前不一样了。

她觉得自己在几分钟内突然长大了，成熟了。她觉得自己的情感处在一种很奇妙的状态中。她觉得眼前这个小伙子不是人，而是一块磁铁，把她死死吸住了，使她无法摆脱他，离开他。

她就这样站着，很紧张，很难堪，眼睛一直低垂着。在这种情绪的折磨中，她

连一句话也说不出来了。

小伙子却很沉着，很大度。他虽然也脸红，但是他的脸上一直露着微笑。他虽然也紧张，但是举止表情都很自然得体。

小伙子问："我能知道你的芳名吗？"

"我叫文玉叶。"

"啊，知道了，知道了！"小伙子显得异常兴奋，"原来你是文家的千金。早就听说文家有个才貌双全的女孩,可惜一直未能谋面,想不到今天能在这儿见到你。"

"你一定觉得刚才很好玩，对吧？"

"为什么要这么说呢？"

"因为四条狗包围了我，吓得我直哭，很狼狈。你却觉得很开心。"

"不，我一点儿也不开心，倒是很替你担心。不过第一次见面的时候，就能为你做点什么，我感到很高兴。"

"谢谢你的帮助。我让你失去了一件上衣。我会赔你一件上衣的。"

"不要赔，不要赔，一赔就没意思了。要赔就赔我——啊，你觉得天很热是吗？"他的脸更红了，说话有点结巴。

玉叶更加不自在。为了掩饰自己的窘态，她转身走开了。

"怎么，你要走？"小伙子有些措手不及。

玉叶回头看他。他的脸上流露出遗憾的的表情。她停下来问："你还有事？"

"没什么事了，你已经脱离危险了。"停顿片刻，他又没话找话地说，"你看，那几个家伙还在撕扯我的上衣呢，而且打起架来了。它们没有咬到你，就拿我的衣服出气。喂，你受了惊吓，要不要我送你回去？"

"不用了，我家就在那边，沙后营子，我能自个儿回去。"

"送你一程也好啊。"小伙子几乎在恳求了。

玉叶犹豫了一下，还是说："谢谢，不用了。"

小伙子用欣赏的目光看着玉叶："你是我见过的最清沌最文雅的女孩。"

这句赞美的话让玉叶的脸更红了。

小伙子问："我们还能再见面吗？"

"为什么要再见面呢？"玉叶笑着说，"我可不想再到这儿来了，否则你家的狗又来咬我。你又得损失一件上衣。"

"我可没那么多上衣给它。我要用铁绳把它拴起来，严加看管。"

虽然依依不舍，玉叶还是决心要离开他，她觉得在这儿待得太久了。

可是当她转身离开后，心头涌出一种说不清楚的滋味。这是以前没有过的，她感到吃惊。她回头看一眼，他还在向她招手。她又朝前走路，走得很慢。上了水渠，她又回头看一眼，他还在沙丘上目送她。

走出一截，当她再一次转身看他的时候，他已经转身离开了。他背对着她，正从沙丘上往下走，也没有回头看她。玉叶眼前一片茫然。片刻之后，他就完全消失在沙丘那边了。

玉叶心里有些失落。她十分后悔，后悔这么快就离开了。为什么不让他送一程呢？为什么不和他多说会儿话呢？为什么不问问他的情况呢？连他的名字都不知道，就让他消失了。

想着这些，玉叶心里特别难过。

5

回到家里，玉叶就像心里有鬼，没敢和家人打招呼，低着头走进自己的房间，把门轻轻关上了。

她坐在炕沿上，用双手按住胸脯，心还在嗵嗵地跳，像要从嗓子眼跳出来。她仿佛突然经历了一场特别重大的事件，紧张、兴奋、激动、甜蜜、慌乱这些情感一起在她的感觉里搅和。她闭上眼睛，让刚才在沙丘上发生的事情在脑海里过电影。

他长得多帅气啊！他的发型多好看啊！他的眉毛多黑多浓啊！他的红背心和绿军裤是多么醒目和与众不同啊！他的谈吐多风趣啊！他的语调多铿锵有力啊！他的每一句话，每一个眼神，都让她回味老半天。

以前不能说她不懂爱情，她读过那么多爱情的悲喜剧，有的让她心跳，有的让她落泪，那些人物的命运始终牵动着她的心弦。但她没有亲身体验过，没有对任何一个男子动过心。今天，她心动了。如果说她以前只是个花苞，今天花苞终于绽放了。

去年她曾和高成打赌，说过永不嫁人。当时确实觉得嫁人没意思，不如和父母在一起。然而，在沙丘上见过那个帅气的小伙子后，她的想法变了，她爱上那个连名字都叫不上来的小伙子。

她不知道她给小伙子留下怎样的印象，也不知道小伙子夸她的那些话是不是真心话。他说我什么了？噢，对了，他说我长得漂亮，还说我清纯文雅。这可是男人对女人的最高奖赏。可是，他说的是真话吗？是他的心里话，还是逢场作戏呢？

她不知道此刻小伙子是不是也和她一样坐在炕沿上想心事。她认为不会的，他大概不会那么多情，说不定他早就把沙丘上的那一幕忘得一干二净了。她特别慌恐，难道她的美好的回忆只是一个可怕的单相思？

她后悔没问他的姓名，说了半天话，连人家的名字都不知道。所幸小伙子知道

她的名字,如果他真的对她有意思,他还会和她见面的。想到这里,她又满怀希望了。

下午,她又到沙丘上去了。她坐在沙丘上看书,眼睛不时地往村子里瞅。她甚至希望那四条狗再来追她,小伙子又来帮她解围,这样,他们又能见面了。

很遗憾,一直等到太阳落山的时候,小伙子也没有在她面前出现。她只好无精打采地回去了。

她不想放弃。第二天上午,她又到沙丘上去。整个一上午,她还是没看见小伙子的影子。她非常失望,心里想,他可能已经回部队了,也许人家根本就没当回事,也许人家早就有了心上人,是我自作多情了。她想,既然他对我没有意思,我也该把他忘记了。

可她忘不掉,怎么也忘不掉。人的感情竟然这么顽固,她无时无刻不在思念他,无时无刻不在想这件事情,想得都有些痴了。

临近中午,原本晴朗的天空不知不觉阴了,玉叶的心也跟着阴了。唉,刚开始就结束了。难道世界上有这么短暂的爱情?她不想放弃,仍然坐在那儿等,等待小伙子在她眼前出现。天上响起隆隆雷声,眼看就要下雨了,玉叶这才起身往回走。她失望地哭了,眼里涌出悲伤的泪水。

走在半道上,天下起雨来。雨下得很大很大,像瓢泼一样。她只穿件裙子,浑身上下很快就湿透了。她小跑着往回走。回到家里,早被大雨浇成落汤鸡了。

6

晚上,玉叶开始发烧。她被大雨淋坏了。

吴月花守候着玉叶,把热毛巾敷在玉叶头上。文仙虎和高成手忙脚乱地找药。吃上药以后,效果并不明显。

玉叶的痛苦在心里,不在身上。她不在乎高烧不退,不在乎身上的寒冷和酸痛,在乎的是那个英俊帅气的小伙子,怎么说不见就不见了呢?

她一闭上眼睛眼前就是沙丘,就是他,连说的梦话都是沙丘上和他说过的那些话。

好容易熬到天亮,高成从乡里请来医生。医生给玉叶量体温,三十九度二。输过液体,烧是退了,但是仍然吃不下东西,仍然躺着起不来。

文仙虎夫妇急得团团转,问玉叶哪儿不舒服,玉叶不但不回答,还顶撞他们。

高成说:"大叔大婶,只要把烧退了,我看就没什么大问题了,让她慢慢恢复吧。"

文仙虎夫妇这才稍稍放下心来。

下午,一个年轻媳妇来到文家,她叫金桂。金桂也是这个村的,去年嫁到沙前营子。她见玉叶躺在炕上,就问:"大婶,玉叶怎么了?"

"唉，昨天让雨淋了，发高烧。刚才输了液，烧是退了，就是没精神。"

金桂向玉叶神秘地笑笑，玉叶不知道她为什么要笑。

金桂转身对文仙虎夫妇说："文老师，大婶，玉叶的病我能治。"

"你能治？"文仙虎夫妇瞪大眼睛看着金桂，心想她什么时候当医生了。

金桂笑着说："不过我有个条件。"

文仙虎说："什么条件你只管说。"

"您二老得先出去一会儿。"

文仙虎夫妇不知道金桂的葫芦里到底装的什么药，犹豫了一下，还是出去了。

屋子里只剩下玉叶和金桂两个人。

金桂笑着说："玉叶呀，我可是带着特殊使命来的。"

玉叶一脸茫然地看着她。

金桂把嘴对在玉叶耳朵上小声问："前天上午你在沙丘上碰到过个军人？"

玉叶激动得脸都红了，迫不及待地说："是呀，你怎么知道的？他现在在哪儿？"

"在他家里。"

玉叶噌地一下坐起来了。

金桂惊讶地看着她，说："怎么，你的病好了？"

玉叶满脸绯红。

金桂笑着说："哈哈，我也成医生了！刚才我说我能给你治病是想把他们哄出去，把东西交给你，没想到真的给你把病治好了。"

玉叶光笑不说话。

金桂从包里取出一个牛皮纸信封说："这是他特意让我带给你的。"

玉叶把信封从金桂手里抢过来。金桂后来还说了些什么，她一句也没听进去，连金桂离开的时候她也没打招呼。

她先看信封，信封上面既没有收信人的地址，也没有收信人的姓名，只在下方用红色印着"中国人民解放军某某部队"字样。

她拆开信封，展开信纸，上面写着：

玉叶：

我犹豫了很长时间才决定给你写这张条子。请你原谅。如果你愿意的话，请你明天上午九点到沙丘西边的果园。我在那儿等你。

杨江

说是信，其实就是一张便条，但这已经带给玉叶极大的幸福与甜蜜。她把信反反复复看了十几遍，破解着每个字的含义。她数了一下，不包括标点符号，一共有六十一个字。

玉叶心想他说犹豫了很长时间才决定给我写信是什么意思呢？他为什么要犹豫呢？是因为他对我还拿不定主意，还是担心我不接受他的邀请呢？如果从后面"请你原谅"四个字看，他犹豫的应该是后者。

玉叶终于知道他叫杨江。杨江，多响亮的名字啊！和他的长相一样英俊潇洒。她把信按在胸上，泪水就情不自禁地涌出来了。她在心里默念着"杨江"两个字，默念了不下三十遍。

玉叶几天来第一次睡了个好觉，醒来已经是早晨七点多。和煦的阳光从窗外照射进来，玉叶脸上的笑容和阳光一样灿烂。刷了牙，梳了头，洗了脸，换上在沙丘上穿过的那件裙子，她就出发了。

刚走进果园，玉叶就听见杨江喊她："玉叶，你好。"

玉叶心里打鼓似的咚咚跳起来。她只闻其声，不见其人。果树枝稠叶密，把她的视线挡住了。她停下四处瞅瞅，才从树缝间看见杨江向她招手，大踏步走来。

她也迎上去。

两人相距还有一米多的时候，都不约而同地停下了。

玉叶打量一下杨江，他还穿着那身衣服，只是增加了一件军上衣，未系纽扣，红背心露出来，显得很洒脱。

玉叶有些不自在。她靠在一棵树上，把两腿绞在一起。杨江似乎也有些难为情，他把一只手托在树上，好像在寻找支撑。

杨江问："听说你病了？"

"被雨淋了，发高烧。"

"怎么会被雨淋呢？"

玉叶仿佛心里的秘密被人发现，脸上有些发烫。

杨江又问："好些了吗？"

"完全好了。"

杨江把话转入正题："玉叶，我一直忘不了那天在沙丘上的情景。真想约你再到那儿去，又怕暴露目标。只好秘密行动，把见面的地点选在这儿。"

杨江把目光转向东边的沙丘。玉叶也把目光转向那儿。

杨江回过头来，笑着说："你知道不知道，那天看了你第一眼后，我就被你俘虏了。"

"被我俘虏了，我有那么厉害？"

杨江的语调略显激动："我被你的美貌和气质惊呆了。部队驻地也算得上个中等城市，不乏漂亮女孩，但是她们无法和你比。当时我真不敢相信自己的眼睛，以为是在梦里。所以我就心也跳了，呼吸也急促了，双腿也打战了。"

玉叶禁不住笑起来："有那么严重？"

"更严重的还在后头呢。"杨江说，"你知道不知道，那天晚上我一夜没睡着。"

"干什么去了？"

"想心事。"

"想什么了？"

"就想在沙丘上的事。"

玉叶听得很满足。其实她的情况比杨江更严重，但她不想说出来，说出来难为情。

杨江说："当时我就想，和这样的女孩那怕一起待上三天死了，也值。"

"就三天？"

"一辈子当然更好。"他看着玉叶，"就怕人家不干呀。"

玉叶没回答。她低下头，一只脚踢着地上的草，若有所思。她又转脸看着东边的沙丘，说："说来好笑，倒是那四条狗把你给引来了。要不是它们，说不定一辈子也见不上一面呢。"

两个人都很高兴，情绪一下子放松了。

杨江突然直勾勾地盯着玉叶："这么说，你愿意？"

"什么愿意？"

"做我的那个……那个呀。"

玉叶愣了一下，才明白过来"那个"指的是什么，脸又红了。但她郑重地说："我没有做'那个'的资格。"

"为什么？"

"难道你就没想过我是个农村姑娘？"

"那我呢？"

"你是军人呀。"

"难道你就没想过我复员回来，又变成一个农民？"

"说不定哪天当了军官，就回不来了。"

"我就是当了总统，你也是我的第一夫人。"

"你还想要第二夫人？"

杨江自知说漏了嘴，忙改口问："做我的那个，你愿意？"

玉叶脸更红，说："只要你愿意，我就愿意。"

杨江兴奋得满面红光。他张开双臂扑过来，想拥抱玉叶。又觉得这样太唐突，双手在空中划了个弧线，垂下去了。

"再谈谈我们的家庭。"杨江又靠在树上，认真地说，"你出身于沙后营子一个殷实的小康之家。你的父亲是远近闻名的老教师，母亲是位能干的家庭主妇。你还有一位没有血缘关系的哥哥，可是你们的亲密程度一点儿也不亚于亲兄妹。"

玉叶非常惊讶地问："这些都是谁告诉你的？"

"我算出来的。"

"你不说我也知道，肯定是金桂。她是你派来的间谍。"

"这点情况根本用不着间谍来完成，稍作打听就知道了。"

杨江忽然收敛了笑容，脸上笼罩了自卑的神色。他说："我家可是穷得叮当响，我说出来后，你会立马和我拜拜了。"

"有这么严重？"

杨江声音低沉地说："我没有母亲，母亲在我十六岁那年死了。父亲患有严重的哮喘病。我还有个五岁的弟弟。我家每年靠政府救济过日子。"

这些玉叶的确没有想到。她虽然有些遗憾，但是并没有影响她对杨江的爱慕，反倒对他寄予深深的同情。她问："你在部队做什么工作？"

"给团长当通讯员。"

"看来领导对你印象不错？"

"还可以吧。"杨江沿着刚才的思路继续说下去，"请相信我，玉叶，我不能让这种状况继续下去，我要让杨家在我的手上兴盛起来。我要为自己争气，为父母争气，在部队努力奋斗，好好工作。总有一天我会成功的。"

"你别担心，我不会因为你的家庭状况不好而离开你。"玉叶停顿了一下说，"只要你人好，我什么都不在乎。"

杨江感激地望着玉叶："玉叶，再过三天假期就满了，我要回部队去了。我希望我们的事情能定下来。"

玉叶感到有些突然，问："怎么定？"

"请你的父母见我一面。我也想请你到我家来，让我父亲见见。"

"什么时候？"

"明天我去你家怎么样？"

玉叶忽然想起哥哥高成，仿佛在什么地方看着他们。她说："明天时间太紧，后天行不行？"

"杨江想了想说："后天就后天吧，大后天你到我们家来。"

玉叶同意了。

杨江走过来，问："现在我们握握手可以吗？"

玉叶没有犹豫，把手伸过去，杨江握住了。杨江用力一拉，玉叶顺势倒在杨江怀里。玉叶闭上眼睛，杨江开始亲吻她。

三、再起波澜，如愿以偿谈恋爱

7

再隔一天，杨江就要到文家来了。在杨江到来之前，玉叶必须把这件事告诉她的家人。玉叶非常为难，为难的不是父母，而是哥哥。一年前她和高成打过赌。她不知道高成知道以后会做出多么激烈的反应。

下午，她邀请高成到村外散步，说有重要事情告诉他。

走出三四里，玉叶在一棵柳树的树荫里停下了。她从衣兜里掏出一把水果刀递给高成说："哥，动手吧。"

高成奇怪地看着水果刀："干什么？"

"割舌头。"

"割谁的舌头？"

"我的。"

"神经病！我为什么要割你的舌头呢？"

"我喜欢上一个人。"

"谁？"

"杨江。"

"哪儿的杨江？"

"沙前营子的杨江，是个军人。"

高成的嘴唇颤抖了几下，没说出话来，眼里充满忧郁和绝望。玉叶战战兢兢地看着他。

过了一会儿，高成才说："你说过永远不嫁人。"

"可是我变了。我也不知道怎么就变了。"玉叶又说，"哥，我违背诺言，你把我的舌头割了吧。"

高成一脸轻蔑和不屑，再没看过玉叶第二眼。他把水果刀丢在玉叶脚下，转过身，沿着来时的小径回去了。

玉叶望着高成渐渐远去的背影，脑子里一片空白。往回走的时候，她的脑子里还是一片空白。杨江明天就要来，她不知道该怎么办。

回到院子里，院子里静悄悄的。玉叶径直冲向高成屋子里，高成不在。她又在父母的房间里找，在厨房里找，也没有找到。她怕高成一时冲动寻短见，满院子大声呼喊，没人答应。

玉叶来到后院，那儿是草垛、牲口棚圈和放农具的地方。她先去牲口棚圈找，没找到。从棚圈里出来，看见高成正靠在麦草垛上哭，哭得满脸都是泪水。

玉叶在他身边蹲下，却不知道该怎么安慰他。

高成没理睬玉叶，离开草垛往前院走去。玉叶赶紧跟在身后。高成走进屋子里，"咣"的一声把门反插上，把玉叶晾在门外了。

结果比玉叶预料的还要糟，简直到了不可收拾的地步。整个下午，玉叶慌恐地待在屋子里，以泪洗面。她甚至产生了这样的念头，索性和杨江断掉算了。

8

吃晚饭时，由于玉叶和高成都有心事，气氛显得比较沉闷。高成表情忧郁，只顾埋头吃饭，一句话也不说。玉叶心事重重，也不敢把头抬起来，仿佛心里有鬼似的。

文仙虎夫妇好像也嗅出什么来了，看一眼高成，再看一眼玉叶，不知道发生了什么事。因此，这顿饭每个人吃得都很艰难。

高成突然打破沉默说："大叔大婶，我向你们说件事情。"

他们看着高成，不约而同地问："什么事情？"

玉叶骤然紧张起来，她不知道高成是不是要说她和杨江的事。她又害怕高成在父母面前干涉她。她偷看高成的脸色，高成的脸颊在痛苦地抽搐着。她的心一下子悬起来了。

"叶子找下对象了。"高成说。

文仙虎和吴月花不约而同地"啊"了一声，就把碗筷搁在桌子上了。文仙虎看一眼玉叶，又瞅着高成问："是谁？"

"沙前营子的，是个军人，名叫杨江。"

"是不是杨东海的儿子？"

"好像是。"

文仙虎狠狠瞪了玉叶一眼。玉叶赶忙把头低下了。

吴月花："叶子还小啊。"

"杨家很穷。"文仙虎说，"他有哮喘病，老婆几年前就去世了，靠政府救济过日子。"

"这怎么成呢？"吴月花说，"那么穷，再说连个婆婆都没有，叶子过门以后怎么生活，还不得爬锅弄灶的？"

"所以呀，这事玉叶得慎重考虑。"文仙虎说，"找对象不是过家家，是一辈子的大事。"

"我不同意这门亲事。"吴月花说，"叶子还小，她的婚姻大事还得父母做主。"

吴月花明确表示不同意，大家再不好说话。文仙虎虽然没有直说，但是能从话里听出来，他也是反对这门亲事的。如果高成再趁这个机会火上浇油，玉叶和杨江的爱情就有夭折的危险。玉叶想分辩，又看见父母正在火头上，就什么也没说。

就在这个节骨眼上，高成发话了："大叔大婶，这件事我看还是见过杨江以后再说吧。杨家家庭状况不好是事实，但是穷没根，主要还得看本人。只要人有本事，是可以由穷变富的。再说现在提倡婚姻自主，我们应该最大限度地尊重叶子的选择。"

文仙虎夫妇再没吭声。玉叶感激地看着高成，眼圈红了。她想不到哥哥会在父母面前支持她。要知道，他是承受着巨大的痛苦支持她的啊！

9

第二天上午，杨江由金桂陪同来到文家。杨江穿一身军装，显得英武气派。金桂喝了一会儿茶便托辞去娘家了，只把杨江留下来。过了一会儿，文仙虎夫妇也到另一个屋子里商量去了。房间里只剩下杨江和玉叶两个人。

高成在门外出现了。他满脸通红，眼睛也有些发红。玉叶赶紧上去把他迎进来，这才闻出高成喝酒了。她很惊讶，因为高成平时很少喝酒。高成一进来瞅着杨江认真打量。杨江被他看得手足无措，把头低下了。

玉叶对杨江说："这是我哥高成。"

杨江把手伸过去，高成不握，他只好把手又缩回来。杨江又给高成递烟，高成没接。

玉叶指着杨江对高成说："哥，这就是杨江。"

高成瞅着杨江说了这么一句："唯一的不同你是军人，我是农民。"

杨江和玉叶都有些莫名其妙。

高成进来以后没有落坐，一直在杨江对面站着。高成不坐，杨江也不能坐，陪高成站着。论年龄，杨江还比高成大两岁，正因为高成是玉叶的哥哥，再加上他心里有气，他就处于居高临下的位置。杨江在他面前反倒显得有些拘谨了。

高成问："当兵几年了？"

"两年。"

"你真的喜欢我妹妹？"

"真的喜欢。"

高成突然咬牙切齿地吼了一声："喜欢个屁！我想宰了你！"

话刚落音，高成就重重地在杨江胸上打了一拳。杨江打个趔趄坐在炕沿上，用手捂住胸口。高成依然怒不可遏地喘着粗气，转身出去了。

事情发生得太突然，玉叶和杨江都些发蒙。玉叶看杨江一眼，又赶紧追出门外，抱住高成的胳膊说："哥，你怎么了？"

高成用力将玉叶甩开，怒吼道："别理我！"

玉叶只好又回到屋里，看着杨江问："还疼吗？"

杨江悻悻地说："他凭什么要打我！"

玉时当然心里明白，但她不能说出来。她说："可能是喝多了。"

杨江说："我在部队学过擒拿格斗。两个高成也不是我的对手。"

玉叶劝导说："你就忍忍吧，过去就没事了。"

杨江仍然一头雾水，一直搞不清这是为什么。

10

吃过午饭，杨江回去了。第二天上午，杨江又来接玉叶，玉叶跟着到他家去了。

走进院子，玉叶首先看见了那条黑狗。黑狗用铁绳拴着，它先朝玉叶"汪汪"几声，然后瞅着她摇尾巴。玉叶不由得一阵紧张，赶紧藏在杨江身后。

杨江笑着说："你看，其实它对你很友好，还向你摇尾乞怜呢。"

玉叶也笑着说："也真是，如果不是它，咱们还不认识呢。"

杨江："它为咱俩牵线搭桥，是我们的红娘。"

玉叶和杨江都笑出声来。

　　玉叶发现杨家比她原先想象的还要穷。院子里只有两间低矮的土房。院墙上到处是豁子，显出衰败的景象。院子里空荡荡的，没有拖拉机之类的农机具，也没有家畜家禽，仿佛这里根本就不住人似的。

　　这时，一个小男孩从屋里跑出来，院子里立刻显得有了生气。小男孩突然停下，瞅着玉叶怔怔地看。他的衣服很破旧，没有穿鞋。不知为什么，看见小男孩后，玉叶眼睛不由得一亮，仿佛看见了久违的小弟弟。她感觉自己好像是为了想见这个小男孩才到杨家来的。小男孩虽然衣服破旧，看上去却很机灵。

　　杨江介绍说："这是我弟弟，叫杨河。"

　　也像突然看见了久别的亲人一样，杨河跑过来，很亲热地把小手伸进玉叶手里。玉叶打量他，发现他的眼睛很黑，眉毛很浓，长得特别俊气。她很惊讶，这个男孩看见她怎么一点儿也不生分呢？

　　一位老人从屋里出来，拄着拐杖，看上去很瘦弱，而且在不停地咳嗽。

　　杨江说："那是我父亲。"

　　玉叶拉着杨河的手快步走到老人跟前："大伯，您好！"

　　老人用陌生而又新奇的目光端详着玉叶，又转脸问杨江："这就是文家的姑娘？"

　　"对，她叫玉叶。"杨江回答。

　　老人问玉叶："你父亲是谁？"

　　"文仙虎。"

　　"知道，知道，文老师。姑娘，屋里坐吧。"

　　屋子里几乎没摆什么家具，而且潮湿，光线暗淡。杨河始终靠在玉叶的腿上，他还要玉叶把他的小手握住，有时还把脸贴在玉叶的腿上。

　　杨东海喘息着说："杨江说他找上对象了。我想见见。只要他能有个媳妇，我就是今天咽了这口气，也能闭上眼睛了。"

　　玉叶安慰他："大叔，您要好好活着。杨江回部队以后，我会经常来看您的。"

　　"我们杨家比不得你们文家，穷。"杨东海说，"这些年来接连发生变故，先是他妈生杨河的时候大出血死了，接着我又得了哮喘。现在全靠政府救济过日子。好在两个孩子还算争气。杨江不在的时候，杨河就抱柴火，烧开水，买药，熬稀粥，什么都干。唉，我是不行了，将来就看他们的了。"

　　玉叶又给老人宽心："大叔，穷没根，只要人在，日子会好起来的。"

　　坐了一会儿，杨河要求玉叶出去陪他玩，玉叶觉得这么坐着也不自在，就领着杨河出去了。

　　和杨河在一起，玉叶心情很好，甚至胜过和杨江在一起。她心里有一种温馨美丽的感觉，有一种浓浓的叫人愉悦的亲情。她和父母在一起有过这种感觉，和哥哥在一起有过这种感觉，现在和杨河在一起，这种感情更加浓烈了。尽管杨河的小手是脏的，衣服是破旧的，连鞋都不穿，玉叶一点儿也不觉得嫌弃，反而特别喜欢他。她觉得非常奇怪。

在院子里，杨河站在玉叶前面，仰脸看着她，说："你抱抱我行不？"

"当然行呀。"玉叶把杨河抱起来。

一会儿杨河又要下来。玉叶就把他放下来。杨河又仰着脸说："我想让你背我。"

玉叶蹲下。杨河跑到她身后，爬在她的背上了。杨河在玉叶背上说："小龙妈妈抱他，小刚妈妈抱他，亮亮妈妈背他，钱宝宝妈妈背他。我没有妈妈。"

玉叶这才明白过来刚才杨河为什么要让她抱他，背他，心里不由得一阵酸楚。

玉叶把杨河从背上放下来。杨河把她领到房子西侧的一片空地上，他们就在那儿坐下了。

玉叶拉着杨河的手问："你几岁了？"

"五岁。"杨河又问她，"你几岁了？"

"我十七岁了。"

杨河扳着手指头算了一会儿，抬起头说："你是不是比我大十二岁？"

"对，我比你大十二岁，你比我小十二岁。"

杨河不说话了，转着黑眼珠想事情。过了一会儿，他用乞求的目光望着玉叶问："你给我当妈妈好不好？"

玉叶回答说："我不能给你当妈妈，只能给你当姐姐，我也愿意认你这个小弟弟。从现在起，我就是你的姐姐，你就是我的弟弟了。"

杨河点了点头，又巴眨着眼睛说："除了给我当姐姐，你还要当我的妈妈。"

玉叶笑起来，但她心里马上感到一种伤痛。她知道杨河从来没见过妈妈，从来没得到过母爱，这大概是他所以要和她亲近的直接原因。反过来，因为玉叶没有弟弟，所以也喜欢上了他。

杨河望着玉叶，用充满向往的语气说："姐姐，你给我当妈妈，我就有妈妈了。你给我做饭，给我缝衣服，晚上还能搂上我睡觉。"

玉叶说："不行呀。我虽然比你大十二岁，可是我们的辈分是一样的，我怎么能给你当妈呢？"

杨河脸上露出明显的失望，又转动着黑眼珠沉思起来。过了一会儿，他仿佛又有了新的发现，望着玉叶说："那你就给我当媳妇吧。"

"给你当媳妇？"玉叶差点笑出声来，"我给你当媳妇，你给我当什么？"

"当你的男人。"

"我当了你的媳妇以后，我们还要做什么？"

"像妈妈一样搂上我睡觉。"

"除了睡觉，还要做什么？"

"给我买糖吃。"

"还有呢？"

"给我做新衣服。"

"还有呢？"

"背上我去看电影。"

"傻瓜，那我不就成了你的保姆了。"

在杨河眼里，媳妇和妈妈没什么区别。玉叶鼻子有点酸，她对杨河过早失去母爱寄予了深深的同情。

玉叶说："我不能给你当媳妇。"

杨河睁大眼睛望着她："为什么？"

"当媳妇太累了。我专门给你当姐姐好了。"

这时杨江走过来，他们的交谈才结束了。

下午，玉叶要回去了，可是杨河拉住她的手怎么也不让她走，要她住下搂着他睡觉。杨江出去叫来三个小伙伴。他们邀请杨河去捉鱼，杨河一高兴，才跟上小伙伴玩去了。玉叶和杨江趁这个机会跑出来了。

他俩沿着便道往北走。杨江偷看玉叶的脸色，想知道玉叶是不是满意他的家庭。玉叶很平静，杨江从她脸上看不出什么。

杨江问她："印象怎么样？"

"什么印象？"

"对我家的印象呀。"

玉叶笑着说："杨河很可爱，非常可爱，比你还要可爱。"

"那你嫁给他好了。"杨江笑着说，"看来我们兄弟俩要争风吃醋了。"

"他让我给他当妈妈，我说不能当，他又让我给他当媳妇。其实他心目中的媳妇不过就是搂他睡觉，给他买糖做新衣服什么的，承担的还是妈妈的职能。"

"他特别羡慕有妈妈的孩子。"

玉叶突然收敛了笑容，心情沉重地说："这孩子太需要母爱了。"

"他根本就没有得到过母爱。我母亲刚生下他就去世了。他是我父亲用羊奶喂大的。"

"真是太可怜了。"

快到沙丘了，杨江说："玉叶，我家的景况太差了，比你想象的还要差。"

玉叶说："的确是这样。"

杨江停下来，瞅着玉叶："你后悔了？"

"没有。"玉叶摇摇头，"你们家的确太穷了，这是事实。不过，我既然爱上了你，就不会后悔，永远不会。爱情和亲情、友情一样，是一种纯洁、真诚、神圣的感情，掺上势利的东西就变了味。你放心回部队去，我会经常来看你的父亲和弟弟，我会力所能及照顾他们的。"

杨江的眼睛湿润了，激动地说："玉叶，请你放心，我不会叫你失望的。我有信心有决心让我们杨家兴旺起来。我不让你吃一点儿苦，受一点儿罪。以后你就看我的实际行动吧。"

不知不觉来到沙丘上。他俩不约而同地停下来。

玉叶说："那天我就是在这儿被狗围困的。结果留下一段美好的记忆。"

"没错，就是这儿。真是一段美好的记忆。站在这儿，一切不愉快的事情都可以忘记。"

"我被狗围住后，你从那个方向跑上来。狗跑开以后，你就站在这儿跟我说话。"

"说着说着，我们就一见钟情了。"杨江情不自禁地笑起来。

"杨江，我看我们就在这儿分手吧。"玉叶说，"天不早了，我该回去了。"

杨江把手伸过来："明天我就要回部队去了，你多保重。"

玉叶握住杨江的手说："你也保重。"

玉叶转身往回走。走了一截，回头看一眼杨江。杨江一直站在那儿向她招手。快到家门口的时候，玉叶又回头看了一眼，杨江依然站在沙丘上看着她。

四、只有离开，才能融化心头冰块

11

高成始终认为，玉叶不爱他因为他是农民；玉叶爱杨江因为杨江是军人，比他有前途。这件事对他刺激很大，在他心里结下了疙瘩，怎么也解不开。他非常恨杨江，把杨江一刀捅死的心思都有过。

高成每时每刻都在想着如何改变自己的命运。他认为，要想改变命运就得出去，待在家里当农民种地永无出头之日。他想过和杨江一样到部队当兵，混他个连长、营长的干干。他试着到医院体检，发现眼睛有些近视，只好放弃。他也想过上大学，可惜基础太差，否则刚毕业的时候就考上了。现在劳动了几年，更学不进去了。按他目前的条件，只能出去闯荡。闯到什么程度算什么程度，怎么也比在农村种地有出息。出去闯荡也有风险，闯成了当然好，一旦闯不成，下场连修地球都不如。不过话又说回来，人生本来就是一场赌博，如果不豁出去赌一把，就等于输给了杨江，那他死也不甘心。

想归想，其实高成也有顾虑。最大的顾虑是文仙虎夫妇。他们十几年含辛茹苦把他养大成人，他要是一拍屁股走了，他们肯定会骂他忘恩负义。顾虑归顾虑，高成如果真的能闯出点名堂再回来孝敬他们，他们会更加高兴。万一混惨了，就回来吊死在向玉叶求爱的那棵柳树上，也好给他们留点想头。这样一想，高成出去闯荡的决心就更坚定了。

一天上午，文仙虎夫妇有事到玉叶的舅舅家去了。家里只剩下玉叶和高成两个人。高成觉得这是个机会，就背着玉叶偷偷做准备。吃过午饭，玉叶睡了。高成写了一张便条留在炕上，就背着行李出发了。他心里恨恨地想：这回出去如果不混出个人样，我就不回来。我要混得比杨江好。如果混得连杨江都不如，我就不如死。

12

高成坐上班车来到县城，在县城停了一会儿又往临海市走。他是带着情绪出走的，究竟要到哪儿去，还没有完全想好，所以刚上班车就后悔了。但是他又不能返回去，那样玉叶会更加瞧不起他。怎么也得在外面闯荡几个月，挣点钱回来才能撑起面子。

高成坐在右边第三排紧靠过道的座位上。挨窗户坐的是一位四十岁左右的男人，他的脖子上戴着一根白金项链。这是高成第一次看见男人戴项链，就多看了他几眼。"金项链"是从县城上的车，上车后还和高成说过一句话，问他去哪儿。由于没有目标，高成回答得模棱两可。

高成上车的时候还有空座位，在县城车站又上来十几个人，车厢就满了。又走出几公里，一个白白净净的男子从高成前面的座位上起身站在过道里，微笑着面向旅客。他大约有三十来岁，戴着眼镜，看上去文绉绉的。高成记得他好像也是从县城上的车。"眼镜"魔术般拿出一红一蓝两支铅笔和一条黑色鞋带，比画着说：

"大家瞧一瞧啦，啊。这是两支铅笔啦，啊。请看好了啊，这支铅笔是红色的，这支铅笔是蓝色的，啊。还有这根鞋带是黑色的，啊。大家仔细瞧一瞧啦，啊，看我把鞋带缠在哪支铅笔上了。"他的两只手快速动作了几下，把两支铅笔的下半部分攥在手里问："大家说说我把鞋带缠在哪支铅笔上了？"

这时坐在高成身后的那个小伙子站起来说："蓝的。"

他个子很小，年龄似乎已经不小了。眼镜把两支铅笔完全亮出来，鞋带原来缠在红色的铅笔上。他笑着说："对不起，您的视力有问题，只有零点一。"

车上的人也跟着笑。

"小个子"颓丧地坐下了。眼镜又快速地动作几下，攥住铅笔的下半部分问："谁还想试试？"

又有一个男人说："红的。"

眼镜把铅笔全部亮出来，鞋带果然缠在红色铅笔上。他说："这位大哥视力不错，三点零的。"

车上的人又笑。

高成听不明白，也看不太懂。这时从前面、中间和后面的座位上蹿起四个人，

涌到眼镜跟前，玩起这种鞋带缠铅笔的游戏，其中就有高成身后的那个小个子。高成离眼镜不到一米远，属近距离观察，所以他很有兴趣地看他们玩。

金项链却连眼睛都不睁，脸上还流露出一种叫人捉摸不定的笑容。蹿起来的几个人把眼镜包围起来。小个子紧挨高成站着。第一次，有两个人赢了，另外两个人输了。第二次，三个人赢了，一个人输了。赢了的人大把大把往兜里装钞票，输了的人从兜里往外掏钱。小个子连输了两次，现金掏光了，又把腕上的手表摘下来。高成很同情他，希望他也能赢一回。

第三次做完后，小个了问高成："我看这回缠在蓝的上了。你看清了没？"

高成说："我看也是。"

小个子好像受到了鼓舞，冲上去把眼镜的手抓住，大声说："不要动，你不能再动了。"

眼镜瞪着他说："你抓我的手干吗呀？"

小个子说："我怕你捣鬼，换到红的上。"

眼镜问："这么说，你想押蓝的？"

小个子说："对。"

眼镜问："你到底押多少？"

小个子回答说："就这块表，价值两百元。"

亮出来一看，鞋带果然缠在蓝铅笔上。眼镜付给小个子二百元。小个子连赢了三次，把刚才输掉的基本上捞回来了。他每猜一次都要先跟高成商量一下。现在四个人都在赢。眼镜不断往外掏钱，输得很狼狈，额头上渗出了汗珠。现在高成又有些可怜他了，希望他能赢一回。

小个子又和高成商量，下次该押哪个颜色。高成说："算了吧，看他怪可怜的。"

小个子说："这号人，你可怜他，他可不可怜你，每天靠这种小把戏胡弄人。瞅准了就要狠狠收拾他。今天我要让他彻底破产。"

眼镜快速动作几下，把下半截铅笔握在手里。小个子问高成："我看见了，这回他缠在红的上了。你说呢？"

高成说："差不多。"

小个子问："你想不想押？咱们合在一起押。两个人合伙气势大，他不敢胡弄咱。"

高成说："我估计他没几个钱了。"

"他装穷。身上不揣个三千五千的敢玩这个？"小个子又说，"你想想看，咱们每人押多少？"

高成有些犹豫。这时金项链又碰了高成一下。高成转脸看他，他仍然闭着眼睛微笑，好像在嘲弄谁。

高成再没理他，心想发财的机会来了，就对小个子说："我身上只有六百元。"

其实他的上衣兜里还装着二百元，但他多了个心眼，没说。

小个子说："那就咱们每人押六百，一共一千二。一次把他砸塌算了。"

金项链又把高成碰了一下。这回高成再没理他，甚至有些烦他。刚才他看得很清楚，鞋带就是缠在红色的铅笔上了。他看了六次，没看错过一次。他甚至有些后悔，要是从一开始就押，早赢不少了。他把六百元掏出来，也站起来。

小个子把他的六百元交给高成拿着，冲上去抱住眼镜的手说："这次缠在红的上了，你不能再动。我们两个一共押一千二。好了，你开吧。"

铅笔全部亮出来以后，鞋带原来缠在蓝色的铅笔上。眼镜从高成手里把钱拿走了。小个子拍着大腿"嗐"了一声，像瘫了似的靠在靠背上。高成懵了，脑袋一下了涨大了。眨眼工夫，他的六百元就没了。幸亏上衣兜里还有二百元，否则今天他就弹尽粮绝了。

奇怪的是那几个人好像事先商量好了似的，都不玩了。又过了两三分钟，几个人一起下了车。

金项链这才睁开眼睛说："他们下车分脏去了。"

高成莫名其妙地看着他。

金项链又说："其实他们是一伙的。另外四个人都是托儿。"

高成听出点意思来了。他站起来透过玻璃往车后看，那几个人一起站在路边高兴地说笑。

金项链又说："他们玩的是一种叫作'绕铅笔'的游戏。这种游戏专绕别人，不绕自己。当你把钱押到红的上，他就魔术般地把鞋带换到蓝色的铅笔上。其实他们刚才真正赢的就是你的六百元钱。"

高成火了，大声吼道："你真是个马后炮！为什么不早告我一声？"

"我碰过你两次，你不醒悟。"金项链说，"要是我揭露了他们的鬼把戏，他们不要了我的命才怪。"

高成追悔莫及，沮丧极了。他不想再说一句话，心里一直想着他的六百元钱。

金项链问他："你是外出打工的？"

高成懒得说话，没吭声。

金项链又说："打工最好去广东，那里开放，钱好挣。"

高成把这句话记下了。

五、你来我往，打工仔搞定老板娘

13

　　高成从临海市坐火车去北京。到了北京，又马不停蹄地登上开往广州的火车。他一路省吃俭用，到了广州，身上还剩二十五元六毛钱。

　　高成觉得广州很大很新鲜，空气湿漉漉的，随便抓一把就能攥出水来。广州水多，河流支支汊汊地从市区流过。广州的植物和北方植物的不一样，很好看，但他一种也不认识。

　　一下火车花三元钱吃了一小碗米饭，剩下的二十二元他就不敢再花了，怕有急用。肚子饿了硬忍着，或者趁别人不注意的时候捡点烂香蕉烂果皮充饥。

　　高成漫无边际地在广州城转了大半天，也没找到工作。主要原因是语言障碍。他说话人家听不懂，人家说话他听不懂。听不懂他就索性什么也不说，沿着珠江浪荡，有时看会儿他从未见过的亚热带植物。

　　到了傍晚时分，他才忽然想起晚上连个睡觉的地方也没有。他不可能去住旅馆，二十二元钱恐怕住一宿都成问题。想来想去，他又回到火车站，在候车室对付了一夜。

　　大概临晨四点多，高成在地板上睡得正香，一阵嘈杂声把他吵醒。睁开眼睛一看，候车室里涌进来一群民工，男多女少，个个背着行李，提着大包小包，少说也有五十多人，就像是一群难民。

　　高成想听他们说什么，可是一句也听不懂。他猜测这些人也是来广东打工的，看他们的衣着打扮，一个个土不啦叽，连他都不如，肯定也都是从农村来的。

　　和这群民工在一起，高成觉得有了希望。心想一定要跟住这群人，他们走到哪里，就跟到哪里。他的心情变得好起来，再没有睡，一直看着他们。

天亮以后，这群人一窝蜂涌出候车室，往汽车站走。高成也跟上他们往汽车走。到了汽车站，他们买票要去东莞市，高成也买了一张去东莞的票。

在东莞下了汽车，这群人东奔西跑，一下子全蒸发了。

高成也无心再跟他们，在汽车站周围溜达。汽车站到处张贴着招工广告。有的人还举着广告牌招工。高成这才觉得吃了定心丸，估计找一份工作不会有问题。

高成正在看墙上的招工广告，忽然有人在他的肩膀上拍了一下。回头一看，是个三十岁上下的男人。他用拗口的广东普通话问高成："同志，看样子你是第一次来东莞的啦？"

高成点头。

那人又问："是来找工作的啦？"

高成又点头。

"想不想在我们公司干啦？我们公司待遇不错的啦。"

高成说："想。"

那个人带高成上了一辆公交车。半小时后，他们来到公司。这里临近郊区。说是公司，其实就是一家工厂，规模也不大。厂房很小，也很简陋。

高成被领到经理办公室。经理看上去有五十多岁，脑袋谢了顶，秃得发亮，只有四周围着一圈花白头发。他和别人说话用的是粤语，高成一句也不不懂。当那个工作人员把高成介绍给他以后，他才用生硬的普通话和高成交谈。

高成通过交谈知道，这是一家港商办的公司，名叫光华防水材料有限公司，专门制造一种新型的防水材料。经理名叫霍士铨。高成注了册，就是光华防水材料有限公司的一名员工了。

按规定，先得培训一个月，培训期间月薪三百元，接下来实习两个月，月薪四百元。然后转为熟练工人，月薪五百元。厂里有宿舍和食堂。住宿免费，公司每天免费提供一顿午餐。

高成怎么也不会想到，他这辈子会在几千里之外的东莞当一名工人。仔细想想，祸福相辅相成，好像都是一些偶然因素促成的。如果不坐那辆班车，就不可能输掉那六百元钱。如果不输掉那六百元钱，金项链就不可能建议他去广东打工。如果不遇上那群民工，他也不可能到东莞来。但他不知道以后的命运会怎样。

14

培训还不到一个月，高成就被经理霍士铨看上了，送给他一个红包，里面装着

二百元钱，还破例给他发了实习工资。刚实习了一个月，他就转为熟练工，和其他员工领一样的工资。

霍老板主要看上高成的两大优点：一是诚实，二是厚道。霍老板还说高成的诚实厚道不是装出来的，是天生的。

有这样的评价，高成在公司如鱼得水。有些农民工由于过惯了穷日子，就显得有些小家烂气。霍老板很看不上他们这点。高成却不，表现得很憨厚，很大方，这就显出他与别人的不同来了。

一个多月后的一天下午，霍老板打发人来叫高成。走进经理办公室，霍老板问他："会不会骑摩托车？"

"会一点。"

霍老板掏出五十元钱说："买两条活鱼给老板娘送去。"

"经理，我不知道老板娘住哪儿？"

霍老板给他比画："从市场往东上了公路，再沿公路一直往南走。走五公里后，你会看见一个向西的路口。你就从那个路口下去，走五百米会看见七座小二楼。她住在最东边的那座小二楼里。"

高成不知道这是老板对他的进一步考验。在市场买鱼时，他把鱼的价格、重量记下来，然后骑着摩托车去找老板娘住的地方。

虽然路途较远，但是很好找，几乎没费什么周折就来到楼下了。高成敲院门。一会儿，院门开了，眼前出现了一位打扮入时的淑女，最多也就二十七八岁。她打量着高成问："咦，什么风把你给吹来了？"

听口气好像他们早就认识似的。高成以为她是老板的女儿，就问："请问老板娘在不在？"

淑女弯着头看他，问："怎么，你觉得我不像？"

高成的眼睛一下子瞪大了。他原以为老板五十多岁，老板娘怎么说也有四十多岁。想不到她竟然这么年轻，还这么漂亮。他有些不自在，头低下了。他低声说："不是不像，我是说……"

"太老了？"

"不，太……太年轻了。"

她笑着说："这话我爱听。"

高成把盛着鱼和水的塑料袋递过去，要转身离开。

老板娘没接，而是看着他说："长得精精壮壮的，像个男人。进来坐坐吧。"

高成只好跟着老板娘进去了。

老板娘让高成把鱼放进厨房的鱼缸里，领他来到客厅。她给高成沏上茶，又端出糖果让高成吃，然后在高成对面坐下，大胆地看着他。

高成不敢和她的目光接触，只是时不时地偷看她一眼。老板娘瓜子脸，柳叶眉，樱桃小口，皮肤白皙细嫩，梳着瀑布般的大披发。她的眼睛也很有特色，虽然不是那种时髦的大花眼，但是上眼皮很薄，反倒显出几分妩媚和秀气来。高成觉得老板娘长得很漂亮，但是说话很冲，长相和性格似乎不大协调。

老板娘说："我说靓仔，咱们是不是互相通报一下姓名。我叫柳玉茹。你呢？"

"我叫高成。"

柳玉茹乜起眼看他，说："你比我小多了。我只能叫你小高，你可得叫我姨。"

高成红着脸笑了，心想我凭什么要叫你姨。

柳玉茹又问："你是从哪儿来的？以前我好像没见过你。"

高成回答后，她才"噢"了一声说："我说呢，原来你是北方人，壮得就像一头牛。来多久了？"

"一个多月。"

柳玉茹不说粤语，也不说粤语普通话，说的是比较纯正的普通话，稍稍带一点南方口音。

告辞出来的时候，老板娘一直把他送出院门外，还朝他挥挥手说："多多来玩。我就喜欢你的傻样。"

高成觉得这个女人很有意思。一回到公司，他就把账单和剩余的钱分文不差地交给霍老板。

以后给老板娘送东西基本包在高成身上了。今天送蔬菜，明天送水果，后天送肉送大米。柳玉茹也上街，但她上街从来不买食品和生活日用品，只买衣服，买化妆品。

15

时间一久，高成就和老板娘混熟了。

据高成观察，还有柳玉茹多多少少的流露，老板娘其实没有他想象的那么开心，也有许多苦处。霍老板顶多半个月过来一趟，来了也只住一夜，第二天一早就匆匆离开了。与其说是金屋藏娇，倒不如说是孤守空房，太寂寞。

高成一直不知道该如何称呼她，叫她嫂子吧，霍老板已经年过半百，至少能给他当叔叔；根据霍老板的年龄叫她阿姨吧，她本人又那么年轻，她听了会不高兴。

所以很长一段时间高成和柳玉茹说话不用称呼。后来柳玉茹让他叫大姐，他就叫她柳大姐。

有天傍晚，高成给老板娘把水果送去后，柳玉茹不让他回去，要留他吃晚饭。高成只好留下了。

吃饭的时候，柳玉茹问他："小高有二十了吧？"

"十九。"

"找过几个对象了？"

"看柳大姐说的，一个还没呢。"

"真的没有？"

"真的没有。"

"那我就放心了。"

高成没听懂她这句话是什么意思，就没说什么。

柳玉茹又问："想不想找一个？"

高成不好意思地笑着回答："还没想过。"

两个人又埋头吃饭。

吃了一会儿，柳玉茹说："我也是从农村来的。"

高成惊诧地"啊"了一声。他认真打量她，怎么也看不出她是从农村来的。

柳玉茹又说："还是咱农村人实在。我就愿意和农村人相处。"

过会儿她又说："小高，想没想过老板娘怎么这么年轻呀，就像老板的女儿似的？"

高成如实回答："想过。"

"去给大姐倒杯可乐来，大姐讲给你听。"

柳玉茹告诉高成，其实霍老板早有妻室，妻子和子女都在香港。她是高中毕业来东莞打工时，和霍老板认识的。说白了，她只是霍老板在内地包养的二奶。她说当初她还有些犹豫，后来一想来吧，什么爱情不爱情，都他妈扯淡，先享受享受，钱包搞鼓了再说。

想通以后她就和霍老板谈条件。谈了一下午没谈成，晚上接着谈，谈成了。达成协议以后他们就上床做爱。但她没说达成什么协议。她向高成谈她的经历就像说着玩儿似的。

高成发现柳玉茹的性格和她的相貌反差很大，长得秀美性感，却有些玩世不恭，说话直来直去，不遮掩，也很逗。

柳玉茹说："小高，你也看见了，霍老板十天半月不回来，又是个老头，来了也不中用。每次吃药才行。我年轻，所以喜欢和年轻人在一起，就像你这样的。"

高成脸红了，想走。

柳玉茹说："你得天天来看我。"

"柳大姐，这个可由不得我，老板不让我来，我就不能来。我得听他的。回去太晚了也不行，我怕老板再安排别的工作。老板对我好，我不能对不起他。"

柳玉茹笑着骂他："真是一条喂不熟的狗。"

吃过晚饭，天色黑下来，高成要回去。柳玉茹又说："天黑了，你会害怕的。就住这儿吧。晚上再陪大姐说说话。"

高成执意要走。柳玉茹说："莫非我吃了你不成？"

高成只笑不说话。柳玉茹才把他送出院门外。其实高成很害怕，老觉得后面有什么在追他。回到公司，他早已大汗淋漓了。

第二天高成给柳玉茹送肉。柳玉茹没有急着做饭，而是对高成说："小高，你去卫生间冲个澡。"

高成有些多心，心想这是嫌我不讲卫生，就问："柳大姐，你是不是嫌我脏？"

"不要叫柳大姐，这样叫不亲切。把前面的'柳'字去掉。"柳玉茹又说："我没嫌你。我是说天气太热，冲冲澡舒服。"

高成还是有些难为情，说："我回公司洗吧。"

"哪来这么多讲究，在大姐这儿就得放开些。你放心，大姐不吃你。"柳玉茹分明是命令的口气："卫生间有电热水器，我都给你准备好了。"

高成只好进卫生间洗澡。因为是被迫的，不情愿，高成洗得并不认真，打开水笼头随便冲了一会儿，前后也就十几分钟，他便穿好衣服出来了。

出来以后，高成一下子惊呆了。柳玉茹半裸着身子在楼梯口站着，上身只戴个胸罩，下身只穿件裤衩。她脸上流露出一种勾魂的微笑，一个接一个地给高成送媚眼，完全是一副风情浪荡的做派。

高成傻了眼，倒像是自己做错了什么，赶紧把头低下了。要想出去就得经过柳玉茹，柳玉茹不让开，他就只能站着不动。

高成尽量往好的方面想。心想是不是她也要洗澡？是不是她想进卫生间方便，忘了高成在卫生间里？可是看她的表情又不像。高成朦朦胧胧意识到了什么，心里也很矛盾。

其实在此之前，他已经对柳玉茹有了那么一点感觉，上班时常想起她，一到下午就想今天老板让不让我给老板娘送东西去了。

"给我把头抬起来！"柳玉茹忽然命令说，"你没做错事，老低着个头干什么。"

高成把头抬起来了，眼睛却垂着。

柳玉茹又说："看不惯？看不惯你就多看几眼。"说着还故意把身子扭了几扭。

高成只好又把头低下了。

"对不起了，小高，这回我可真要吃你了。"柳玉茹说，"你也太不争气了。别人是一点就犯，你是久点不犯。你放心，只要你能让大姐开心，大姐我决不会亏待你。"

高成浑身木木的，脑子里也木木的，似乎听不太懂柳玉茹的话，自己也说不出话来。虽然他对柳玉茹有过好感，但他希望的决不是眼前这个样子。

"过来。"柳玉茹说。

高成站着没动，心里非常恐惧。

"过来。"柳玉茹又说了一句。

高成还是没动。

柳玉茹扭动着身子走过来，拉住高成的手说："来吧。活人就这么回事，还犹豫什么？"

高成再也控制不住自己，热血沸腾，猛地一下把柳玉茹抱住，在她的脸上一顿猛亲。他又把她抱起来，一边亲，一边向卧室走去。柳玉茹就情不自禁地揽住他的脖子呻吟起来，另一只手往他的下身掏。他们抱在一起在床上打滚，很快就进入状态了。

这是高成第一次做这种事情，快活、紧张而又笨拙。晚上高成没回去，几乎整夜都在和柳玉茹折腾。早晨六点多，他才拖着疲惫的身子回去了。

柳玉茹做爱喜欢在上位，而且能做出各种姿势和花样来。这倒给没有做爱经验的高成省了不少事，躺在那儿尽情享受就是了。

柳玉茹做爱还有个习惯，就是嘴里总要含一块水果糖。她吃一会儿把糖吐给高成。过会儿高成再把糖送进她嘴里，你来我往。柳玉茹把这种做爱方法叫作"两头甜"。糖吃完了，他们的做爱过程也结束了。

做爱间隙，两个人搂在一起甜言蜜语。

高成问："我一个农村来的土包子，你为什么偏偏看上我？"

柳玉茹反问他："现在的人为什么不吃育肥鸡，偏偏爱吃土鸡？"

高成答不上来。

柳玉茹又说："土鸡味道纯正，营养丰富，吃得过瘾。"又在高成脸上拧了一下："傻样，连这个都不懂。"

高成笑着说："以前别人来给你送东西，你是不是也跟他们这么睡？"

柳玉茹打了高成一巴掌："放你娘的屁，那我不成破鞋了。"

两个人一高兴，又开始了。

16

男女之事不做便罢，一旦做起来，就上瘾，想放也放不下了。高成有时静下来也想，这样下去终归不是个办法，万一被霍老板发现，麻烦就大了。他不可能娶柳玉茹做老婆，柳玉茹也不可能嫁给他，他们还是趁早结束的好。

但是柳玉茹不结束。

其实他也不想结束，每天下午到了那个时刻，他便有些急不可耐，等着老板派他给柳玉茹送东西。东西不是每天都送，有时连续两三天没有机会，那边柳玉茹等得不耐烦，这边高成急得上火。有两次他吃过晚饭小跑三公里悄悄去和柳玉茹幽会。

转眼半年过去了。

时间一久，高成就对一个月五百元不满足了，觉得老给人家打工没什么奔头。要想真正有钱，就得当老板，就得有自己的产业。可是像他这样一个从农村来的打工仔想当老板，就像猴子捞月亮，看得见，却摸不着。

一天傍晚，高成又去柳玉茹那儿。吃饭的时候，他说："大姐，家里来信让我回去。"

柳玉茹听后很震惊，停下筷子看着他："真的？"

"我哪敢骗你。"高成又说，"父母给我找下个对象，让我回去把婚事办了。"

"你是怎么想的？想不想回去？"柳玉茹又问，"是不是不想要大姐了？"

"我心里也很矛盾。"高成说，"咱们相处这么长时间，确实舍不得离开你。可是不回去又觉得意思不大，挣那么点钱，除了吃饭穿衣所剩无几。我们乡下干一年也能落个万二八千的。再说出来这么长时间，有些想家了。"

柳玉茹眼圈红了："你能忍心把大姐丢下呀？"

"哪能呢？"高成又说，"我难就难在这儿。"

"小高，只要你不回去，钱不成问题。"柳玉茹说，"我在公司有百分之十五的股份，平时也向霍老板要了不少。我留着后路呢。"

高成没说话。柳玉茹接着说："我多次想对你有所表示，给你点钱。又怕你说这是交易，一给你钱，咱们的关系就变了味了。农村人向来传统。"柳玉茹又说："你迟早要结婚成家，这也是实际情况。"

"大姐，为了你，结婚的事我可以拖一拖。"

　　柳玉茹这才长出了一口气。她想了一会儿说："我看这样吧小高，我可以给你补贴一下。"

　　高成心中窃喜，说："我听大姐的。"

　　"我每月补贴你一千元，直到你结婚成家，咱们断了关系。"

　　高成心里甭提有多高兴了，嘴上却说："太多了，大姐。"

　　"太多了？我看你还嫌少。你恨不得把大姐的钱全拿走才高兴。"柳玉茹在高成脑门心上点了一下说："有话不直说，故意绕个大弯子。谁不知道你的鬼心眼儿。再不提回家的事了吧？"

　　高成低下头笑了。

六、时来运转，团长女和谐小兵蛋

17

高成出走后，文家少了一个壮劳力，玉叶负担就重了。到了家忙季节，她也得下地劳动。

玉叶基本上每两个星期去一次杨家。她去了主要是打扫卫生，整理房间，给杨东海和杨河洗衣服。其他活儿，比如挑水、碾米磨面等，则主要由村里包下来。

玉叶用自己的积蓄给杨河买了一身秋装，杨河穿上显得更神气了。他在小伙伴面前也有了炫耀的资本，说他也有妈妈了。

有个小伙伴反驳说："胡说，你妈妈早死了。"

杨河分辩说："你才胡说呢，我有妈妈，姐姐就是我妈妈。"

小伙伴说："姐姐和妈妈不一样。"

"一样。"

"不一样。"

一个大一点的孩子说："其实她不是你姐姐。她是你哥哥的媳妇，你应该叫她嫂嫂。"

杨河再不争辩，就说姐姐和妈妈一样给他买衣服，还给他买糖吃。小伙伴们都很羡慕，认为杨河的姐姐比他们的姐姐好。

杨江至少每个礼拜给玉叶来一封信。收到来信后，玉叶便立即给杨江回信。杨江的信写得越来越大胆，越来越放肆。第一封信里还正儿八经地称呼她玉叶，第二封信就成了一个字：叶。从第三封信开始，就变成了"宝贝"、"我的宝贝"、"我

039

的心肝"、"我的命蛋蛋"，不一而足。第一封信的最后一句话写的是"紧紧握你的手"，第二封信就改为"吻你"了。后来的信则把"咬你"、"吃你"、"喝你"这些字眼都用上了。

读着这些话，玉叶虽然也脸红心跳，心里却比喝了蜜还甜。只要邮递员小宋出现在大门外，玉叶就知道杨江来信了。由于经常送信，她和小宋已经很熟了。

到了冬天，玉叶除了盼杨江来信，还盼下雪。她对雪的喜爱到了一种痴迷和皈依的程度。每当下第一场雪，她都要举行一个活动。她对这个活动不叫赏雪，而叫祭雪，这就有了一点宗教仪式的意味。

今年的雪来得晚，一直等到十一月下旬，才开始下入冬以来的第一场雪。往年下雪，都由高成陪玉叶赏雪、祭雪，今年高成走了，剩下玉叶一个人，她心里不免有些落寞和怅然。一个人在雪中玩，兴味就会减少许多。

玉叶突然想起了杨河，她觉得杨河和她一起赏雪、祭雪，甚至比和高成在一起还要开心。玉叶便去沙前营子叫杨河。

在路上走的时候，玉叶还觉得可笑，为什么首先想到的不是杨江，而是杨河呢？杨江远在军营固然是个原因，但又不是全部原因。是不是和杨河在一起比和杨江在一起还要开心？玉叶未置可否。

想到这里，她不由得笑出声来。

让玉叶感到惊讶的是，杨河也特别喜欢下雪。她到去的时候，杨河正站在院子里，用他的两只小手接雪花。看见玉叶后，他立即跑过来了。

玉叶问他："你也喜欢下雪？"

"嗯。"

"接到雪花了没？"

"没有。"杨河答，"雪花一落在手上就化了。"

"这是因为手上有温度。"

玉叶和杨东海打过招呼，就领着杨河回来 了。

刚开始雪下得并不大，下会儿停会儿的，而且现下现化，一直没把大地覆盖。可是临近中午，雪就越下越大了。不刮一丝风，鹅毛般的雪花飘飘扬扬地往下落。天地间全都是雪花的世界。

大地上的一切，包括村落呀、沙丘呀、树木呀，全都笼罩在雪花里，变得朦朦胧胧，雾雾腾腾。那些牛呀、马呀、狗呀、鸡呀、鼠呀、兔呀，都待在棚圈或者洞穴里。整个天地间都显得非常静谧，只能听见雪花飘落的声音。

玉叶拿出两双洗得洁白的鞋套来。她把自己的那双套在鞋上，又把高成的那双鞋套用针线缩小,给杨河的鞋套上。往年和高成赏雪祭雪,他们都要在鞋底上套鞋套,为的是不让鞋底把地上的雪踩脏。套好鞋套后,再穿上棉衣,玉叶领着杨河出发了。

他们走出村子,来到东面的旷野上。在这里可以看到大地上的一切。他们站在雪地里,任凭雪花飘落在头上、身上,感到特别惬意。

玉叶问:"杨河,雪花是什么样子,你看见过没有?"

"没有。"杨河又说,"姐姐,雪花一落在我手上就化了。"

"咱们看看今天这场雪的雪花是什么样子。"

不多一会儿,他俩的头上、身上都落满了雪花,人都变成了白色,只露出他们的脸来。玉叶拿出一个黑色瓷片放在手掌上,让雪花往瓷片上落。果然,落在瓷片上的雪花没有立即化掉。

为了让杨河也能看见,玉叶索性蹲下来说:"杨河,现在你仔细看,雪花是什么样儿。"

杨河看了一会儿没看明白,说:"姐姐,我不会看。"

"看的时候你只盯着一片雪花看,一直看到它化了。这样你就能看清楚了。"

杨河看了一会儿说:"姐姐,我能看清楚了。"

"你说它什么样儿?"

"它有六个瓣儿。"

"每个瓣儿都很花,是不是?"

"对。"

"雪花一共有七种形状,最基本的形状有六边形雪片和六棱柱状雪晶两种。"玉叶又说,"今天的雪花也真够花的了。"

其实杨河连六棱柱状雪晶是什么意思都不懂,但是他说:"姐姐,你知道的真多。"

玉叶得意地说:"我专门研究过。"

他们说话的时候每人认真地瞅着一片雪花。

玉叶又说:"我就想不通。书上说雪花是空气中的水蒸气凝结而成,可它为什么就这么花呢?"

杨河也随声附和:"对呀,它为什么就这么花呢?"

"真是一个迷。"

杨河赞叹说:"姐姐,你玩雪玩得真好。"

"真是个马屁精。"玉叶笑着说,又纠正他,"不叫玩雪,叫赏雪,说玩太俗了。你是怎么赏雪的?"

"我就站在外面，转着圈儿跳呀叫呀。"

"那算什么赏雪，档次太低了。"玉叶又问，"杨河，你说下雪有没有声音？"

"不知道。"

"你竖起耳朵听呀。"

杨河静下心来听。杨河听的同时玉叶也在听，不同的是她的眼睛是闭着的。

杨河听了一会儿说："姐姐，我听不见。"

玉叶闭着眼睛说："不要用耳朵听。闭上眼睛，用你的心听，就听见了。"

杨河看看玉叶，玉叶双目微闭，脸色微红，完全沉浸在一种极其美妙的境界里。他也非常羡慕地闭上眼睛，认真地听起来。过了一会儿，他惊喜地叫起来：

"姐姐，我听见了，我听见了。"

"什么声音？"

"沙——沙——沙——沙——"

"对了，就是这种声音。"

玉叶很惊讶，杨河小小年纪，竟然有这么高的悟性。

他们开始往回返。两个人身上都披满了白雪。雪花还在漫天飞舞，又大又密。地上的积雪已经有半尺厚了。他们身后留下两串深深的脚印，可是很快就被雪花覆盖了。

玉叶从屋里拿来一个洗得干干净净的坛子，坛子肚子很大，口径很小。他们从坛子里取出两个同样洗得干干净净的木铲，把院子里的雪铲起来，装进坛子里。这些雪非常洁白，纯净得没有一点儿杂质。

把坛子装满后，盖上坛盖。玉叶抱着坛子来到后院，将坛子放在最背阴的南墙下面。那里有高成用砖和水泥砌好的一个小洞，坛子就放进洞里面。

到了明年夏天，坛子里的雪就化成了水。到了那时，玉叶同样要举行一个宗教般的祭典仪式。

做完这些，已到了午后。玉叶和杨河回到房间里，把鞋套脱下来泡进水盆里。门大开着，两人坐在门口的小板凳上，赏外面的雪。这时候，由玉叶起头，一起唱起那首名叫《小雪花》的童谣：

是谁，敲着窗户沙沙沙沙沙？
是我，是我，我是小雪花。
我从天空中飘下来，
告诉你，告诉他，冬天到来啦！

18

杨江所在部队的营区距市区不到五公里。团长李义彬一家住在市区，每天有专车接送上下班。

李义彬很胖，挺着个大肚子，人一胖，个子就显得矮。妻子恰恰相反，瘦得像根麻杆棍儿，风一吹就要倒下似的。女儿李霞把父母的体形中和了一下，不是太胖，也不是太瘦；相貌和性格都取了父母的缺点，不但不漂亮，脾气还不好。

由于娇生惯养，李霞从小不爱学习，结果没考上大学，是她父亲通过关系上了个自费，在财经学院学会计专业。

自从杨江探亲回到部队，心情就和以前有了很大不同。遇上再大的烦心事，只要想起玉叶，他就能忘记烦恼，马上振作起来。

杨江当兵的最大心愿就是能找到一份工作，所以入伍以后方方面面表现都很好，还立过一个三等功。和玉叶相爱后，他更加感到一份责任，觉得将来如果回家务农，就把玉叶害了。他无论如何要把玉叶带到城市来，这样才能对得起她美丽的外表和美好的心灵。

入伍前，杨江认为只有军营才是最干净最神圣的地方。入伍后，他才发现远不是那么回事。现在部队也时兴送礼。干部送礼是为了提拔；士兵送礼是为了转干，当志愿兵。杨江也想送，只是太穷，无礼可送。他只有更好地表现自己，争取转成志愿兵。这样他就能把玉叶接到城市生活了。

当上李团长的通讯员，其实也就成了李团长家的勤务员。平时买米买面买肉这些体力活儿，基本上都是杨江干。杨江干得兢兢业业，小心翼翼，尽量让他们满意。

李霞虽然长得不如玉叶漂亮，但也不是特别难看，个儿甚至比玉叶还要高挑一点。就是太任性，脾气不好。她从来不把杨江放在眼里，当丫头使唤，不高兴还要拿他撒气。这些杨江都忍了，心想也就几年，我不可能给你父母当一辈子通讯员。

可是探亲回来不久，李霞忽然对杨江好起来了，再不像以前那样颐气指使，盛气凌人，而是关心备至，体贴有加。令人费解的是她有时见了杨江还要脸红。杨江心里很纳闷，不知道李霞葫芦里装的什么药。

一个星期天上午，李团长两口子逛街去了，家里只剩下李霞和杨江。李霞坐在客厅里的沙发上看电视，杨江爬高上低地擦玻璃。擦着擦着，杨江突然鼻子出血了。他怕鼻血弄脏东西，赶紧用手把鼻子捏住，从椅子上跳下来。

李霞这才发现他的脸上、手上都是血，不由得惊叫起来："杨江，你怎么流血了，是不是受伤了？"

杨江捏着鼻子不敢说话，猫着腰往外跑。李霞看见杨江捏着鼻子，就知道他流鼻血了，赶快扶着他往卫生间走。

杨江有流鼻血的毛病，一上火就流鼻血，所以并不紧张害怕。他也知道止血的方法，用手兜上凉水往额头上拍十几下，再用酒精棉花把鼻孔塞上，血就止住了。只是这次在团长家，杨江就觉得这鼻血流的不是时候，也不是地方，万一把窗帘、床单、沙发、衣服什么的弄脏了，不好交代。

走进卫生间，杨江用凉水拍头，李霞站在旁边搭不上手，干着急。杨江让她拿点酒精棉花过来，她就跑过去拿酒精棉花。杨江又让她拿卫生纸过来，她又跑去拿卫生纸。杨江把棉花塞进鼻孔，血止住了。

从卫生间来到客厅，杨江坐在李霞对面的沙发上，准备歇会儿再擦玻璃。他把目光转向李霞的上衣。这是一件高档服装，是李霞新买的，以前没怎么穿过。杨江心想这件衣服要是穿在玉叶身上，肯定更加光彩照人。

看着看着问题出来了，他发现李霞的衣袖上有两片血迹。由于上衣是乳白色的，血迹就显得格外清晰醒目。

杨江不知道如何是好，紧紧张张地说："李霞，对不起，你的衣服溅上血了。"

接下来就硬着头皮等待李霞发作。李霞看见血迹以后立马皱起眉头。杨江以为李霞要骂他，结果没有，她只是说："可能就是刚才扶你进卫生间的时候滴上的。"

"都怪我不小心。"杨江说，"衣服上粘了血迹就洗不掉了。"

"这怎么能怪你呢？"李霞又说，"没关系，扔了再买一件就是了。"

说完看着杨江嫣然一笑，脸红了。

杨江心里特别感动，他本来等着李霞歇斯底里发作一顿的，没想到她竟然这么通情达理。

杨江说："衣服我给你买。"

"不用。我自己买。"李霞说，"我的经济条件比你好。"

这让杨江稍感不快，觉得李霞有些小瞧人。她的潜台词无非就是她在工作，杨江在服役；她挣的是工资，杨江拿的是津贴。不过他又想，李霞能做到今天这样已经很不错了。歇了一会儿，杨江又起身擦玻璃。

过不多久，李霞喊道："喂，杨江，你听我说。"

杨江转过脸去问："什么事？"

"咱得订个攻守同盟，我爸我妈要是问起来，就说是我自己流鼻血把衣服弄脏了。"

杨江点头同意。两天后，李霞又买了一件同样的上衣，款式、颜色都一样。奇怪的是李霞没把溅上血的那件上衣扔了，而是包好存在衣柜里。

19

一天黄昏，李霞邀请杨江出去散步。

这也是破天荒的头一回，以前李霞从来不屑于和杨江在一起。所以李霞今天突然邀他，杨江不但感到特别惊讶。从内心讲，杨江并不想和李霞在一起，因为他看不上李霞自以为高人一等的做派。不过他又不敢得罪她，只好跟着去了。

他们沿着马路往公园方向走。他们并排走路，杨江尽量和李霞保持一米左右的间距。可是不知李霞今天怎么了，总想往杨江这边蹭。杨江躲一下，她蹭一下，搞得杨江浑身不自在，脸和脖子一起红了。

李霞不但不脸红，还笑着说："杨江你这人太传统。"说着猛不防挽起杨江的胳膊："我今天非让你现代一下不可。"

杨江紧张得头皮发麻，出气也粗了。心想李霞今天疯了是咋的，竟做出一些出格的举动。但他又不好把胳膊抽出来，怕惹李霞不高兴。他低声说："这样不好，你看，我穿着军装呢。"

李霞把嘴噘起来，说："穿军装咋啦？穿军装也是人，不是和尚。"

"可我得注意影响。"

李霞这才把手松开说："我说你呀，真是个老夫子。"

杨江笑着说："不准调戏妇女，这是我们团长教导的。"

李霞捅了他一下说："讨厌。"

进了公园，李霞就坐在湖边的石凳上不走了。杨江也在她对面坐下来。

李霞脸红了，看着杨江问："你说今天我为什么要叫你出来？"

"陪你散步。"

"以前我为什么不叫你出来散步？"

"以前你不想。"

李霞弯着头，用俏皮的眼神瞅着杨江："为什么现在就想了呢？"

杨江答不上来。

李霞指着他说："榆木脑袋，傻得可爱。"

一般情况下，李霞不问话，杨江就不吱声，他始终不敢忘记自己的兵娃子身份，今天也一样。就在此时，李霞又脸红了，而且语塞，把头低下了。他们只好沉默。一沉默，两人更不自在。

一会儿后，李霞又猛地把头抬起，郑重地说："杨江，我想和你交朋友。"

这给了杨江一个措手不及，瞪大眼睛老半天泛不上话来。他紧紧张张地问："交朋友？什么朋友？"

李霞反问他："什么朋友？你说我能和你交什么朋友？"

杨江这才明白过来，说一句"天哪！"双手抱头，说不出话来了。

李霞居然爱上了他，这让杨江万万没有想到。这些天李霞的态度来了个一百八十度的大转弯，杨江就觉得有些蹊跷，但他从来没往这方面想过。

他总认为，李霞对他再好，也是团长的女儿，李霞再无知，也是财经学院的毕业生，是国家干部。他杨江只是一个从农村来的兵蛋子。所以他才拼命进步，争取将来能转个志愿兵。现在李霞提出和他交朋友，他觉得不可思议，荒唐至极。

李霞的言行让杨江受宠若惊，但他并不喜欢她。他不喜欢她的性格，太任性，脾气不好，甚至还有些歇斯底里。他看见她就像耗子见了猫，不由得要紧张。

他又想起玉叶，眼前这个女人怎么能和玉叶比呢？他能失去一切，不能失去玉叶。想归想，杨江却不敢说出来，怕得罪了李霞。他不知道该如何拒绝李霞的要求，这可把他给难住了。

李霞呢，她以为提出这个要求后，就像公主下嫁平民，杨江除了感动得热泪盈眶，高兴得跳起来，还有什么可犹豫的？她怎么也想不到杨江会是这种反应。但她很快又自信地想，也许是我说得太突然，他不敢相信自己的耳朵，以为听错了。

李霞又低下头说："你是从农村出来的。农村的男孩责任心强，靠得住。"

又把杨江吓了一跳，但他又没吭声。

李霞这回就不高兴了，大声说："杨江，你老这么畏畏缩缩干吗呀！你把自己放舒展点好不好？我既然提这个要求，就不在乎你是从农村来的。你还支吾什么呀！"

杨江只好用纪律堵她的嘴："部队有规定，服役期间不准谈对象。"

"规定是规定，只要不造成影响，睁一只眼，闭一只眼就过去了。"李霞不以为然地说，"咱们先秘密交往，等我爸给你转了干，就能公开来往了。"

杨江张了张嘴，没说出话来。

李霞瞅着他的嘴说："说呀。你到底想说什么？"

"李霞，我……"杨江把头低下了。

李霞急得直跺脚："你这人说半句，咽半句，烦不烦呀！"

杨江这才鼓足勇气说："我有女朋友了。"

李霞愣住了，好像没听清似的盯着杨江："什么？你说什么？你再说一遍。"

“我有女朋友了。”

“在哪儿？”

“在沙后营子。”

“沙后营子？沙后营子是什么地方？”

“就是我的老家。”

“杨江，你真的有女朋友了？”

“我哪敢骗你。”杨江又说：“李霞，请你为我保密，不要说出去。”

李霞仿佛被兜头打了一闷棍，蒙了。接着，眼泪就像断了线的珠子滚落下来。

20

李霞上大学期间谈过一个男朋友，是市人事局长的儿子。两人保持了两年多的恋爱关系，而且多次上床。但在临毕业时，男朋友和她友好地分手了。李霞痛苦过一段时间后，又渐渐平静下来。

平静下来后，她便把目光转向杨江。杨江比她的前男朋友漂亮得多，另外她认为还是农村的男孩思想传统，靠得住，将来结婚成家以后，也便于驾驭。结果被杨江拒绝了。

杨江拒绝李霞后，一直心怀愧疚，觉得对不起李团长一家。他忐忑不安地等待李霞的惩罚和李霞父母的冷落。

李霞由于情绪不佳，人整个瘦了一圈，但是对杨江，她还是客气宽容的，没有给过他难堪。她的父母还像以前一样对待杨江，甚至比以前还要好一些。杨江心里这才踏实了一点。

一天早晨，杨江出完早操往食堂走的时候，迎面碰上李团长。他赶紧立正敬礼：“首长好！”

李团长好像没听见他的问候，只是说：“小杨，上午我有两个会。下午三点你到我办公室来一趟。”

“是！”杨江离开了。

“是”完以后，杨江心里就犯起了嘀咕，使劲猜测团长叫他到底有什么事。叫他下午三点过去，肯定要和他谈话。谈话对他来说不外乎有两种可能：不是好事就是坏事，不是坏事就是好事。

按常理推断，这些天来，他时时处处努力进步，似乎没出过什么错，应该是好事。什么好事？对当兵的来说，无非就是立功、入党、转干之类。这些好事对杨江

说来似乎又早了点。现在拼命表现，好事怎么也得等到半年以后。

不管好事坏事，只有下午见了团长才能知晓。杨江便再不去想它，耐心等待下午三点到来。

下午两点五十七分，杨江提前来到团长办公室门外，站在那儿看表。这样做是怕迟到。又过了三分钟，整三点，他用立正姿势大声喊道："报告！"

"进来。"

杨江推门进去了。

团长正埋头批文件，杨江进来后，他头也不抬地指指前面的椅子说："坐吧。"

"是！"

"是"完以后，杨江就走过去在椅子上坐下，腰骨笔直，目不斜视，两只手平放在大腿上，就像一尊雕像。

过了一会儿，团长才把一摞文件推到一边，抬起头来看杨江，表情很和蔼。杨江紧张的心情稍稍平静些了。

"你探亲回来我还没找你谈过话。"团长又问，"你的老家叫沙、沙、沙、沙什么来着？"

"沙前营子。"

"沙前营子今年庄稼长势怎么样？"

"报告首长，很好。"

"你父亲的肺心病好些了吗？"

"这种病一到夏天就会好许多。"

"你弟弟上学了没有？"

"没有。他只有五岁。"

杨江知道，以上说的这些话都是例行公事式的无关痛痒的问候，没什么实质内容，就像熟人见了面问候吃了没有。他们的谈话还远远没有切入正题。

团长停顿了片刻又说："小杨，首长们都认为你这段时间表现不错，很努力。关于你的入党问题，我已问过你们的支部书记，他说正按程序进行。"

"谢谢首长关怀。"

团长的话让杨江高兴和感动，一是肯定了他近期的表现，二是亲自过问他的入党问题。对于一个战士来说，服役三年能不能捞到一张党票，是事关前途命运的大事，马虎不得。转干也好，当志愿兵也好，有无党票是很关键的一个条件。团长主动提出他的入党问题，说明他成为一名中共党员已经为期不远了。

不过杨江又觉得，这只是正式谈话前的一个铺垫，还不是团长今天要谈的主题。

所以他就特别留意团长的表情和一举一动。从团长的表情看，今天谈的应该是好事。

过了一会儿，团长果然问他："小杨，最近霞霞和你说过什么没有？"

杨江没有马上回答。霞霞就是李霞。他不知道团长要问的是李霞平时和他说过的话，还是那天黄昏在公园里要求和他交朋友的事。他想团长问的应该是公园里的事情，这就证明团长已经知道了这件事。问他，也不过是想证实一下，或者是想了解了解他的态度。

他实话实说："她想和我交朋友。"说完把头低下了。

团长平静地看着他："你的意思呢？"

杨江仍然没有马上回答，他的大脑在急速运转。心想李霞告诉团长他俩在公园里的事情时，不会不说我有女朋友这件事。看来想瞒也瞒不过。虽然他违反了部队纪律，李霞和团长同样也违反了。

他便再一次实话实说："我说我有女朋友了。"

"哪儿的？"

"就在我的家乡，沙后营子的。"

团长脸色变了，露出惊异的表情。李霞告诉他她向杨江求爱，不会不告诉他杨江已经有女朋友，这件事他应当知道的。杨江不明白他为什么还要这么震惊。

团长又问："那女孩是干什么的？"

"农民。"

"这么说，你转业后还要回沙前营子种地去？"

"不，团长，我不想回去。"

"你不想回去，却又找了个农村女孩，将来怎么在一起生活呢？"

"我想把她带出来。"

团长瞅着他，狡黠地笑着说："小杨，你是不是为了糊弄我，编造出一个女朋友呀？"

杨江脸红了："哪能呢，团长，我说的全是实话。"

现在团长的表情是凉的，流露出明显的失落和无奈。

"既然这样，那就算了。"团长干咳了一声又说，"我原来想，如果你真的能和霞霞结合，我还真为你们的将来设计了一幅蓝图。打算年内解决你的入党问题，明年解决你的转干问题，这样你就能在部队留下来。将来转业以后也是国家干部，不用回农村种地去了。既然你已经有了女朋友，我就不好再说什么了。"

杨江此刻的心情特别复杂，也特别难受，而且有些犯昏，理不出个头绪来。他没头没脑地说了这么一句："首长，我一定努力学习，认真工作，争取早日加入党

组织。"

他没提转干的事，那样太露。

团长也没头脑地说："好好努力吧，组织上会看你的表现的。"

他们的谈话就这样结束了。

21

团长找杨江谈话以后，杨江老觉得对不住团长，也有点对不住李霞，心想人家是什么条件，什么家庭，我居然敢拒绝人家。要不是和玉叶相爱，说不定他就听从了团长的安排，做了团长家的乘龙快婿了。

不过他也没特别往心里去，男女婚姻要的就是个自觉自愿，按团长的水平，他应该能完全理解。李霞虽然失落痛苦，毕竟也是当代大学生，应该能想得开，时间一长就过去了。

可是渐渐地，杨江就嗅出点味儿来了。团长一家似乎很在乎这件事。李霞一看见杨江就把脸拉下来，就像杨江欠她什么似的；她又和以前一样对杨江颐指气使，哼声动气。

团长夫人竟然也当着杨江的面说："我们霞霞再不行也比个农村女孩强。"搞得杨江下不来台。

团长倒没说什么，但一切公事公办，缺少了对杨江的亲切和热情，再没提他的入党问题。

这样就对杨江形成一种无形的压力，使他吃不好饭，睡不好觉。这么一来，他倒好像真的欠了人家什么，处处觉得理亏，挺不起腰杆来。他能不去团长家就尽量不去，能不见他们就尽量不见，能不和他们说话就尽量不说，远远看见他们，能躲就躲，能藏就藏。

杨江知道，他的事情请团长帮忙已不大可能。只能更加努力工作，吃苦耐劳，用自己的优秀表现换取他想得到的东西。他想得到的东西很简单，就是将来不要回到农村去，能留在城市。

他加班加点，分外的抢着去做，分内的做得更好，处处助人为乐，军营里对他一片赞扬。走出军营他也不闲着，处处学雷锋，做好事。表扬信和感谢信像雪片一样飞进军营，有的单位还专门送来牌匾。杨江一时名声大噪，连报社和电视台的记者都来采访他。

可是不管杨江如何努力，如何表现，怎么也发不出光来。就像一包炸药，就因为缺一根引信而无法爆炸。团长的态度便成了那根引信，团长始终不表态。

　　就连党支部书记也没再过问他的入党问题。倒是开会讨论过一次，大家根据杨江的表现同意吸收他为中共预备党员，可是支部书记说话了。他说杨江表现突出是事实，但是他的意图太明显，就是想当志愿兵，动机不纯，再考验一段时间再说吧。这一考验就再无人提起了。

　　这是杨江有生以来遭受的最严重的一次挫折。他非常痛苦，不知道该怎么办。有时连续几天几夜失眠。

　　摆在他面前的只有两条路：要么答应李霞的要求。这样失去了玉叶，得到的是入党、转干，再不用回农村种地了。但他一点儿也不喜欢李霞，不但不喜欢，而且讨厌，觉得跟这种女人结婚简直就是活受罪。要么不放弃玉叶，两年后回到沙前营子继续务农。但是这样他就永无出头之日，玉叶也无法到城里来过上好日子。

　　最好是既能留在城市，又能得到玉叶，但他做不到，二者必居其一。他这才感觉到，人的命运往往不能掌握在自己手里。何去何从，他一点主意也没有。

六、时来运转，团长女和谐小兵蛋

七、男友背叛，把他弟弟领回来

22

进入十二月，玉叶已有两个星期没收到杨江的来信了。她有些着急。这种情况以前也有过一次，玉叶连续十八天没见杨江的来信。后来杨江来信解释说，因为要执行一个紧急任务，没来得及写。这次虽然两个星期收不到信，玉叶很想念，但她认为杨江可能又去执行任务或者太忙，顾不上写信，所以没有特别放在心上。第三个星期，玉叶还不见杨江的来信，她觉得不对劲了。她担心杨江出事了，或者病了。她急急忙忙给杨江写了封信去询问。

把信寄走的第三天上午，小宋在院门外喊玉叶。玉叶赶忙跑出去。

小宋把一封信交给玉叶，笑着说："等急了吧？"

玉叶红着脸嫣然一笑，心里不由得涌起一阵温馨和甜蜜。

这封信很薄很轻，是杨江给他来的几十封信中最薄最轻的一封。玉叶有些奇怪，又转念一想，也许是杨江又出去执行什么任务，临行前匆匆给她写的，当然无法写得洋洋洒洒了。

玉叶回到自己屋里，才把信拆开。奇怪的是信的抬头没有以前那些"我的宝贝"、"我的心肝"、"我的小天使"等等一类亲昵的称呼，而是直呼她的名字"玉叶"。玉叶心里"咯噔"了一下，赶紧把信看下去。

玉叶：

你好！近日心情愉快吧？我犹豫很久才提笔给你写这封信。我要告诉你一个对我对你来说都非常悲伤难过的消息,我和你的爱情关系无法再保持下去了。希望你能宽恕我。

我们团长有个女儿,今年二十二岁了。她大学毕业不久,被分配到某行政机关工作。她看上了我。前些天,团长(就是她的父亲)找我谈了一次话,希望我能做他的女婿。他还答应为我转干,这样我就不用复员回乡,能长期留在城市了。我曾经想靠我的优异表现获得成功,后来发现根本不可能。我心里很矛盾,不知道该怎么办。说实话,我一点儿也不喜欢她。无论长相还是性格,她都无法和你相比,我爱的仍然是你。经过一段时间的思想斗争和冷静思考以后,我还是决定娶她为妻,因为我得为我的前途考虑。

玉叶,我所以要做出这样的决定,不只是为了我,其实也是为了你。我的家境太差了。母亲过早地撒手而去,留下患病的父亲和幼小的弟弟。他们只能靠政府的救济生活。来到这样的家庭里,不知你得吃多少苦,受多少罪,会把你稚嫩的肩膀压垮的。我真不忍心让你分担我的苦难。我们考虑问题要实际一些,你应该到一个优裕的家庭去,过你应该过的日子。

玉叶,为了能让我们杨家振兴起来,为了能有个出头之日,为了能永远离开农村,为了我和我的下一代再不面朝黄土背朝天,我只好做出这样的选择。这是一个机会,是一次改变命运的契机。机不可失,时不再来,我要抓住这个契机,努力奋斗,让我们杨家彻底翻身。希望你能理解我,原谅我。我还有个请求,就是不要把这件事声张出去。要是让部队知道了,我就全毁了。我也希望你能得到真正的幸福,得到真正属于你的爱情。

祝你幸福!

杨江

一九九×年×月×日

信还没看完,玉叶的思绪就全乱套了。她眼睛看着信,思路却怎么也集中不到信上去。她的脑袋轰的一下子涨大了,眼冒金星,耳朵嗡嗡作响。她的手在颤抖,脸上苍白得没有一点儿血色。但她没哭,眼泪不知道跑到哪儿去了。她动作机械地一手捏着信封,一手捏着信瓤,跟跟跄跄地从房间里出来,穿过院子,走出大门,沿着地埂往南走。

"说断就断了,有那么容易? 你得给我说清楚!"玉叶说。

她走得很快,仿佛真的要去找杨江说清楚似的。气候很寒冷,她的手被冻僵了,

可是仍然一手捏着信封，一手捏着信瓤。她额前的头发上结了一层白色的冰凌，但她全然不顾，继续一个劲地往前走。她的大脑什么也不能想，一味地迎着寒风走路。

"你得给我说清楚，怎么说断就断了！"她说。

她跨过沙丘，穿过沙前营子，一口气走了四公里，一条由东向西的公路横在面前。面对来往的行人和车辆，她停下了。她仿佛现在才有了点思维，问自己："我这是急急忙忙地要到哪儿去呢？"她在旁边站了一会儿，又转身往回走。

往回走的时候，玉叶脸上一直挂着一丝凄然的笑容，手里依然拿着那封信。她突然感到浑身乏力，两腿像绑了沙袋一样沉重，连双脚都抬不利落。她的思绪还是展不开，一直固定在一个点上，脑海里仍然固定着杨江的画面。

"杨江，你把我骗了！"她说，语调听起来好像在和杨江面对面地交谈。

她沿着便道走进沙前营子。经过杨江家门口的时候，她停下来，望着院子发呆。但她似乎什么也没有想，甚至连"这就是他的家"这样的事情也没想，就又开始走路了。不知从什么时候起，她的眼角挂上了几颗冰冷的泪珠。

"好啊，杨江，你真厉害，说甩就把我甩了。"快到沙后营子的时候，玉叶又自言自语地说了一句。

玉叶回到沙后营子已经是中午。一走进自己屋里，她就把杨江寄给她的几十封信从抽屉里取出来，扔到地上。她又把每封信的信瓤从信封里抽出来，然后用打火机点着一页一页地烧。烧得满屋子乌烟瘴气，呛得她不停地咳嗽。几十封信全被她烧光了。地上留下一堆灰烬。

玉叶靠着炕沿发呆，目光忧郁地望着窗外。她还是不能前前后后地想事情，还是不能对刚才发生的事情做出判断。她看见门外有一只公鸡正在追逐一只母鸡。另一只公鸡从不同的方向跑过来，把这只公鸡赶跑，呵护着母鸡到另外的地方觅食去了。看着这种情景，她忽然没有情由地咯咯笑起来，笑得前仰后合，东倒西弯，眼泪都笑出来了。可是笑着笑着，她就扑倒在炕上放声痛哭了，哭声撕心裂肺。她双腿乱蹬，撕扯自己的头发和衣服，痛不欲生。

玉叶的哭声惊醒了正在午睡的父母，他们一起跑出来，在院子里喊，一边往玉叶屋里跑。

"叶子，叶子！"

"叶子，怎么了，你怎么了？"

"叶——子！"

他们跑进玉叶屋里，发现满屋子浓烟，还有地上的一堆灰烬，才意识到问题的严重性。文仙虎把门和窗户打开。

吴月花上了炕，看见玉叶的泪水像泉水一样往外涌，把一大片炕单都浸湿了。她把玉叶拉进怀里，摸摸她的额头，又摸摸她的手，问："叶子，你怎么了？哪儿不舒服？"

　　玉叶不回答，仍旧在一个劲地哭。这时候，文仙虎发现了炕上的那封信，他拿起来看了一遍，然后愤怒地把信扔在地上。

　　"那是谁的信？"吴月花问。

　　"杨江这小子把叶子甩啦！不要她啦！"文仙虎大声喊道，"这个狼心狗肺的东西，我现在就去找他算涨！"

　　吴月花的泪水也出来了，陪着玉叶一起哭。她说："就是要去问问他，以前好好的，怎么说不要就不要了。"

　　玉叶起来拉住文仙虎说："爸爸，不要去，你不要去。生米已经做成熟饭了，去也没用了。"

　　"那我就给部队写信，把他的名声搞臭，看他还转什么屁干。"

　　"不要，爸爸，不要写信。"玉叶眼泪汪汪地说，"你们都不要管，让我处理好这件事情。"

　　文仙虎："你是不是还对他抱有希望，盼着他悔改？"

　　玉叶摇头。

　　文仙虎说："那你还护着他干什么？"

　　玉叶说："把他的名声搞臭了，他就转不成干了。他有个患病的父亲，还有个五岁的弟弟，他要是转不成干，复员回来，他们家的日子就更没法过了。"

　　吴月花说："你呀，都什么时候了，你还在替他想。"

　　玉叶说："妈，我是在为他父亲和弟弟着想，他们太可怜了。"

　　文仙虎说："既然可怜人家，那你就不要哭。"

　　玉叶说："我再不哭了，爸爸，我会慢慢想开的。"

　　吴月花自我安慰说："我看断了这门亲事也好，当初咱们就不同意。他家里那么穷，负担那么重，我还怕女儿过门以后受穷受罪呢。"

　　文仙虎蹲在地上说："说得也是，咱们还巴不得他这么做呢。我只是咽不下这口气，让他给耍了。"

　　"我看他是把自个儿耍了。"吴月花说，"像我们叶子这样的姑娘，打上灯笼也难找。"

　　有父母的劝慰和体贴，玉叶心里暂时平静了一些。

23

玉叶再没有去过杨家，因为她和杨家没有任何关系了。但她又常常想起杨河，十分牵挂这个孩子。

第二年春天，杨东海死了。玉叶又想起杨河，现在他完全变成孤儿了。如果杨江不是杨河的哥哥，玉叶真想把杨河领回来做她的弟弟。

24

把杨东海安葬以后，迫在眉睫的问题是安排杨河的生活。杨江和村干部一起研究这件事情，杨河却在旁边捣乱。有人提出抽出专人给杨河做饭，杨河就说："我不我不，我要姐姐给我做饭。"又有人提出把杨河寄养在一户人家，村里负担一切费用，杨河就说："我不我不，我要姐姐陪我睡觉。"他们心里都清楚，杨河说的姐姐就是玉叶。杨江早和玉叶解除了婚约，玉叶怎么能给杨河做饭陪杨河睡觉呢？所以大家都不理他。

研究的结果是杨河继续住在他家，村里为他提供口粮、副食和蔬菜，村民轮流为他做饭，晚上陪他睡觉，每户十天，直到杨江服役期满。

可是杨河不干，和杨江闹起来了。他闹着向杨江要玉叶。杨江走在哪，他就跟在哪，一边哭，一边嘟囔："我要姐姐。你赶快给我把姐姐娶回来。"

"杨河，你烦不烦呀！去，一边玩去，我正忙着呢。"杨江说着，又和村干部商量事情。

杨河不行，抱住杨江的胳膊说："谁来了我都不跟他睡，我就跟姐姐睡；谁做的饭我都不吃，我就吃姐姐做的饭。你给我把姐姐娶回来。"

周围的人笑着看杨江，弄得杨江有些脸红。他并没有认真对待杨河的闹腾，以为杨河毕竟是孩子，闹一闹就过去了。谁想杨河不肯善罢甘休，闹腾得更凶了。

杨东海在世时，一直没把杨江和玉叶解除婚约的事告诉杨河。杨河问起玉叶来，他也只说"病了"、"上学去了"、"到外面打工去了"。现在眼看着父亲死了，哥哥要回部队，他对玉叶的思念就更加强烈，闹着让杨江把玉叶找回来。

杨江正在商量事情，杨河就哭着磨他，常常把他的话打断。杨江突然火了，大声吼道："杨河，你不要闹好不好！找她她也不来。我跟她没有任何关系了。"

杨河说："她是你媳妇。"

"早不是了，去年冬天就不是了。"

杨河不信，说杨江骗他。

杨江又说："去年冬天我给她写了一封信，断交了，不要她了。我们的关系从此结束了。"

杨河这回相信了。他记起去年冬天和玉叶在一起赏过雪后，玉叶就再没来过。

杨河质问杨江："你为什么不要她了？"

"小孩子不要管这么多。"杨江又和村干部商量事情。

杨河针锋相对，学着大人的样子把手叉在腰里，怒视着杨江说："杨江你听着，姐姐是全世界最好的人，你不要她就是没良心，猪狗不如！"又说："你不要我要，我娶她。"

有人觉得奇怪，问他："杨河你刚才说什么？你要娶谁？"

"娶姐姐。"

人们笑起来，又有人问："娶她做什么？"

"做媳妇。"

杨江说："杨河，你不要再闹了，出去玩去。不听话小心我揍你。"

杨河再没闹，呼呼地喘着粗气出去了。

杨河一出去，屋子里就清静了许多。他们接着商量事情，以为他到外面玩去了。可是过了一会儿，杨河哼哧哼哧地抱着一颗石头回来了。

人们都很惊讶。有人问他："杨河，你抱个石头干什么呀？"

杨河没吭声，抱着石头往里走，一脸怒气。直到这时，人们仍然不知道杨河要干什么，笑着看他。走到杨江跟前，他把石头向杨江砸去。但是石头太大，他力气小，使不上劲，杨江一躲，石头就掉在地上了。

杨河"哇"地一声大哭起来。他又扑上去，把杨江的腿死死抱住了，就哭就说："我要姐姐，我要姐姐……"

他说不出别的话来，就会说"我要姐姐"。不知道为什么，杨河一哭，杨江也哭了，哭得很伤心。其他人一看气氛不对，都离开了，屋里只剩下他们兄弟俩。杨江把杨河抱起来，兄弟俩抱在一起哭，哭得泪人儿似的。杨河嘴里一直说着"我要姐姐"。

第二天早晨，杨江是趁杨河熟睡之际偷偷离开沙前营子回部队的。以后几个月里，杨河每天吃罢早饭，就拿个小板凳坐在大门外，两只手托着下巴看来来往往的行人，一直看到吃中午饭时候。吃过午饭，他又坐在大门外看，一直到夜幕降临。天天如此，月月如此。他希望玉叶能在大门外的便道上出现。从那时起，他再没和小伙伴们在一起玩过。

25

一天下午，玉叶去县城购物回来。从沙前营子经过时，她忽然听见身后传来一个非常熟悉的声音："姐姐！姐姐！姐——姐……"

玉叶转身朝喊声传来的方向望去，只见杨河从他家大门口跑过来，拼命追她。不知是累的，还是太兴奋了，杨河脸蛋通红，头上冒着热汗，一过来就把玉叶的胳膊死死抱住了。已经是晚春，杨河仍然穿着冬天的棉袄棉裤，脚上却没有穿鞋。他的脸和手都很脏，唯有眼睛还和从前一样黑一样亮。

"姐姐，"杨河高兴地说，"我每天坐在大门口等你，今天终于等到你了。"

看见杨河，玉叶也很高兴，抚摩着他的蓬乱的头发。可是一想起杨江，她的眉头就皱起来了，而眼前这个孩子正是杨江的亲弟弟。她气不打一处来，一把将杨河甩开说："谁是你姐姐！我跟你没有任何关系。"说完转身就走。

杨河站在那儿愣了一下，又追上来把玉叶的手抓住，扭动着身子说："姐姐，我要跟你走，我要跟你走嘛。"

玉叶阴着脸问："你要跟我去哪儿？"

杨河用乞求的目光看着玉叶："你去哪儿我就跟你去哪儿。"

"我凭什么要领你？我是你什么人，嗯？"

"你是我姐姐。"

"谁是你的姐姐，滚开！"

玉叶推了一把。杨河一屁股坐在地上，"哇"地一声哭起来了。玉叶怔了一下，想把他扶起来，心想一扶他又要缠她，就发了个狠心，转身走开了。

杨河并不放弃，他一骨碌爬起来，再向玉叶追来，一边哭，一边跑。玉叶停下来用眼睛瞪他。杨河不敢再动了，可怜巴巴地望着玉叶。

玉叶气愤地指着杨河说："你听着，杨河，再不要跟我。你也再不要叫我姐姐，再叫我姐姐我打烂的你的嘴。你知道不知道，你哥哥早就不要我了。"

杨河脱口说："我要你。"

"你要管屁用！"玉叶又说，"快回去，不要老跟着我。再跟我可就生气了。"

杨河哭得更厉害，他又追上玉叶，把她的胳膊抱住了。他一边哭一边说着什么，玉叶一句也听不清。玉叶把胳膊使劲一甩，杨河又摔倒在地上。他哭着爬起来，又扑到玉叶怀里。玉叶推了一把，杨河打了个趔趄倒在地上。玉叶趁机向前赶路。

走出一截，玉叶又有些后悔，后悔刚才对杨河太狠了，不该那样推他。她回头看了一眼，发现杨河还没有起来，坐在地上大哭。她想，杨河这回大概彻底绝望了。

她停下来，想着是不是返回去安慰安慰他，又怕杨河缠住不放，就狠了狠心，又开始赶路了。

杨河并没有绝望，他坐着哭了一会儿，又爬起来拼命向玉叶追来。也许是跑得太快了，也许是太伤心了，他跑几步就要摔倒在地上，然后爬起来再跑。玉叶知道杨河离她近了，快追上她了，但她仍然不理他。杨河追上来后，扑通一声跪在地上，把玉叶的腿死死抱住了。

玉叶低头看他，无可奈何地说："杨河，你为什么要老跟着我？"

"姐姐，我要跟你回家，我要跟你回家。"杨河仰起脸，泪流满面地说，"我听你的话，不惹你生气，给你好好干活。我知道你生哥哥的气，他不要你了。我长大给你报仇。姐姐，收下我吧，行不行？"

玉叶眼泪下来了。她把杨河扶起来，拂去他身上的土，掏出手绢给他擦去满脸的泪水和鼻涕，又弯下腰说："杨河，你是个很懂事的孩子。你听我说，因为你哥和我断了关系，我和你也没什么关系了。你想想，你姓杨，我姓文，咱们什么关系也没有，我怎么能把你领回家去呢？"

杨河仍然执拗地说："我非常想你，坐在大门口等了你好几个月了。今天把你等来了，我要跟上你走。"

玉叶耐心地说："你应该和你的亲人在一起。"

"我爹死了。"

"你还有哥哥。"

"我哥哥在部队。"

此时玉叶突然产生了一种奇怪的心理，似乎很在意杨河对他哥哥的态度，就问："想不想你哥？"

"不想，一点儿也不想。"

"为什么不想？"

"他不要你了，又找了一个女人。我见过那个女人的相片，我一点儿也不喜欢她。我就喜欢你。"

玉叶把杨河紧紧搂在怀里，泪水夺眶而出。

其实玉叶早就喜欢上这个孩子了。他虽然只有六岁，但他聪明、懂事、可爱，模样也很俊俏，特别是那双眼睛，又黑又亮。他往往能说出同龄孩子说不出的话，让人听了禁不住发笑。他把玉叶当命根子，已经无法离开她了。从心底里说，玉叶并不想扔下杨河，而且乐意和他在一起。心想我要是真有这么一个小弟弟该多好啊！遗憾的是他们之间没有血缘关系，也没有亲情关系。就是她想收下他，还有父母，

他们能同意吗？再说她毕竟还只是个十八岁的姑娘，终将要嫁人，她总不能嫁人的时候也带上这么个孩子吧？

"杨河，"玉叶说，"不要哭，好好听我的话，你还小，好多道理你不懂，好多事情你不明白。就是我想收留你，我爸我妈也不同意呀。"

"我给你们家好好干活，给你们家放羊，捡柴火。"杨河说。

"再说我也要嫁人的，我总不能把你领到婆家去吧？"

"到那时我就长大了。"

玉叶不禁叹服杨河非同寻常的机智和聪明，不管怎么说他，他都对答如流，而且说得丁是丁，卯是卯，让人难以辩驳。但是无论如何不能把他领回家去，这是底线。

玉叶皱起眉头说："杨河，请你再不要为难我好不好？"

杨河说："你让我和你在一起，我就不为难你了。"

玉叶猛不防甩脱杨河的手，转身跑了。杨河在她身后又一次"哇"地大哭起来。

玉叶的心情很复杂。她下决心再不回头看，小跑着往家里走。她能从杨河的哭声中听出来，杨河仍在后面追她。她转过身去，装出生气的样子瞪着杨河。杨河停下不敢走了。以后的时间里，玉叶走快了，杨河就小跑起来。玉叶走慢了，杨河也放慢脚步。玉叶停下来，转过身去瞪他，杨河也停下来怯怯地望着玉叶。杨河始终和玉叶保持着不远不近的距离。

快到家门口的时候，为了摆脱杨河，玉叶一口气跑回去，把大门闩上了。她跑进父母的屋子里，把包扔在炕上，装作若无其事的样子说："妈妈，我回来了。"

吴月花说："跑累了吧？快去吃饭吧。"

玉叶心里一直惦记着杨河，根本没心思吃饭。她问："我爸呢？"

"学校有事，今晚不回来了。"

杨河在院门外的哭声清晰地传进来。玉叶想让母亲听见杨河的哭声，就再不说话。母亲果然听见了，侧着耳朵边听边问：

"这是谁家的孩子在哭？"

玉叶故意跑到院子里装模作样地看了一下，又跑回来说："好像是杨东海的二小子。"

吴月花一时没反应过来："哪个杨东海的二小子。"

"就是杨江的弟弟。"

吴月花的脸立马沉下来："他在咱家大门外哭什么？"

"他成了孤儿。"玉叶说，"我从他家大门外经过，他就跟来了。"

吴月花说："他哥把你甩了，他还好意思跟你。"

玉叶希望母亲让她把杨河放进来，但是母亲一直没说。杨河的哭声就像鞭子抽在她的心上，很不是个滋味。

26

晚上，玉叶睡着以后一直在做噩梦。半夜醒来，屋子里黑洞洞的什么也看不见。她突然想起了杨河，便赶紧穿上衣服，到大门外面去了。

杨河没有回去，蜷缩在门旯旮里睡着了。玉叶在他身边蹲下，他也没有醒来。由于寒冷，他的身体瑟瑟发抖。也许哭得太伤心了，他的身体过会儿就在睡梦中随着抽泣抖动一下。看到这里，玉叶什么也顾不得想了，决心要把杨河领回家去。

她轻轻摇着杨河的身体，低声说："杨河，杨河，醒醒，你醒醒。"

杨河睁开眼睛，迷迷瞪瞪地看着玉叶。看着看着，他突然站起来，依偎在玉叶怀里，把她紧紧抱住了。玉叶搂着杨河，用体温驱除他身上的寒冷。

玉叶抱着杨河往屋里走。杨河也抱住她的脖颈不放，他害怕玉叶再一次抛弃他。

玉叶把杨河放在炕上，开了灯，又给杨河盖上被子，心疼地说："杨河，是我不好，把你扔在大门外不管。我再也不让你离开我了。"

杨河非常高兴，频频点头。他问玉叶："姐姐，以后我叫你妈妈行不？"

"不行。"

"为什么不行？"

"我早就给你讲过了，因为我们是同辈人。"

"那我叫你什么呢？"

玉叶想了想说："你还叫我姐姐吧。"

杨河认真地点了点头。

27

第二天早晨，玉叶把杨河领到父母屋里。

文仙虎刚从学校回来，他看看杨河，又看看玉叶，问："这是谁家的孩子？"

"杨东海的二小子。"玉叶答。

吴月花把脸沉下来："结果你还是把他领进来了。"

"他在外面睡了一夜。"玉叶说，"我怕把他冻坏，就把他领进来了。"

"今天把他送回去。"吴月花说。

杨河一听要送他回去，赶紧把玉叶抱住了。

玉叶说："昨天下午他一看见我就跟住不放，闹腾了很长时间。爸、妈，我是这么想的，现在他完全是个孤儿，就让他在咱们家住些日子吧。"

"不行！"吴月花说，"他哥把你甩了，你再把他领回来，这算什么事情。吃呀喝呀的就不说了，名声也不好听，人家会说咱们是贱骨头。"

"妈妈，他还是个孩子，解除婚约跟他没有任何关系。"

"那咱们家和他是什么关系？凭什么要养活他？"吴月花又说，"我看你是鬼迷心窍了。"

玉叶也针尖对麦芒地说："妈，当年你和我爸收养我哥算什么？"

吴月花被噎得说不上话来了。

文仙虎想得深一些。他认为杨江的那封绝情信让玉叶痛苦得死去活来，现在和杨江的弟弟在一起，说不定能让玉叶得到某种心理上的慰藉，因为她非常喜欢这个孩子。

"我看这样吧。"文仙虎说，"既然玉叶喜欢这个孩子，孩子也不想离开她，那就让他在咱家住些日子。我们不怕别人议论。有人说我们下贱，还有人说我们心胸宽广，不计前嫌呢。"

吴月花再没提反对意见，玉叶和杨河都非常高兴。

文仙虎又说："玉叶，这事你得跟沙前营子的领导说一声，不要让人家到处找。"

玉叶点头同意后，杨河在文家住下来了。

杨河多数时间和玉叶在一起，晚上睡在玉叶屋里。玉叶有时下地干活，杨河也跟着。玉叶看书的时候，他也拿着一本书在那儿看。虽然不认得字，他却看得津津有味，好像能读懂书里的意思似的。不过玉叶也注意到，只要她不在身边，杨河就托着下巴坐在门槛上发呆。他可能在想他的家庭，想他的亲人。玉叶尽量腾出时间和他在一起，不让他的心灵留下阴影。

一天上午，父亲去了学校，母亲到村子里串门去了，院子里只剩下玉叶和杨河两个人。他们在杏树下打沙包。两个人玩得很开心，尤其是杨河，叽叽嘎嘎笑个不停。玩了一会儿，他们都累了，坐在台阶上休息。

杨河突然问："姐姐，你将来还要嫁人吗？"

"你说呢？"

"你不要嫁人。"

"为什么？"

"你嫁了人，我怎么办？"

玉叶故意把脸一沉："回你们家去。"又说："因为你，我就一辈子不要嫁人？"

杨河不知道该怎么办，不说话了。过了一会儿，他才说："那你嫁给我好了。"

"胡说，我是大人，你是孩子，我怎么能嫁给你呢？"

"那就等我长大了你再嫁给我，行不行？"

玉叶若有所思地说："等你长大了，我就老了。"

杨河又低头沉思起来。

一次金桂来沙后营子住娘家，向玉叶说起杨河和杨江闹气的事。她说人们想不到杨河对玉叶有这么深的感情，竟然想娶她做媳妇。尤其他训斥杨江的那几句话，让人听后无不感到惊诧。因此有人把这件事编成《杨河大闹沙前村》的故事在沙前营子流传。

玉叶听后也非常惊讶。但她表面上只是淡淡地笑了笑，心里却十分感激，觉得她和杨河更加亲近了。一感觉到亲近，她就想永远和杨河在一起。

七、男友背叛，把他弟弟领回来

八、父母刁难，难改姐弟高尚情怀

28

玉叶发现自己越来越喜欢这个孩子了，越来越离不开他了。

只要杨河不在身边，她就感到寂寞；只要杨河不在屋里，她就感到空旷和孤独。杨河不在的时候，她也会独自回想起当初和杨江相爱的情景，回味初恋的激动与甜蜜，但她感受更多的还是失恋的痛楚与伤感。奇怪的是只要杨河在她身边，她就能把烦恼统统忘光，处于一种平静而又淡然的心境里。他们都有一种谁也离不开谁的依恋感，因此他们都在争取有更多的时间在一起。

玉叶发现，母亲是一天比一天讨厌这个孩子了。父亲也渐渐显得有些不耐烦。杨河和他们在一起的时间并不多，只有吃饭的时候才坐在一起。这时候，母亲的目光是厌恶的，父亲的脸色是冷淡的。他们几乎不和杨河说话，偶尔说一句，往往也是命令和斥责。杨河不在跟前的时候，他们多次向玉叶流露出对杨河的不满，说他饭量大，吃的和大人一样多。玉叶认为恰恰相反，杨河一看见饭不多了，就知趣地早早把碗筷放下了，很多情况下只能吃个半饱。他们还说杨河懒，不勤快。玉叶表示坚决不同意。在杨河的问题上，玉叶和父母产生了分歧，她觉得他们对杨河太冷淡，太苛刻，太不公平了，这使她和父母渐渐拉开了距离，不像从前那么亲热了。

冷静下来想，玉叶觉得父母也没什么错。一个别人家的孩子长期住在自己家里本来就不合适，如果这个孩子是杨江的弟弟就更不合适。这种事情发生在谁家也会起风波的。只是玉叶太喜欢这个孩子了，所以才处处护着他，不舍得让他离开她。她甚至希望杨河犯错误，做坏事，让她厌恶他。可是杨河偏偏不，好像他早就猜透了玉叶的心思似的。

可惜母亲并不喜欢他，而且越来越讨厌他，这就难免要发生纠葛。这种纠葛在酝酿着，积累着，终于有一天，以杨河为焦点，一场冲突在这个家庭里爆发了。

那天傍晚吴月花做晚饭的时候，发现昨天才煮好的两个猪肘子丢了一个。她首先怀疑到杨河身上，因为以前从来没发生过这种事情。猪肘子就放在案板上的盆子里，不是他偷吃了又能是谁呢？她真是气坏了，当即把杨河叫来。杨河不知道发生了什么事，特别紧张。他一会儿抬头看她一眼，一会儿又把头低下去。杨河的这种神情更坚定了吴月花的怀疑与判断，她几乎认定猪肘子就是杨河偷的了。

"杨河，我问你一句话，你要老实告诉我。"她说。

"嗯。"杨河使劲点头。

"我丢了个猪肘子，是你偷的吧？"

"我没偷，大婶，我从来不偷别人的东西。偷东西不是好孩子。"

"你没偷猪肘子跑到哪儿去了？它能长上膀子飞了？"

"是不是让猫拉走了？"

"我看就是让你这个馋嘴猫偷走了。"

杨河无法用事实证明自己的清白，所以就哭。他边哭边说："大婶，我没偷，我真的没偷。"

"你说你没偷，那你用什么证明你的清白呢？"

"反正我没偷。"杨河哭着说。

玉叶从门外进来。她看见母亲坐在炕上阴着脸，杨河站在地下哭，不知道发生了什么事情。她问母亲，母亲把情况告诉了她。

玉叶说："妈，还是让我单独问问他吧。"说着把杨河领走了。

玉叶把杨河领进自己屋里，杨河还在委屈地哭。她从未发现杨河有偷窃的毛病，不相信猪肘子是他偷的。但她又不敢保证猪肘子就不是杨河偷的。这段时间杨河经常吃不饱，作为一个孩子，饿极了说不准也会做出这种事来。她想如果杨河真的偷了猪肘子，我就立刻把他送回沙前营子去。所以玉叶觉得自己有责任把真相弄明白。

她拉着杨河的手，语气和蔼地问："杨河，你想不想给我说实话？"

"想。"

"那我问你，猪肘子是不是你偷的？"

"不是我偷的，姐姐，真的不是我偷的。"

"偷了也没关系，只要以后不偷就行了。但你必须对我说实话。"

"我没偷，姐姐。偷东西给你丢脸，我饿死也不偷东西。姐姐，我不能做对不

起你的事情。"

杨河越哭越委屈，越哭越伤心，他把头埋进玉叶怀里说："姐姐，要是连你都不相信我，我就只有死了。"

玉叶相信杨河是清白的，她坚信杨河不是那种孩子。她突然对母亲产生了一种说不出来的厌恶之情。她把杨河留在屋里，独自到母亲那儿去了。正好父亲也从学校回来了。

玉叶说："爸、妈，现在我负责任地告诉你们，猪肘子不是杨河偷的。我刚才问过他了，他对我不会说谎的。"

"那我的猪肘子跑到哪儿去了？"吴月花说。

文仙虎显然已经知道了这件事情，说："叶子，凡事不能片面主观，你凭什么断定不是他偷的呢？"

"他不是个偷东西的孩子。如果他有这个坏毛病，我就不可能把他带到咱们家来。"

"仅凭这一点，你还不能说服我。"文仙虎说，"我要的是证据。"

"爸，你们不能这样对待一个孩子。说他偷东西，也应该有证据。"

玉叶正要转身出去，被父亲叫住了。她只好坐在椅子上。

"玉叶，不光是这件事情，我还有别的事情要和你谈。"文仙虎说，"杨河在咱们家住了几个月了，该离开了。"

"您让他到哪儿去呢？他父母死了，他哥哥在部队。爸爸，他是个孤儿啊！"

"你说得很对，他是个孤儿，但是我们没有义务抚养这个孤儿。抚养他的应该是政府。"

"他不肯离开我。"

吴月花说："我看是你不舍得让他走。"

"我的确不想让他走，因为我喜欢他。"玉叶又说，"爸爸、妈妈，你们能为我收养一个哥哥，难道就不能为我收养一个弟弟吗？你们看，他多可爱，多聪明，多懂事呀。"

文仙虎："收养你哥我一点儿也不后悔。他很争气，我们一直把他当亲儿子。"

"我相信杨河将来更有出息。"玉叶说。

"不管他将来有没有出息，我们要把他抚养到什么时候呢？"吴月花说，"他才六岁，可你已经十八岁了，很快就要嫁人了。难道在你出嫁的时候，你还要把他带到婆婆家不成？"

"我不嫁人，我早就想好了，永远不嫁人。我就和杨河在一起。"

"糊涂！"文仙虎大声说，"你诚心要气死我是不是？永远不嫁人，是不是想在文家养老？你要是再这样，那我们就搬走，你和杨河在这儿住好了。"

"爸爸，"玉叶也毫不示弱，"你们不要走，我走，我领上他走。以后你们不要看见他，也不要看见我。"

"不要这样，叶子，"吴月花慌了，"你走了我们怎么办？好了，事情就到这儿了，猪肘子就当是猫拉走了，再不提它了。"

29

猪肘子事件给文家笼罩上阴影，在傍晚到睡觉前这段时间里，文仙虎、吴月花和玉叶的心情都不好，互相没说过一句话。到了第二天，他们又像什么事也没发生一样和好如初了。

杨河一直记着猪肘子的事。玉叶看出他很委屈，很痛苦。他不说话，眼里常常含着泪水，托着下巴发呆。玉叶安慰他也不管用。玉叶发现别人已经没什么事了，但是投在杨河心上的阴影一直没有散去。

第二天清晨，玉叶还没有醒来，杨河就穿上衣服到外面去了。玉叶被惊醒了，她坐起来，从窗户玻璃上看他要干什么去。杨河先跑进后院。过了一会儿，他又从后院出来，到大门外面去了。他低着头在地上瞅，好像在寻找什么。又过了很长一会儿，杨河从外面回来，进了厨房。玉叶再没管他，又躺下了。

没过多久，玉叶就听见杨河在院子里大喊大叫起来："猪肘子找到啦，姐姐，我把猪肘子找到啦！"

玉叶赶紧坐起来，杨河已经提着猪肘子跑进来了。猪肘子上全是泥土，而且被撕扯得不成形了。玉叶这才明白过来杨河原来是在寻找证据，心里非常感动。

玉叶问："从哪儿找到的？"

"在耗子洞里。"杨河兴奋得眉飞色舞，"厨房的案板下面有个耗子洞。小头子被耗子拉进洞里，大头子还在外面。我把它拽出来了。"

"你起得那么早，就是为了找这个猪肘子？"

"对。"杨河说，"我想我一定能找到它。要是找不到，大叔大婶就会一直认为是我偷的。"

"要是真的找不到呢？"

"那样我会很难过、很害怕的。"

"怕谁？"

"怕你。"

"为什么要怕我呢？"

"怕你怀疑我偷了猪肘子，说我不是好孩子。"

玉叶穿起衣服说:"走,我们过去让大婶看看,到底是谁偷了她的猪肘子。"

玉叶把杨河领到母亲屋里说:"妈,您看,猪肘子找到了。"

吴月花瞅着猪肘子:"怎么变成这样了。在哪儿找到的?"

玉叶:"是杨河在案板下面的耗子洞里找到的。"

吴月花去厨房看,玉叶和杨河也跟过去。案板下面的墙角处果然有个耗子洞,洞口被猪肘子弄得油渍渍的。

玉叶:"妈妈,您再不怀疑猪肘子是杨河偷的了吧?"

"杨河受委屈了。"吴月花又说,"猪肘子也吃不成了,把它扔了吧。"

杨河脸上露出灿烂的笑容。

30

玉叶有痛经的毛病。痛起来很厉害,不光肚子疼,而且恶心、呕吐、头晕,有两次还昏倒过。不过也好控制,只要及时吃药,疼痛就能得到缓解。所以她的抽屉里无论什么时候都存放着一种名叫"妇科十味片"的药片。

这次来例假后,她赶紧拉开抽屉找药吃,才发现上次吃完后,忘了再买。没有药情绪就不由得紧张,一紧张疼得更厉害。偏偏这个时候父亲在学校,母亲下地去了,家里只剩下玉叶和杨河两个人。玉叶捂住肚子满炕打滚。杨河以为玉叶病情特别严重,吓得直哭。他拉住玉叶的手说:"姐姐,我给你请医生。"

"不用。"玉叶摇头说,"吃几片药就好了。"

"姐姐,药在哪儿,我给你拿。"

"药没有了。"玉叶又疼得叫起来。

杨河转眼之间不见了。整个上午,杨河再没有在玉叶面前出现。玉叶只顾肚子疼,也没在意他干什么去了。

玉叶腹痛最厉害也就一两个小时,到了中午已经好多了。这时村里有个男孩跑来告诉她,杨河在村口晕倒了。玉叶赶紧往村口跑。跑到村口,杨河还没有醒来,她一看就知道杨河中暑了。但是杨河为什么中暑,到底干什么去了,玉叶一无所知。她立即把杨河抱在旁边的树荫里。奇怪的是杨河不穿上衣,把上衣卷成一团在怀里抱着。由于没穿上衣,皮肤都被太阳晒红了。为了让他放松平躺在地上,玉叶想把他怀里的衣服抽出来。可是杨河抱得很紧,怎么也抽不动。

玉叶知道,中暑这种病说轻很轻,把病人放到阴凉的地方歇会儿就过去了;说重也重,有的甚至有生命危险。她现在非常害怕,担心杨河醒不过来。她抓住杨河的一只手，对着杨河的耳朵轻轻呼喊："杨河，杨河，醒醒，你醒醒。"

杨河似乎对玉叶的声音特别敏感，玉叶一喊他就有了反应，眼皮开始动弹了。再喊，他就把眼睛睁开了。给人的感觉就好像他刚刚睡了一觉，现在醒来了。玉叶悬起的心这才落了地，禁不住长出了一口气。

杨河一看见玉叶眼睛就亮了，他把衣服送在玉叶手里说："姐姐，快吃药。"

玉叶一时没听懂他的意思，她把衣服提起来一抖，从衣服里掉下来一只药瓶。她拿起药瓶一看，原来是一瓶妇科十味片。玉叶这才明白过来，怪不得一上午不见杨河，原来他给她买药去了。看着药瓶，她的眼泪下来了。玉叶非常后悔和自责，后悔不该把药名告诉杨河。

杨河又催她："姐姐，快把药吃了吧。"

其实玉叶的肚子早不疼了，但是为了让杨河高兴，她还是拧开瓶盖吃了几片。

玉叶用自行车带上杨河去乡卫生院治疗。

大夫问她："昏迷过没有？"

"昏迷过。"

"但愿不要留下后遗症。"大夫又说，"需要输液。"

接下来就给杨河输液。输液输了两个多小时，一直到傍晚时分才结束。

从卫生院回来的路上，玉叶问杨河："今天上午你到哪儿给我买药去了？"

"卫生院。"

"就是刚才给你看病的那个卫生院？"

"不是。"杨河又说，"是以前给我爸买药的卫生院。"

杨河说的是沙前营子所在的那家卫生院。那家卫生院比较远，来回要走八公里。这就难怪他要中暑了。

玉叶又问："你买药哪来的钱呢？"

"我向村长要的。"

"他能给你？"

"我说我几个月没在沙前营子吃饭了。现在我姐姐病了，要买药。他就把钱给我了。"

玉叶笑着说："亏你想得出来。"

治疗以后，杨河的症状基本上消除了，就是还有些头疼。玉叶以为这就是后遗症，非常害怕。她认为，杨河是为了她才中了暑，就是真的留下后遗症，也是为了她才留下后遗症。因此她要为杨河负责到底，再不让他离开她。即使将来结婚嫁人，她也要把杨河带过去。不过玉叶又不得不承认，其实她早就想让杨河陪伴终身，这次杨河中暑只是为她的决定找到了一个正式的理由而已。

九、利益交换，打工仔一夜当老板

31

高成到东莞后的第八个月，已经过罢春节，进入第二年春天了。也就在这时候，霍士铨做出一个大胆的决定：他要把公司的厂房和设备卖掉，去海关闯荡，说白了就是走私。过去每年能赚一百多万，但他仍然嫌利润小，想去赚更多的钱。厂房和设备开价二百万，估计一百五十万就会出手。他说如果是公司的员工买，还可以再便宜些。

许多人动了心思，也包括高成。高成想买，可惜没有力量，不要说一百五十万，眼下一万元他都拿不出来。但他又死不了这个心，想找柳玉茹碰碰运气。他知道找她也的确是碰运气，希望不大，柳玉茹不可能借给他这么多钱。就是想借给他，她也不一定有这么多钱。

正在犹豫不决的时候，柳玉茹电话打过来了，让他送一箱饮料过去。高成感到奇怪，两天前他才送去两箱饮料，怎么这么快就用完了。他马上买了一箱饮料，骑上摩托车送去了。

进去后，柳玉茹笑着说："你这是饮驴呀？前几天的饮料还在冰箱里放着哪。"

高成愣了："那你为什么打电话要我送饮料？"

柳玉茹眉毛一扬："想你呗。"

高成却把眉毛拧起来："你看你，想我也不看个时候，我正马踩车呢。"

"马踩车你也是空踩，还得看大姐我的。"柳玉茹又说，"你听说了没，老板要把厂房、设备卖掉？"

"听说了。"

"你想不想当老板？"

"我？"

柳玉茹："不想当将军的士兵不是好士兵。在东莞，不想当老板的打工仔不是好打工仔。"

"想倒是想过。"高成说，"就是罗锅骑驴，前（钱）紧。"

"你是说想买没钱买？"

"对。"

"小高，这可是个千载难逢的好机会，过了这个村可就没这个店了。要是错过这个机会，你当老板至少还得苦熬五年。"柳玉茹又说，"至于钱的问题，大姐可以帮你一把。"

高成眼睛一亮："你愿意帮我？"

"不是给，是借。"柳玉茹说，"如今的钱哪有白送的，抢都抢不来呢。"

"当然是借。"高成说，"到时候连本带利一并还你。"

"利息就不要了，到时候你把本金还我就行。"

"那你就太亏了，大姐。"

柳玉茹说："谁叫你是我的白马王子呢？其实我也不亏，萝卜白菜，各有所爱；周瑜打黄盖，一个愿打，一个愿挨。现在是你需要钱，我需要你，这样咱们就做成了一笔交易。老板开价二百万，我探了口风，有人给一百五十万他就出手。如果你买，凭着你给他留下的好印象，我再给他吹吹枕头风，一百万准能搞定。我叫你来就是为这事。"

高成感动地说："大姐，你看我行不行？不要把你的一百万给砸进去了。"过了一会儿，他又笑着说："真要是砸进去了，我可是把命搭上也赔不起呀。"

"你认为你行你就行，男子汉大丈夫，不能瞻前顾后，畏畏缩缩。如果不当老板，你就永远只能给人家打工，你能甘心？我看你这长的个老板相。"

"有大姐鼓励，那我就试试？"

"不过把话说在前头，大姐的一百万可是有条件的，说白了就是为了把你套住。"

"把我套住？"高成有些发愣。

"期限是五年。这五年里，你必须继续陪我，不能结婚成家，也不能和别的女孩在一起。"

"还有呢？"

"五年后，你还我本金，利息就算你陪我睡觉的报酬。从此我再不要求你陪我

（如果你想继续陪我我也没意见），你可以结婚成家。如果你的公司万一亏损破产了，就像你刚才说的，用你的命也换不来一百万，怎么办？那你就只能继续陪我，陪我一年减去十万，十年后一百万一笔勾销。"

高成说不上这条件到底是优惠还是苛刻。心里却有一种说不清道不明的别扭劲儿，总觉得柳玉茹这么做有点损。他有两个想不到，第一个想不到是想不到柳玉茹一次能借给他一百万，看样子那只是她的一个零头；第二个想不到是想不到柳玉茹竟然向他提出这么离奇的条件。他没有马上答应，说回去再想想。原来本打算和柳玉茹做爱的，可是心上一有事就没了上床的兴头，他又回到公司。

高成几乎一夜未眠。他确实想当老板，也只有柳玉茹的一百万能让他当上老板。可他又觉得这样太窝囊，这不就成了男妓了吗？男妓的名声更难听。可是退一步想，其实他早就是一个男妓，抑或是柳玉茹包养的情夫，而且有段时间还傻乎乎的不计报酬。现在能得到一百万，能让他当上老板，何乐而不为呢？这么一想，他也就释然了。

天亮以后，高成终于下定了决心，又到柳玉茹那儿去了。

他一进门就问："大姐，如果我提前把钱还给你呢？"

柳玉茹答："那你就提前离开我。"

"大姐，我想通了，决定把厂房和设备买下来。"高成说，"你把钱借给我吧。"

他们签了一份协议，签上各自的姓名，又摁了手印。

霍老板果然按一百万的价把公司的厂房和设备买给了高成。高成从此再不打工，当上老板了。公司还是以前的公司，员工还是以前的员工，但是主人变了。高成来东莞不到一年就有了自己的公司，这种事虽不能说绝无仅有，但也极其罕见。人们再不敢叫他小高，而是尊敬地称呼他高经理。其实他的心情也很矛盾，既高兴又愧疚。高兴的是这么快就成了老板，终于扬眉吐气了。愧疚的是他总觉得玉叶的那双美丽的眼睛在什么地方瞅着他，总觉得自己有些脏。不是身体脏，其实身体比在农村的时候干净多了，而是他对玉叶的那份思念变得不纯洁了。

十、哥哥纠缠，搞得妹妹很无奈

32

一天傍晚，刚刚吃过晚饭，太阳就落下了。玉叶和杨河坐在屋檐下的台阶上乘凉。大门开着，能看见远处的景色。

这时，一辆红色轿车驶到大门外停下了。一位西装革履的男人从车里钻出来后，车子开走了。玉叶认出是哥哥高成，可是看他的衣着打扮，怎么也和她印象中的高成联系不起来。眼前的高成看上去像个大老板似的。

玉叶情不自禁地叫起来："我哥回来啦！"又大声往屋里喊："妈，我哥回来啦！爸，我哥回来啦！"

玉叶接着起身往大门外跑。杨河追上来拉住她的手，两个人一起往外跑。可是玉叶突然停下来，心里一阵慌乱。此时高成还没有看见玉叶，正和围上来的几个人说话。玉叶领着杨河转身跑回屋里，赶紧把门关上了。

玉叶小声对杨河说："杨河，我哥回来了。我不能让他看见你，看见了对你不好。你就老老实实待在屋里，不要出去，行不行？"

杨河不知道为什么，但他没说话，认真地点着头。

玉叶像是亲昵，又像是安慰地在杨河的脸蛋上摸了一下，从屋里出来，把门锁上了。这个时候，高成已经走进父母屋里，高声说着话。她也跑进去，扑在高成怀里，鼻子一酸，眼泪就下来了。

高成拥抱着她，抚摩她的头发。

吴月花已经流过眼泪，正揩拭发红的眼睛。文仙虎一直在沙发上坐着，也很激

动。玉叶从高成怀里出来，认真打量着他。他一点儿也不像个乡下人，倒像个大干部。他穿着笔挺的咖啡色西装，系着红领带，脚上的黑皮鞋擦得锃亮。头发半背半分，可能是打了摩丝，看上去油光发亮。他比离开时胖了许多，也白了许多。

玉叶嗔怪道："哥，你一走音信全无，连封信都不来。"

"我走的时候就暗下决心，混不出个模样我就不回来，也不写信。"高成笑着说。

吴月花眼圈又红了："我们从早到晚牵挂你，怕你在外面饿死冻死。"

高成："刚出去走投无路，钱也被骗跑了。后来在一家港商办的公司打工，就好了。老板和老板娘都很喜欢我。"

玉叶对文仙虎说："爸，我说我哥迟早要回来的，你还不信。果然回来了吧？"

文仙虎笑。吴月花高兴地说："还是叶子有先见之明。"

文仙虎问高成："老板一个月给你发多少薪水？"

"五百元。"高成又说，"现在我有自己的公司。"

玉叶拍着手说："哇！我哥也当老板了？"

玉叶忽然注意到挂在高成腰带上的一个玩意儿，就指着问他："哥，那是什么呀？"

高成取下来递给玉叶："这是打电话用的。它的学名叫无线电话，外号叫大哥大。"

玉叶更觉得哥哥了不起。据她所知，乡里的领导也没有这种玩意儿。

高成问她："你想不想打电话？"

玉叶说："我不知道打给谁？哥，你打一个让我听听。"

高成把天线抽出来，拨通了柳玉茹的电话让玉叶听。里面很快传来一个女人的声音："喂，是阿成吗？"

玉叶有些紧张，赶紧把大哥大还给高成。

高成对着大哥大说："对，我回来了，一路顺风。过几天坐飞机回去。"

玉叶问："哥，那个女的是谁呀？"

"老板娘。"

高成打开皮箱，拿出一只金表递给文仙虎："大叔，这是给您买的。您教书经常看时间，用得着。"

玉叶心里怦怦跳起来，不知道哥哥是不是给她也买了礼物。

高成打开一个小红盒子，从里面拿出一只金光闪闪的戒指交给吴月花："大婶，我给您买了一只戒指。"

吴月花高兴得合不拢嘴："能见到你比什么都好，买什么东西呀。"

玉叶早就迫不及待了，心想这下该轮到她了。

高成笑着问玉叶："叶子，你猜我给你带了什么？"

玉叶想了想，笑着说："我猜不出来。哥，你快告诉我吧，我都快急死了。"

高成又打开一个红盒子，拿出一根金项链，亲自给玉叶挂在脖子上。玉叶喜出望外，拍着手满屋子跑。

33

玉叶一高兴就把杨河给忘了，吃晚饭时才忽然想起他。但她没去开门，继续把杨河锁在屋里。晚饭后，她偷偷拿了两个馒头出来。

杨河一直靠着炕沿站着，玉叶进去后，他扑了过来。玉叶把馒头递给他说："杨河，我和你商量件事情。一会儿我哥要过来。我不能让他看见你，要是让他看见了，你就不能在这儿住了。我想把你藏起来，行不行？"

"行。"

"可是藏哪儿好呢？"玉叶四处张望。

"姐姐，我藏到门背后行不？"

"不行，一关门他就看见你了。"

玉叶四处寻找，目光终于停留在墙拐角的一口缸上。玉叶来不及征求杨河的意见，把杨河抱起来放进缸里。缸内空间比较大，杨河完全可以坐在里面。

玉叶低下头去问："是不是很难受？"

杨河抬起头说："姐姐，一点儿也不难受。"

玉叶吩咐他："你坐在缸里不要动，不要弄出响声，我让你出来的时候你再出来。记下了？"

"记下了。"

玉叶又把缸盖盖上。为了透气，她把缸盖拉开一道缝儿。她问："闷不闷？"

"不闷。"杨河在里面回答。

玉叶又想了想，觉得一切万无一失以后，才放下心来。

过了一会儿，有人进来了。进来的不是高成，而是玉叶的父母。吴月花一进来就问："杨河呢？"

玉叶回答："他想家，我把他送回去了。"

文仙虎坐在炕沿上说："叶子，你哥公司很忙，后天就要坐飞机回东莞去。走之前，有件事他想定下来。"

玉叶马上猜出是什么事，但她佯装不知，故意问："爸，什么事呀？"

"他想让你嫁给他。"

玉叶皱起眉头："爸，不行，我们是兄妹。"

文仙虎解释说："是兄妹不假，但是没有血缘关系，一不违背伦理，二不违反法律，完全能配夫妻。"

玉叶说："再说我还小，现在不想考虑这个问题。"

文仙虎说："你们可以先把关系确定下来。"

"叶子，"吴月花说，"我看这样很好，全家四口人，一个不多，一个不少，多好。现在你哥当上老板了，有出息了，也能配上你了。"

玉叶懒得再分辩。连父母都向着高成，她就觉得自己太孤单了，有一种被遗弃的感觉。她委屈得想哭，硬是把眼泪忍住了。

文仙虎说："你哥虽然念书不多，人很有本事。原来我以为他也就是个种地的把式，想不到出去还不到一年，就干出了大事业。当然你的终身大事最终还得由你做主，我们只是替你拿个主意。我们年纪大，想问题毕竟全面些。"

吴月花说："叶子，反正妈给你把话说在前头，我和你爸都希望你能嫁给你哥。如果你不愿意，以后想嫁谁嫁谁，我们也不管了。这是一。第二，再不能把杨河领到咱家来，要是再把他领来，你想去哪儿去哪儿，我们再不认你这个女儿。"

话头很硬，虽然没有争吵，玉叶还是感觉到她和父母尤其母亲的矛盾已经很尖锐了。她低下头沉思了片刻，又抬起头说："爸、妈，你们让我考虑考虑好不好？"

这是一句托辞。说出这句话，玉叶就不打算在这儿住下去了。如果不想和杨河分开，她就只能带上杨河走，因为她不能永远让杨河藏在缸里。文仙虎夫妇还以为玉叶思想有了松动，非常高兴。

父母离开后，玉叶以为杨河早在缸里睡着了，可是刚把盖子揭开，杨河就站起来了。她把杨河从缸里抱出来。

杨河问她："姐姐，你是不是要嫁给高成哥哥？"

"你说呢？"

"嫁给他，我怎么办？"

"什么你怎么办？我谁也不嫁。"

不一会儿，门外又传来脚步声，玉叶心想一定是高成来了，赶紧把杨河抱起来说："杨河，我哥来了，我还得把你藏进缸里。"

玉叶刚把缸盖盖上，高成就进来了。

玉叶请他坐在椅子上。高成果然开门见山地问："听大叔大婶说，杨江和你断了？"

玉叶把头低下了。

由于地位的改变，现在的高成和刚出走时的高成相比，在玉叶面前就有很大的心理优势，他认为自己决不在杨江之下。由于在东莞大开了眼界，尤其和柳玉茹厮混那么长时间，这次回来他从玉叶身上看见的不只是美，还有性感。以前他对玉叶只有爱慕，现在除了爱慕，还有欲望。在东莞他就常常对玉叶意淫，想象和玉叶睡觉肯定比柳玉茹更有味道。现在坐在玉叶面前，这种欲望更强烈了。

高成又问："你现在心里还有他吗？"

玉叶摇头。

"这就对了。你要尽快把他忘掉，多想想自己的将来。"高成又说，"其实从适者生存的角度看，杨江的行为并没有错，我能理解他。"

玉叶眼睛睁大了，惊讶地问："你说杨江没错？"

"对。"高成平静地说，"因为娶了团长的女儿，团长就能把他留在城市，还能给他安排工作，这有什么不好呢？人首先要生存，然后才是其他。"

这几句话对玉叶刺激很大。她原以为高成会气得大骂杨江，会到部队找杨江算账，还会安慰她，鼓励她，怎么也没想到他会是这么个态度。

高成又问她："听说你还把杨江的弟弟领来了？"

玉叶点头。

"这很不应该，玉叶。"高成略显激动地说，"做事要讲究效益。你把他领到咱家来，要吃要喝，还要带他，为他操心，到头来你又能得到什么呢？"

"我不图什么。"玉叶又说，"他是个孤儿，怪可怜的。"

"那也犯不着把他领回家来呀。"高成四周看看，又问，"咦，怎么不见他呀？"

玉叶把早编好的谎话说出来："他想家，下午我把他送回去了。"

"这就对了。哪能让他老住在这儿。"

高成站起来来回走动。玉叶非常紧张，怕高成无意之中把缸盖揭开，又怕杨河在里面发出声音。因此玉叶也下了炕，跟在高成身后，像是在陪他，其实是准备随时采取措施。高成走到缸前，手按在缸盖上，仿佛知道杨河藏在缸里似的。

玉叶紧张得忘了呼吸，但她故作镇静，装出若无其事的样子指着书架说："哥，你看，我又买了不少新书。"

高成走过来说："我看你也快成书呆子了。"

玉叶这才放松了些，说："哥，你出去不到一年就混出今天这个样子，真不简单。"

"刚出去不行，外面的事情一点儿也不懂。后来就明白了，运气也不错。"高

成停顿了片刻又说，"半年后，老板走私去了，我就把他的公司买下来了。"

"那得花多少钱呀？"

"一百万。"

玉叶禁不住倒吸了一口冷气："哥，你哪来那么多钱呀？"

"想办法搞呗。"

"你是怎么搞来那么多钱的？"

高成光笑不说话。过了一会儿，他才说："我现在就是这种观念，只要能搞到钱，让我干什么都行。"

玉叶想不到高成会说出这种话来。他说只要能搞到钱，让他干什么都行，那么为了搞来那一百万，他到底干了些什么呢？肯定不是什么好事。她懒得再说话，只希望高成能快点离开，因为杨河已经在缸里待了很长时间了。

她说："哥，早点休息吧。"

高成没有马上离开，又来到那口缸前。玉叶的神经又绷紧了。

高成瞅着缸问："屋里摆个缸干什么？"

"腌菜用的。"玉叶说，"去年冬天怕把缸冻了，就从凉房搬过来了。"

高成伸手去揭缸盖。玉叶一急，赶忙把灯关了。

关灯解除了缸里的危急，却给高成传递了一个错误的信息，高成以为玉叶关灯是想和他亲密，就扑过来把玉叶抱住了，说："小宝贝，我知道你心里有我。快嫁给我吧！我会叫你享尽荣华富贵。我们做爱吧！"

玉叶一下子蒙了。她无论如何没想到高成会这样，一点心理准备都没有，一时不知道该怎么办。她不反抗，高成就以为她默认了，抱紧她一阵猛亲，一边摸她的胸部。玉叶想喊喊不出声来，一点办法也没有。

就在这时，高成"哎呀"了一声，把手松开了。原来杨河从缸里爬出来，不声不响跑过来，在高成手上使劲咬了一口。高成一疼手松开了。高成要打杨河。杨河赶紧藏在玉叶身后，揪住她的衣襟不放。玉叶挡在杨河前面保护他。

高成愤怒地大声喊道："玉叶，你要后悔的！"说完出去了。

玉叶心里酸酸的，眼里含着泪水。她一边帮杨河脱衣服，一边说："杨河，我有个想法要告诉你。"

杨河转动着黑眼珠看她。玉叶又说："我们不能在这儿住下去了，得赶快离开。我不能老把你藏在缸里。"

"姐姐，你带我去哪儿都行。我不怕。"又问："姐姐，你打算去哪儿？"

"还没想好，出去再说。咱们先睡觉吧，明天还得早早起来。"

杨河睡下了。玉叶没睡，她一直在流泪，一直在想刚才的事情。她觉得父母和她疏远了，高成也和她疏远了。坐了一会儿，她拿过纸和笔来，写下这样几行字：

　　1.不靠色相吃饭。2.和我真正爱的人、真正爱我的人结为伴侣。3.做个好人，把尊严和名誉看得高于一切。

　　写完后，她又用火机把纸烧了。

　　杨河问："姐姐，你为什么要烧掉呢？"

　　玉叶这才发现杨河没睡着。她一脸庄严地说："我写在心上了。"

十一、好人关爱，姐弟俩在城市安营扎寨

34

夜很深了，玉叶还没有睡，她在做明天上路的准备。她需要带上行李，但又不能带得太多，带多了背不动；她只找了一根绳子把被褥捆扎好，准备走的时候背上。她把她和杨河的衣服整理好，装进提包里。她还有点钱，算了一下，总共一百五十多元。这便是他们明天出门的全部行头。

收拾完行李玉叶也没睡，她担心睡过了头，就走不成了。他们必须在天亮之前离开。她也没有关灯，一直在炕上坐着。她想不好要到哪儿去。如果到另一个乡下去，由于没有土地生活无法维持不说，杨河上学也不方便。再说农村难以藏身，容易被找到。可是她又不愿意到城里去。因为杨江、高成进城以后发生的变化，她对城市有一种本能的反感与抵触，害怕进城以后杨河也变了。她也不知道出去干什么，怎么生活，脑子里乱麻一团。

玉叶这会儿又有些犹豫了，总有一种带上杨河私奔的感觉，非常紧张和害怕。她再一次静下心来问自己：这么做到底对还是不对，该还是不该？父母和高成肯定认为不对不该，社会上的人有的认为该，有的认为不该。她又问自己：带上杨河出走到底为了什么？就因为杨河是个孤儿？或者是对杨河喜欢她的一种责任？当然是，又不完全是。杨江和高成一个是她的恋人，一个是她的哥哥，他们相继离开她之后，她就特别孤独。杨河的到来使她再不感到孤单了，而且给她带来一种心灵上的宁静与慰藉。杨河对她而言，不是一种负担，而是一种补偿。她宁愿死，也不愿离开杨河；她能舍弃一切，不能舍弃杨河；她可以不嫁人，可以离开父母，但她不能没有杨河。这是一种奇怪的心理，连她自己也觉得奇怪。但她由不得自己。玉叶总觉得还有别的更深刻的原因，还有她偶尔隐隐感觉到的稍纵即逝的原因，这些原因深藏在她的潜意识中，使她无法清晰地感觉出来。

玉叶就这样坐着，想着，等待天明。后来有些困了，便靠在行李上睡了一会儿。又过了大约一个多小时，鸡儿打鸣了。她赶紧坐起身来，把杨河叫醒。杨河一醒来就知道他们要出发了，用最快的速度穿好衣服。他们几乎没说什么话，行动却又是那么协调一致。玉叶背上行李，提上提包，杨河背上一只塑料袋，出门了。

外面漆黑一片，只能看见天上密密麻麻的星星。月牙儿滑向西天，已经发不出光辉。玉叶的心情很复杂，很悲凉。经过父母门前的时候她停了一会儿，泪水就从她眼里涌出来了。

玉叶来到大门前，轻轻把门闩抽开，又轻轻把门扇拉开一个缝儿。她让杨河先出去，接着她也出去了。她把大门轻轻关上，然后转身上路了。

他们沿着田间小路往南走。东边的天际扯开一块夜幕，露出一片亮色，但是周围仍然很暗。玉叶走得很快，简直就像是逃跑。杨河不时地小跑才能跟上她。玉叶害怕后面有人追上来，他们必须在天大亮之前走上公路坐班车。他们也不说话，只是一个劲地赶路。

天渐渐亮了，能越来越清晰地看见田野和村庄了。接下来，东方露出一片火红的彩霞，太阳快出来了。他们已经走了四公里，上了公路。公路由西向东，再往东二十公里就是县城。也就在这时，玉叶心里有了目标，她要到县城去。她相信她能把握好自己，不会像杨江、高成一样变了。她还要管好杨河，让他学得既有本领，又讲道德。

他们等了好大一会儿也不见班车过来。玉叶害怕后面有人追来，就沿着公路往东走。她看看表，已经出来快两个小时了。尽管不是很累，但是她的双脚疼起来。杨河从来没走过这么远的路，估计他比玉叶更痛苦。玉叶要把他手里的包接过来，他死活不肯，还说他一点也不累，脚也不疼。他还故意迈着大步给玉叶看，可是玉叶发现他的腿有点拐，就硬把他手里的东西夺过来了。

杨河腿拐了，玉叶说什么也不能再走了。她想挡一辆汽车。来往车辆很多，尽管他俩不停地招手，还是没有一辆车愿意停下来。

又过了一会儿，又有一辆黑色小轿车从西边驶来。玉叶不知道这辆车会不会停下来。这时，趁玉叶不注意，杨河突然抱着肚子，跑到路中间躺下了。

玉叶一时傻了眼，赶紧跑过去，拉着杨河的手问："杨河，杨河，怎么了，你怎么了？"

"姐姐，我肚子疼。哎呀呀，疼死我了！"杨河边说边在路上打起滚来。

"肚子疼躺在当路干什么？"

"姐姐，赶快挡车把我送到医院吧。"

玉叶慌了。这时小轿车已经驶到跟前，玉叶着急地向车子招手。车子放缓速度在路边停下了。车上同时下来两个人，其中一个很胖，是司机，另一个却比较瘦。其他细节玉叶就不知道了。

他们一起跑过来，一边喊着："怎么了，这孩子怎么了？"

玉叶回答说："他肚子疼。"

杨河喊叫得更厉害了："哎哟，疼死我了！哎约！"

"快，赶快送医院！"那个瘦的动作麻利地抱起杨河往车跟前跑，又回头对玉叶说："来，你先上车。"

玉叶上车的同时，司机也上了车。那个瘦的把杨河送上车，玉叶接过来。他从另一个车门上车以后，车子就开动了。

车子加快速度往县城跑。玉叶把杨河抱在怀里。杨河再不捂着肚子呻唤了，黑眼珠瞅瞅这个，瞅瞅那个。玉叶问他还疼不疼了，他说不太疼了。玉叶这才开始注意车上的人。除了她和杨河，车上一共坐着三个人。司机旁边坐的那个人也很胖，年纪也比较大，大概有五十多岁，看样子是个领导，另外两个人都叫他马局长。坐在后座的也就是刚才抱杨河上车的那个瘦子大约三十来岁。玉叶很感激他，就多看了他几眼。他戴着眼镜，气质很好，很文雅。马局长管他叫小罗，司机管他叫罗老师。司机最年轻，只有二十几岁。马局长和罗老师都叫他小赵。

马局长头也不回地问："小家伙现在怎么样？"

罗老师问杨河："小家伙，还疼不疼了？"

"好多了。"杨河答。

马局长又对小赵说："再开快点，把他送进县医院。"

玉叶把思路转移到杨河身上来。现在她断定杨河肚子疼是装的，疼得那么厉害，好得却这么快。几分钟前杨河还得意地对她偷偷笑了一下。她既惊讶，又欣慰，多亏杨河想出这鬼个点子来，要不然，他们不知道用双脚走到什么时候。但是当她想起刚才杨河在公路上打滚喊叫的情景，像个无赖似的，心里就很不舒服。心想小小年纪就骗人，长大怎么办？

过了一会儿，罗老师又问杨河肚子还疼不疼了。杨河说完全好了，一点儿也不疼了。

罗老师笑着说："你的肚子也怪，刚才还疼得打滚，一上车就好了。"

马局长和小赵也跟着笑。玉叶脸上却热辣辣地发烫，仿佛他们已经知道了秘密似的。

"这叫轿车疗法，专治肚子疼。"罗老师又笑着对马局长说，"马局长，我们回去申请专利。"

"那这辆车可就值钱了。"马局长说。

他们说话的时候，杨河已经在玉叶怀里睡着了。

从玉叶和杨河上车来到县城，只走了二十几分钟。可是来到县城后，玉叶又不想下车了。她认为县城离家乡太近，只有二十几公里，怕家里的人找到她。车子是去临海市的，她也想去临海市。玉叶到过的最远的地方就是县城，没去过临海市。从县城到临海市六十公里，也就不到一个小时的车程。到了临海市怎么办？玉叶看出罗老师是个热心人，到时候想请他帮忙。她心里早就想好了，罗老师不下车她不下车，罗老师下车她才下车。

到了临海市，首先把马局长送回家里，又去送罗老师。到了一个胡同口，罗老师下了车，玉叶和杨河也跟着下了车。

罗老师问杨河："小家伙，今天你的问题全出在肚子上，先是疼，现在该饿了吧？"

玉叶说不饿。罗老师没有走开，等杨河说过不饿之后，他才转身离开了。

玉叶有些失望，本来希望罗老师能帮他们，可是罗老师走了。她把行李和提包搁在脚下，拉着杨河的手在胡同口站着。面对熙熙攘攘的车辆和人群，她的眼前一片茫然，不知道要到哪里去。玉叶又把目光转向罗老师，他已经走出一百多米。这时他又回过头来，看着他们俩。他犹豫了一下，又转身向他们走来。玉叶心里非常高兴。

罗老师问："你们要去哪儿？是不是找不到地方？"

玉叶说："大哥，我们是第一次到这儿来，我们也不知道去哪儿。"

罗老师警觉地瞅着他们："你们是逃出来的？"

玉叶赶紧摇头："是这样的，大哥，我想让弟弟在市里上学，我想在这儿打工，挣钱供他念书。可是我不知道学校在哪儿，也不知道我们该住在哪儿。"

罗老师仍然一脸狐疑："你们的父母呢？"

"他们都不在了。我们是孤儿。"玉叶说。

罗老师想了想说："这好办。我知道学校在哪儿，因为我就是中学教师。你弟弟上学的事就包在我身上了。走，先到我家吃午饭，吃过午饭先休息一会儿，下午再说。"

十
一
、
好
人
关
爱
，
姐
弟
俩
在
城
市
安
营
扎
寨

玉叶很高兴，跟着罗老师去了。

35

罗老师把玉叶和杨河安顿在客厅的沙发上坐下后，就不见了。玉叶一边等，一边看房子。房子一进两开，东边是客厅，西边是两间卧室，中间有一道走廊。从走廊再往里走，大概就是厨房和餐厅了。房间里显得比较乱，也比较冷。玉叶不知道他的妻子到哪儿去了，也不知道他有没有孩子。

玉叶又领着杨河来到院子里。院子很小。东边有一间凉房，坐南向北。西边是厕所。中间是院门。从正房到院门有一条用青砖铺出来的小径。小径两旁的两片空地什么也没种，荒芜着。玉叶觉得城里太拥挤了，很不习惯。他们又回到屋子里，坐在沙发上。

一会儿，罗老师用塑料袋提着一包小笼包子回来了。他把塑料袋放在茶几上说："你们肯定饿了。出去买了二斤包子。"

"大哥，我们不饿。"玉叶说。

杨河从早晨到现在没吃一口东西，早就饿了。一看见包子就咽口水，但他却说："我一点儿也不饿。"

"你们不饿我可饿了。就算你们陪我吃，行不行？"罗老师笑着说。

见玉叶和杨河还不动筷子，罗大义又说："喂，是不是还要我给你俩发陪吃费呀？"

玉叶、杨河一笑，这才吃了。

吃饭的时候，罗老师又说："我们一边吃，一边通报一下各自的姓名好不好？我姓罗，名大义，叫罗大义。"他又望着玉叶："该你了。"

"我叫杨玉叶。"

罗大义笑着说："金枝玉叶。这名字厉害。"

玉叶嘴张了一下，本来想更正说自己不姓杨，姓文，话到嘴边又咽回去了。刚才她说姓杨也不是口误。如果是姐弟，他们的姓就必须统一起来，否则人家不相信。她本来想让杨河跟她姓文，可是在汽车上"杨河"、"杨河"的叫了许多遍，再叫"文河"罗老师会觉得奇怪，就把她的名字改成"杨玉叶"。可是说出去以后，又后悔了。

罗大义又看着杨河说："杨河，你就不要通报了，你不说我也知道你叫杨河。都是你闹肚子闹出来的。"

玉叶和杨河都笑了。

玉叶觉得罗大义这人挺好，挺有意思，和他在一起，总让人心里暖融融的。她又想起已经到了中午，罗大义的妻子为什么还不下班，就又把屋子里环视了一下。

玉叶的眼神让罗大义捕捉到了，他说："玉叶说话不用嘴，用眼睛。"

杨河巴大嘴笑。玉叶却脸红了。

吃完饭后，玉叶想商量正事。虽然现在在罗大义家里，其实他们还没有着落，连今天晚上在哪儿吃住都不知道。玉叶心里不踏实。玉叶又把罗大义叫了一声大哥，正要往下说，罗大义不干了："不要叫大哥，叫叔叔。"

玉叶愣住了，问："你才多大，让我叫你叔叔？"

"我今年整三十了。你呢？"

"我十八了。"

"我比你大一轮。中央有规定，大一轮就是长辈，得叫叔叔。"

惹得玉叶又笑。

罗大义问杨河："你要上几年级？"

玉叶代杨河回答："一年级。"

罗大义又问玉叶："你想做什么工作？"

"还没想好。"玉叶又说，"工作慢慢找，我想先把他送进学校。"

"他几岁？"

"六岁。"

"上过学前班没有？"

"没有。"

"你们带户口了没有？"

"没有。"

罗大义笑着说："玉叶，你把事情想得过于简单了。城里孩子上学也不容易，农村来的孩子就更不容易了。不过你不要担心，我可以帮这个忙。附近就有一所小学，我领你们出去看看。"

罗大义把姐弟俩领出院门，向东拐进一个胡同里停下来，指着对面的红砖院墙说："就是这所学校。它叫解放路小学，已经有四十多年历史了。"

玉叶把目光从院墙上面探过去，看见了高高的教学楼，还看见了体育场里的蓝球架和吊环。她心里很高兴，看看杨河。杨河眼里闪闪发光，兴奋得脸都红了。

"从这儿往南走一百多米，就到了围墙尽头。再往东拐五十米就是校门。"罗大义又说，"这事就包在我身上了。"

"谢谢罗大哥帮忙。"玉叶说，"今天我们遇上好人了。"

"不要说谢谢。再说谢谢我就不帮你们了。"

他们又回到客厅坐下。罗大义像突然想起什么似的问:"可是你们住哪儿呢?"

"我们想租房子住。"玉叶又问,"大哥,你能不能帮我租一间房子?"

罗大义边想边说:"行是行,租房子得付租金呀。一个月少说也得百八十元。"

玉叶没有吭声。

"我看这样吧。你们住我这儿就挺好,省的花钱。"罗大义起身往外走,又回过头来说,"跟我来。"

玉叶和杨河跟到院子里。罗大义指画着说:"我看你们就住这间凉房。以前有人租过。里面有两张单人床,并在一起就是双人床。收拾一下就能住。"

玉叶高兴地拍着手,差些跳起来:"大哥,真是太好了!但是我不能说谢谢,说谢谢你就不帮我了。"

"这就对了。以后你得小心点,不能乱谢。"

下午罗大义没去上班,出差回来要休息半天。他和玉叶一起收拾凉房,杨河也帮着干。他们把没用的东西搬出去,把需要的东西搬进来,归拢,清扫,擦洗,摆弄,忙了一下午。凉房收拾好了,完全可以住人了。罗大义还拿进来一个小方桌和两只小板凳,供他们吃饭和杨河学习用。

晚饭又是在罗大义家吃的,搞得玉叶很不好意思。她下决心以后无论如何再不能给罗大义添麻烦了。现在杨河上学和住的地方都有了着落,而且十分顺利。一顺利,情绪就松弛,情绪一松弛,就不免想起家乡,想起父母。也许是头一回离开家乡离开父母到这么远的地方来,她有些后悔。心想为了别人家的孩子而离开自己的亲生父母是不是太傻了?这么一想,玉叶便想回到沙后营子去。

玉叶把她的想法告诉杨河,杨河坚决不干,死也不回去。他死死抱住玉叶的脖子,连站都不让她站起来。从情感上讲,不只是杨河离不开她,其实她也离不开杨河。杨河一闹,她就打消了回去的念头。杨河还是不放心,一直看着她,连觉都不敢睡。一直到了深夜,他才爬在玉叶的腿上睡着了。

杨河睡着后,玉叶还没睡。她忽然想起她出来后,父母一定很着急,肯定正在四处找她,她能想象得到他们着急焦虑的心情。她向罗大义要来纸和笔。听说要写信,罗大义还给她送来信封和邮票。玉叶坐着小板凳,伏在小方桌上给父母写信。写着写着,她就哭了。

信写好后,玉叶又想起另外一件事情:沙前营子的村干部知道他们出走后,一定会寻找杨河的下落,她同样应当对他们有个交代,就给沙前营子的村长也写了一封信,说明情况,并请他们放心。

玉叶在信封上写上收信人的地址和姓名，只在寄信人的地址上写上"内详"两个字。她把信交给罗大义，请他明天上班的时候把信发出去。

玉叶的心情这才稍稍平静了一些。她上了床，睡下了。但她怎么也睡不着，像过电影一样回想着今天一天发生的事情。她很幸运，碰上罗大义这么个好人。要不是碰上他，说不定他们就要流落街头了。可是玉叶想不明白，罗大义为什么要对他们这么好呢？简直就像对待自己的亲人。玉叶想着想着不由得笑了，心想看你说的，他对你好说明他是个好人，还非要让人家说出为什么对你好不可吗？这样想过之后，她才渐渐进入梦乡，睡着了。

第二天早晨，罗大义给了玉叶一把院门上的钥匙，就骑上自行车上班去了。玉叶领着杨河到街上去。她要买灶具，要买烧火用的蜂窝煤，还得给杨河买书包和学习用品。跑了一上午，东西基本上买齐了。共花了七十多元。

第三天上午下班后，罗大义交给玉叶一张便条说："我和张校长说好了，明天你拿上这张条子去找一个姓王的老师。"

十二、靓女卖菜，不必吆喝把钱赚

36

　　文仙虎夫妇无论如何没想到女儿会出走。

　　那天早上，玉叶没来吃早饭。吴月花探出头喊，没有回音。她又到玉叶屋里找，玉叶不在。他们这才急了，分头到村子里找，到地里找，都没有找到。文仙虎夫妇一下子紧张起来。他们又到井上、凉房、棚圈、果园里找了一遍，还是没找到。

　　高成说："是不是到沙前营子看杨河去了？"

　　文仙虎恍然大悟，拍着大腿说："对啦！一定是到沙前营子去了。"

　　文仙虎、吴月花立即去沙前营子。问村长，村长说，杨河根本就没到沙前营子来过。他再不理睬文仙虎夫妇，立即组织人马寻找杨河，同时把杨河失踪的消息给杨江发了电报。

　　文仙虎夫妇又满怀失望地回来了。

　　找不到女儿，文仙虎开始埋怨吴月花："玉叶想让杨河在咱家住些日子，你总是嫌弃他。几十岁的人了，跟一个娃娃斤斤计较。成儿也是领养的，你为什么不计较？这倒好，闹来闹去把女儿也闹丢了。"

　　吴月花懊悔地哭起来："都怪我太小心眼，容不下人，害得女儿也找不见了。"

　　"大叔、大婶，你们放心，叶子不会出事的。"高成又说："我估计她带上杨河出走了。让她出去转转也好，开开眼界，长长见识。玉叶老待在沙后营子也太传统太封闭了。"

　　第二天高成要回东莞去，三个人心情都不好。文仙虎夫妇心情不好是因为女儿失踪了。高成心情不好是因为他和玉叶的事情定不下来，以后能不能定下来还是个未知数。所以气氛就有些凄凉。

五天以后，文仙虎终于收到玉叶的来信，老两口喜不自禁，放心了许多。他们把玉叶来信的消息告诉沙前营子的村长，村长说他也收到了玉叶的来信，信上说杨河和她在一起。两封信的信封上都没有寄信人的地址，只写了"内详"两个字。文仙虎看邮戳，才知道信是从临海市发来的。

吴月花想去临海市把女儿找回来，文仙虎说："不要找了，找也找不到。就是找到了，眼下她也不肯回来。"又说："成儿在家里普普通通，一出去就有了大出息。说不定玉叶出去以后也会有大出息。"

吴月花同意了。

37

把杨河送进学校，玉叶就要考虑自己的工作问题了。她不知道该干什么，不该干什么；也不知道她能干什么，不能干什么。她想过开饭馆，但是没本钱，再说起早贪黑影响杨河上学。她想去建筑工地劳动，和罗大义商量，罗大义不同意，他说在建筑工地干活太累，而且按时领不到工资。她还想过开理发店，开缝纫铺，都因没学过这门技术放弃了。后来她听了罗大义的建议，到劳务市场转了一圈。

劳务市场在火车站附近的一个大院内。这里原来是收容遣反站，现在改劳务市场了。劳务市场全部是从农村来的农民工，百分之九十以上是男人，女的很少。工种五花八门，有瓦工、木工、装修工、壮工等等。他们大都衣衫不整，营养不良。有站的、坐的、蹲的、躺的，就像城市里的一个农民大杂院。他们有的被工头或主人领走，有的干完活再来这儿等待，所以人总是那么多，熙熙攘攘的。

最适合玉叶干的工作就是当保姆，她在劳动力市场的十几分钟里，已经有四个人问过她了。但她觉得当保姆必须吃住在主人家，无法照料杨河，就没有答应。还有人介绍她到饭店当服务员，她一看那几个人眼神不对，也拒绝了。越来越多的人往她跟前凑，还有那些农民工也向她涌来。玉叶不清楚这是为什么。她有些害怕，就匆匆离开了。

一天下午，玉叶去菜市场买菜。市场里卖菜的人真多，有男人，但多数是女人。有中老年妇女，也有年轻姑娘。玉叶打听了一下，她们大多也是从农村来的。玉叶心动了，终于找到自己要干的工作。但是，她对卖菜一点儿也不熟悉，不知道去哪儿批菜，怎么运输，除了秤，还需要什么工具。把菜买好后，玉叶没回去，而是有

意识地站着看，听他们怎么吆喝，看他们如何和顾客讨价还价。

天黑下来后，小贩们开始收摊子，玉叶看见他们把剩余的菜装在脚踏三轮车上，各奔东西。玉叶跟住一个年轻媳妇的三轮车。那个媳妇很胖，虽然包着头巾，脸还是被太阳晒得黢黑。她把三轮车蹬得飞快，有时玉叶得小跑几步才能跟上。跟了大约一公里，胖媳妇撂下三轮车进了厕所。玉叶只好站着等。胖媳妇从厕所出来，又蹬上三轮车走了三百多米，才到家了，把三轮车推进院门。看样子她也是租房子住。玉叶这才往回返。

第二天凌晨两点多，玉叶就起床了。这天是星期天，杨河不用去学校。她又来到胖媳妇住的院门口。天黑黑的，胖媳妇还没有起来。玉叶一直在那儿等。等了一个多小时，她看见屋里的灯亮了。过了一会儿，她听见院门响，胖媳妇推着三轮车出来了。玉叶赶紧躲起来。等胖媳妇骑上三轮车上路以后，玉叶又偷偷跟上她。

玉叶一直跟着三轮车走，天还没亮，街上的车辆很少。三轮车比她走得快，拉下距离她就跑几步，始终保持二三十米的样子。

走了大约两公里，胖媳妇突然不走了。她把三轮车停放在马路边上，去敲一间临街的房门，一边喊："黑哥，黑哥，快开门。"

屋子里的灯很快亮了，接着又听见有人开门。一个男人的声音传来：

"你怎么才来？我等你等得一夜都没睡好觉。"

胖媳妇问："嫂子还没回来？"

"她明天回来。今天咱们得抓紧时间玩玩。"男人又说，"是不是刚刚叫你男人日过又跑到我这儿来了？"

胖媳妇打了男人一把："放你妈的臭屁！"

男人一把将胖媳妇拉进屋里，把门关上了。

他们既不关灯，也不拉窗帘，把衣服脱光抱在一起，一会儿起来，一会儿躺倒，嘴里哼哼唧唧。玉叶先还不知道他们在搞什么名堂，直到他们脱光了身子搂在一起，方才明白过来。她丧气地转过身去，真想一走了之。可是一想到自己要卖菜，才耐住性子等。

大概折腾了半个多小时，胖媳妇才出来，又蹬上三轮车赶路。

路途甚远，玉叶走得脚都疼了，一直走到天麻麻亮，三轮车才停下来。眼前是大片大片的农田和菜地，玉叶这才知道到郊区了。在菜地里，玉叶看见胖媳妇和菜农大声侃价，吵得唾沫星子乱飞。她偷偷记下每种蔬菜的批发价格。一直等到胖媳妇把各种菜装在三轮车上，她才拖着疲乏酸痛的双腿回来了。

玉叶把高成送她的项链卖掉，拿出一部分钱买了一辆三轮车，又买了一杆秤，开始卖菜了。

38

玉叶早早起来做早点，自己吃过以后，把另一份留给杨河。这时天还很黑。玉叶给杨河上好闹钟，蹬上三轮车批菜去了。

玉叶每样菜都批了一点，但她不敢多批，几种菜加起来不足五十斤。别人一批就是二三百斤。她是第一次卖菜，没经验，顾客对她也陌生，她怕卖不出去烂掉，把钱赔进去。

玉叶租的摊位也不好，在最西头，很偏僻，而且不远处就是一座公共厕所，人们一般很少光顾这儿。她卖菜有点害羞，不敢像别人那样大声吆喝，也不敢死缠硬磨地让顾客买她的菜。有人从她的摊位前走过，她就用恳求的目光看着人家，希望能停下来买她的菜。她特别留意看了几眼胖媳妇。胖媳妇的摊位在中间偏东一点。其实她长得并不难看，浓眉大眼，还有两个酒窝。尤其是胸部的两个乳房，就像扣上去的两只大碗，很诱人。

让玉叶想不到的是她的菜卖得很快，刚到中午十二点，五十多斤菜就卖完了。她非常高兴，蹬着三轮车回去清点钞票，扣除成本，净赚了九块多。

第二天，玉叶的胆子就大起来，她和别的菜贩子批了一样多的菜，也是二百多斤。整个上午，不断有人来她的摊位上买菜，别的摊位上冷清的时候，她这儿却很热闹。许多顾客甚至不问价格，也懒得挑拣，随意把菜抓起来放在秤上。玉叶把秤打得高高的让顾客看，奇怪的是顾客根本不看秤，而是看她，这让玉叶有些不好意思。他们把菜买上也不走，磨磨蹭蹭地站在一旁看她，有的没话找话地跟她说上几句。菜卖得这么快这么好，玉叶只知道高兴。

十一点到十二点是顾客买菜的高峰期，玉叶的摊位前竟然排起队来。这让玉叶想不到，别的菜贩子也没想到。已有五六个男人在那儿排队等候。玉叶笑容满面，忙得应接不暇，额头上都渗出了汗珠儿。她心里有说不出的欣喜。同时她也纳闷儿，顾客这么喜欢买她的菜，是她的菜新鲜呢，还是秤打得高呢，还是她的服务态度好呢？由于忙，玉叶还顾不上细究这些。这么多人拥挤着买她的菜，她心里只有两个字：高兴。顾客似乎不怎么在意菜的分量和质量，有的甚至忘记让她找钱就走了，还是玉叶叫住他们。玉叶隐隐觉得，他们来她这儿好像不全是为了买菜，而是为了别的，到底为了什么，她也说不清。

十二点以后，顾客渐渐少了。到了下午一点多钟，就几乎看不见一个买菜的人

了。菜贩子就利用这个空闲时间吃午饭。他们有的由家里人把饭送来，有的自带干粮，还有的从饭馆里买来馒头或者包子。玉叶买了三两小笼包子。吃过午饭，有的聚在一起打扑克，有的爬在摊位上睡觉，有的聊闲天。玉叶想和紧挨她摊位上的那个妇女说话，人家却黑着脸不理她，到一边玩扑克去了。玉叶看看其他摊位，那些人要么不看她，偶尔看一眼，用的也是仇恨的目光。玉叶非常纳闷。

这些菜贩子女人居多，男人较少。这时，胖媳妇冷着脸高声说："王嫂，你看见了没，菜市场来了一只鸡？"

王嫂是一位三十多岁的黑脸膛女人，她嘴角上挂着一丝嘲笑问："是肉鸡，还是蛋鸡？"

"是一只野鸡。"

王嫂装作恍然大悟的样子说："噢，看见了，看见了，就是一只野鸡，白嫩白嫩的。"

胖媳妇说："一有了野鸡，就把男人招来了。"

她们的话让玉叶听得津津有味，她觉得她们的话很有意思。菜市场是有卖鸡的，都是肉鸡和蛋鸡，哪有什么野鸡呀？再说野鸡怎么能把男人招来呢？真是太荒唐了。玉叶继续听她们说话。

王嫂说："也难怪招惹男人，人家长得也实在太漂亮了。"

胖媳妇说："什么漂亮不漂亮，常言说，母狗不吊涎，公狗不跳墙。她要是不当野鸡，男人敢往她那儿跑？"

她们的对话引来多人参与。又一个妇女接上了话茬："如今呀，说白了看，有本事不如有个好脸蛋，连买菜都要看脸蛋。"

胖媳妇说："可不是呢，都他妈的排上队了，就差凑上去亲一口了。真是个骚货。"

玉叶始终听不懂他们的话，搞不清他们是在骂鸡，还是在骂人。弄得她一头雾水。

这么一来，打扑克的人不打了，睡觉的人不睡了。你一句，他一句，指鸡骂狗，指桑骂槐，整个菜市场骂声一片。玉叶不知道他们在骂谁，心想这些人怎么这么粗野，怎么这么没教养。他们骂出的那些话，让听的人都感到脸红。

一个男人说："是呀，我也看了，脸蛋就是漂亮。我真想抱住啃她几口。"

又一个男人骂道："脸蛋儿好看你去当影星，当歌星，去歌厅当三陪，给老板当二奶，给市长当情人，为什么到这儿来跟我们抢饭碗。你是不是嫌我们这些人活得还不够苦，不够累咋的？"

一个二十多岁的小伙子说："叫我说，索性把她赶走算了。"

他的话立即得到大家的响应，异口同声地说："对，赶走她！"

092

玉叶这才明白过来他们原来骂的不是鸡，是人，而且是女人，一个漂亮女人。但她不知道这个漂亮女人是谁。她的菜虽然卖得快，但她并没有意识到自己长得漂亮，也没有意识到那些男人来买菜的真正目的是为了看她。再说他们骂的时候目视前方，并不朝向她，所以她没感觉出他们是针对她。

就在这时候，胖媳妇转过身来，冲着玉叶说："你他妈装什么蒜？你知道不知道，我们骂的就是你。你以为凭你的脸蛋卖菜是本事？婊子才靠色相吃饭呢，三陪小姐才靠色相吃饭呢。有本事你去卖肉呀，去卖你的二两粉肉呀，为什么跑来抢我们的饭碗！"

现在玉叶完全明白了，他们就是针对她的，骂的就是她。她十分委屈，眼泪立刻涌出来。他们真是太会骂人了，把她比作野鸡，说她是骚货，又恶毒，又刻薄。尤其是那个胖媳妇，骂得最凶。玉叶心想你有什么资格骂人，今天早上你还跟一个男人睡觉呢，我亲眼看见的。你是有夫之妇，和一个有妇之夫睡觉算什么东西，也有资格骂人？她感到自己受了污辱，蒙受了不白之冤。她不想和他们对骂，但是想为自己辩解，可她一句话也说不出来，只知道哭。

这时候，一个五十多岁的妇女站起来说："行了行了，都给我住嘴！我说你们也太过分了。你们骂她，这能怪她吗？脸蛋好看是爹妈给的，她没有招谁惹谁，是那些男人贱。一个十几岁的姑娘，能经得起你们这么骂呀！都给我闭嘴，该干什么干什么去！"

他们马上变得规规矩矩，不骂了。有的继续爬在摊位上睡觉，有的又聚在一起打扑克。

玉叶还在哭。

那个妇女走过来，挨着玉叶坐下，揽住她的肩膀说："姑娘，不要哭了，我已经说他们了，他们再不敢骂你了。听李姨的话，不要哭了。"

玉叶就哭就说："李姨，我真不知道我到底犯了什么错，他们凭什么骂我？"

"你什么错也没有，不怪你，全怪他们，全是他们的错。"李姨说，"看见你的菜卖得快，他们就眼红，嫉妒。其实他们也不容易，一天不挣钱，一天的日子就没法过。他们跟你一样，也都是从乡下来的。姑娘，你叫什么名字？"

"玉叶。"

"今年多大了？"

"十八。"

"姑娘，你还小，有些事情不说你不明白。"李姨说，"你知不知道你的菜为什么就卖得那么快？"

"不知道。"

"你注意到了没，买你菜的人都是些男人？"

玉叶想了想，的确是这样。她问："李姨，为什么会这样呢？"

"姑娘，我就直截了当地给你说吧，他们都不是冲着你的菜来的，是冲着你的脸蛋来的，他们都是为了看你才来买菜的。所以呀，刚才你的菜摊前都排起队来了。"

玉叶像吞下一只苍蝇一样不舒服。她感到一阵羞辱。怪不得他们要骂她，原来是因为这个呀。现在她全明白了，明白为什么那么多人来买她的菜，为什么他们只看她，不看秤，为什么他们连价都不问一声，他们原来是来看她的。想到这里，玉叶不由得红了脸，把头低下了。

李姨说："姑娘，这不是你的错，也不是那些顾客的错，顾客跑来看一眼漂亮女孩也能理解。是他们不应该骂你。我只是想说，你长得这么好看，为什么偏偏要卖菜呢？"

玉叶奇怪地问："卖菜怎么了？"

"干什么也比卖菜好，风吹日晒，半夜就得起来去菜农那儿批菜，中午回不了家，下午天黑才收摊子，一天少说也得熬十四五个小时。姑娘，卖菜苦啊！挣口饭吃不容易。再说漂亮女孩卖菜也不安全。"

"李姨，不卖菜我还能干什么呢？"

"你长得这么俊气，能干的工作太多了。"李姨说，"你可以到饭店当服务员，到公司当营销员，到会展中心当礼仪小姐，还可以当时装模特儿。"

"您的意思是凭我这张脸？"

"对。还有你的这副好身材。"

"不，李姨，我不想靠色相吃饭，我的脸蛋要留给真正爱我的人和我真正爱的人看。"

"傻丫头，其实你已经靠你的脸蛋吃饭了。那么多人来买你的菜，不是你的菜好，而是你的脸蛋长得好。"

玉叶口气坚决地说："李姨，您放心，从明天起，我不会再这样了。"

39

第二天上午，玉叶和李阿姨把摊位换了。她穿了一身旧衣服，戴上口罩，用围巾把头脸严严实实地包起来，只露出两只眼睛。她不想让顾客再认出她来。

玉叶的表现得到大家的欢迎，他们对她的态度变了，主动和她说话。胖媳妇和骂得最凶的那几个人还向玉叶表示了歉意。

上午九点多，来了一个买菜的，是个二十多岁的小伙子。他径直走到李阿姨的摊位前，愣住了，瞅着李阿姨问："怎么是你？"

李阿姨没好气地说："我怎么了？"

"昨天那女孩去哪儿了？"

"回家了。"

"她家住哪儿？"

"不知道。"李阿姨又说，"你一个买菜的，问这么多干什么？"

小伙子并不甘心，顺着摊位挨个儿找。每到一个摊位前他都要认真地看一看，不是看菜，而是看人。来到玉叶的摊位前，他看了一眼，停下了，

他低声问："你怎么把摊子换了？"

玉叶没理他。

他又问："为什么要把自己严严实实地包起来？"

玉叶说："请问你要什么菜？"

小伙子说："你一定奇怪我是怎么认出你来的。是你的眼睛给我当了向导。你的眼睛不是一般的眼睛，比别人的眼睛水，比别人的眼睛亮，看谁能把谁的魂勾走。而且一来到你跟前，我就有一种异样的感觉。"

玉叶说："我问你到底买什么菜？"

"随便。"

"买多少？"

"随便。"小伙子说，"把自己包起来不让人看，真是不可思议。"

玉叶每样都称了点，给他装进塑料袋里。

小伙子扔给她50元钱说："不要找了。"然后转身离开了。

第二位顾客是个四十多岁的男人，他戴着近视眼镜，穿戴整洁，白白净净，像个知识分子。他也和刚才那个小伙子一样从李阿姨的摊位开始，挨个儿寻找。由于眼睛近视，他每走到一个摊位前，总要伸长脖子瞅一瞅坐在菜摊后面的摊主，样子很滑稽。他又走到一个摊位前伸长脖子瞅。

摊主说："不要瞅了，我是个男的。"

人们大笑。他又来到胖媳妇的摊位前，胖媳妇更没有好话："你不瞅菜瞅我做什么，想买我呀？我这么胖，你养得起吗？"

人们又笑。他也笑，但是不说话，伸长脖子挨个儿瞅。

找到玉叶以后，他也不说话，笑眯眯地看着玉叶。

玉叶问他："先生，您想买什么菜？"

他这才如梦方醒地说："噢，就来三斤西红柿吧。"

玉叶把称好的西红柿装进塑料袋里递给他。当玉叶给他找钱时，他突然把玉叶的手握住了，一边用渴望的目光看着玉叶。玉叶心里扑通乱跳，使劲把手抽出来，脸上一阵滚烫。但她不敢声张。那个人脸都没红一下，离开了。

第三个顾客也是男的，三十多岁，很胖。他远远就把摩托车停下，提着头盔大摇大摆地向李阿姨的摊位走来。一看不是玉叶，就问李阿姨："昨天卖菜和那个女孩去哪儿了？"

李阿姨脸一沉："不知道。"

有个男摊主说："她去你们家找你去了，你没看见？"

"没有呀。"他的情绪激动起来，"找我？什么时候？"

"半小时前。"

他仿佛这才明白过来："胡说八道。她知道我是谁，能找我？"

若得大家又笑。他不像前两位那样挨个儿找，而是远远地站着辨认。看了三四分钟，他快步向玉叶的摊位走来。

玉叶很奇怪，李阿姨和别的菜贩子也很奇怪，他们是怎么认出她来的呢？凭他们的直觉，还是凭玉叶的举止，仰或凭玉叶不同凡响的气质？谁也说不清。

他瞅着玉叶说："你看你，把自己包起来干什么，怕人看呀？女孩的漂亮脸蛋就是长给男人看的。"

玉叶问他买什么菜，他说什么菜也不买，是专门来看她的，又压低声音对玉叶说："美人儿卖菜，太可惜了。想不想跟我走？保你享尽荣华富贵。"

玉叶坚决地摇摇头。

"真他妈的可惜，鲜花插在牛粪上了。"他叹息了一声，离开了。

玉叶的菜卖不下去了。她不知道后面的顾客来了以后，还会说什么，做什么。她有一种被玷污的感觉。她把剩下的菜送给李阿姨，骑着三轮车离开了。那些菜贩子向她投来敬佩的目光。

回去以后，正好罗大义也在家里。玉叶就把两天来卖菜的遭遇向罗大义诉说了一遍。

罗大义笑起来："有这么严重？"

"其实比我说的还要严重，我都打了折扣呢。"

"那好呀，你干脆垄断经营，成立一个蔬菜公司，让菜贩子做你的雇员，你就成了临海市的蔬菜大亨了。"

玉叶嗔怪道："罗大哥，都什么时候了，你还有心开玩笑。"

罗大义郑重其事地说："玉叶，你为了维护自己的尊严，不为金钱所动，我很佩服你这点。现在像你这样的女孩少之又少。别的女孩只要给钱，什么事都敢做。不过你也大可不必把自己完全封闭起来。"

"可是顾客一认出我来就往这儿涌，别的菜摊上就没人了。他们不能容忍，我也无法接受。"

"的确是个问题。没遇上暴力胁迫就算你走运了。"罗大义想了一会儿又说："这样吧，你先在家待几天，看看能不能想想别的办法。我虽然挣钱不多，暂时解决你们姐弟俩的温饱还是不成问题的。"

玉叶同意了。

十二、靓女卖菜，不必吆喝把钱赚

十三、纷至沓来，都想利用美女的脸蛋

40

玉叶只卖了三天菜，又成了一个闲人。如果继续卖菜，对她的骚扰会更加严重。除非同流合污，否则他们是不会放过她的。她不得不为自己的安全考虑。玉叶有两个想不到。第一个想不到：想不到人们都认为她长得漂亮，她自个儿倒从来没觉得自己有多好看。现在对着镜子看，也看不出有什么特别。第二个想不到：想不到城里人发现一个漂亮女孩，就不择手段地和她接近，这在沙后营子是很丢脸的事。

卖菜赚的一百多块钱够她和杨河生活一些日子。第一天把她和杨河的衣服洗出来，第二天看了一天书。书是从罗大义那儿借的。一看书她就把什么都忘了，一放下书，她就会因为闲在家里变得焦虑起来。她不知道自己该干什么，心里非常着急。

第三天上午，玉叶正坐在小板凳上看书，忽然听见有人敲院门。她以为是罗大义回来了，就跑出去开门。可是进来的是一个陌生男人。这个男人三十来岁，穿西装，系领带，乌黑的头发油光发亮。他一走进院门，就望着玉叶笑。

玉叶问："你找谁？"

"就找你。"

"找我？"玉叶非常惊讶，"我不认识你呀。"

陌生男人又笑起来："可我认识你呀，你叫玉叶。"

"你找我有什么事？"

"无事不登三宝殿。"

玉叶满腹狐疑地把院门关上。陌生男人也不客气，照直往正房里走。玉叶说了声"在这边"，他才拐进凉房。坐下后，陌生男人掏出一张名片，双手弟给玉叶。玉叶看着名片，才知道他是金牛文化娱乐公司人事部的经理，叫梁若飞。玉叶猜他的来意，要不是专门来看她，就是来向她"求爱呀"、"求婚呀"什么的。城里人脸皮厚，她得小心点。玉叶最怕对她动手动脚。正是上班时间，他如果真想欺负她，连帮她的人都没有。她做好了随时反抗的准备。玉叶的防范意识所以这么强，这与杨江、高成的变化有关。他们两个一进城就变成另外一种人，玉叶吸取他们的教训，进城以后特别小心谨慎，生怕自己变质。

玉叶故意不说话，也不给他倒水，还把他的名片随意扔在床上，有意冷落他。这样做的目的是让他感觉到他是个不受欢迎的人，希望他能早早知趣地离开。

可是梁若飞根本没有离开的意思。他说："玉叶，住这样的房子也太委屈你了。按你的条件，完全可以住别墅。"

玉叶冷冷地说："我喜欢住这儿。"

梁若飞说："我是在菜市场认识你的。刚才去菜市场找你，说你已经不卖菜了。幸亏那天你回家的时候，我一直跟着你，记下了你的住处。"

玉叶警惕地望着他："你跟踪我？"

"说不上跟踪，只是想知道你住哪儿。"梁若飞又问，"为什么不卖菜了？"

"不想卖了。"

"嫌卖菜苦？"

"不是。"

"那是为什么？"

"就是不想卖了。"

"找到别的工作没有？"

"没有。"

"想不想到我们公司去？"

"你们公司？"

"我们老总委托我来请你。"他停顿了一下，又说，"月薪一千元，外加提成，年终还有奖金，而且包吃包住。"

玉叶有些心动，这么好的工作，这么高的报酬，确实不容易找到。她对梁若飞有了一点好感，也就解除了对他的警戒。

她微笑着问："你们公司是做什么的？"

"主要经营餐饮、住宿、歌厅、桑拿等。"

"你们会给我安排什么工作？"

"像你这样容貌非凡,气质高雅的女孩我们已经物色好几年了,一直没有找到。"

"你的意思是把我摆在那儿让人看?"

"也不是。"梁若飞说,"主要是想让你搞接待。"

"接待谁?"

"当然是贵宾。"

"贵宾都是些什么人?"

"比方说大款啦、大腕啦、还有领导啦,主要就是这些人。"

"怎么接待呢?"

"也就是陪他们吃吃饭,喝喝酒,唱唱歌,跳跳舞什么的。"

玉叶把脸沉下了:"我知道你是什么意思了。我不去。"

梁若飞十分惊讶:"为什么不去?"

"我是人,不是摆设,不是摆在那儿让别人看的。我有人的尊严。"

梁若飞耐着性子说:"玉叶,真想不到你的思想会这么落伍。其实容貌也是一种资源,你为什么不利用你的容貌优势去过富足优越的生活呢?这可是许多女孩巴不得的呀。"

"梁先生,我已经明白无误地告诉你了,我不去。你可以走了。"

玉叶拿起书来看,再不搭理他。

梁若飞:"玉叶,你不要冲动,再冷静下来想一想。三天以后我再来。"

玉叶眼睛瞅着书本,头也不抬地说:"你不要再来了。"

"不,三天以后我还要来,不来交不了差。"

梁若飞出去了。玉叶心里非常不愉快。梁若飞要她到他们公司去也是因为她长得漂亮,而且让她当三陪。难道除了漂亮以外,她就没有一点水平和能力吗?玉叶想不通。

41

下午,罗大义要去上班的时候,玉叶要他把院门锁上。罗大义奇怪地问:"院门锁上你怎么出去?"

"罗大哥,我害怕,不敢出去。"

罗大义笑着说:"我们玉叶也成公众人物了,不能随便露面。如果他们知道你住这儿,还要进来请你签名呢。"

玉叶说:"上午已经来过一个了。他让我去他们公司搞接待,月薪一千,还不包括奖金和提成。所以我才让你把院门锁上。"

"可惜啊，中国又少了一位百万富姐。"罗大义感叹说，"玉叶，你不跟风，活得有个性，我最佩服你的就是这点。"

说完，把院门锁上出去了。

吃过晚饭，杨河坐在小板凳上学习，玉叶坐在床上看书。一会儿，一辆红色轿车开在过道入口处停下了。一位中年妇女从车上下来，在外面敲门，罗大义正在院子里，他走过去把门开开了。

那个妇女问："请问一个叫玉叶的女孩在这儿住吗？"

罗大义点点头，又对着凉房喊："玉叶，有人找。"

玉叶心想坏了，又有人找上门来了。白天能把院门从外面锁上，晚上锁不上。不锁院门，人家就知道家里有人，使劲敲，使劲喊。她应声跑出来，妇女已经进门了。玉叶用陌生的目光打量着眼前这个妇女。她有四十来岁，一副职业女性的打扮，气质很好，显得高雅而又雍容华贵。她也正用温柔的微笑看着玉叶。玉叶看见这么高雅的女性，首先就把警戒解除了。

妇女握住玉叶的手："玉叶，你觉得我还很陌生吧？我可是认识你呀。"

玉叶不好意思地说："您看，连个坐的地方都没有。"

杨河说："姐姐，我到罗大哥家学习去，小板凳让阿姨坐。"

玉叶点点头，杨河收拾好书本出去了。

虽然坐在小板凳上，妇女的姿势依然那么优雅。她自我介绍说："我叫沈云，是祥隆建安有限责任公司的会计师。我到这儿来，我想你是欢迎的。"

"欢迎您来，阿姨。"玉叶说，"我不知道您来有什么事。"

沈云春风满面地说："小美人儿，我们老总看上你了。"

玉叶一惊："看上我了？"

"对呀，看上你了。"

玉叶脑子里一时转不过弯来，搞不清是怎么回事。片刻之后，她才明白过来，又是一家公司让她去工作，当然还是冲着她的脸蛋来的。沈云微笑地望着玉叶，那意思就在脸上写着，她要即将改变玉叶的命运。不知为什么，现在听见有人给她介绍工作她心里就烦，同时她又怀着一点侥幸心理希望能找到一个好工作。她问：

玉叶问："公司打算让我做什么工作？"

沈云说："不是让你去工作。你想想，老总能舍得让你工作吗？"

"那让我干什么呢？"

"享福。"

"享福？享什么福？"

十三、纷至沓来，都想利用美女的脸蛋

沈云神秘地笑着："做我们老总的太太。"

玉叶皱起眉头，脸上不由得一阵发烧。她觉得太不可思议了，忙低下头说："连面都没见过，他怎么能看上我呢？这不是太荒唐了吗？"

"他看过你的相片。"

"我没给人送过相片呀。"

"是我拍的。"

"我以前见都没见过你，你怎么能给我拍照片呢？"

"是我偷拍的。"

"什么时候？"

"两天前你在菜市场卖菜的时候。"沈云说，"纵然是千里马，也得伯乐发现它。这次我也做了一回伯乐，发现了你。如果不是我发现你，你就只能卖菜。"

沈云的话玉叶一句也没听进去，她没想到沈云这个人外表高雅，内里却俗不可耐，让人恶心。她生气地说：

"你知道不知道，这么做是不道德的。"

沈云面不改色心不跳："我是看你实在太漂亮了，却在那儿卖菜，反差很大，就拍下来了。我们老总看了相片后，就喜欢上你了。"

有三天的卖菜经历，梁若飞和沈云又找上门来，玉叶也算经风雨，见世面，说话就有些玩世不恭。她说：

"婚姻是双向交流，为什么不把你们老总的照片拿来让我也看看？"

"老总的照片还用看吗？"沈云不解地说，"几个亿的资产，钞票像水一样往兜里流。这就是他的形象和脸面。自身条件也不错，大学毕业，高级工程师，年龄也不算大，只有五十二岁。"

"五十二岁还不算大？"

"这个年龄算什么。如今只要有钱，六七十岁的男人娶小姐的多的去了。"

"他这么大年纪为什么还不结婚？"

"哪能不结婚呀。"沈云说，"他想让你做他的二太太。如果你愿意，他准备给你建一处别墅，地方由你选，市区、郊区都行。他还要给你配一辆高级轿车，进出有专车接送。除此之外，他每月付给你五千元生活费。"

玉叶低头不语。她又想起杨江和高成。杨江为了自己的前途，不惜和玉叶解除婚约，跟一个他并不爱的女人结合。高成为了出人头地，不往正道上走。一想起这些她就委屈，就伤心。

沈云以为玉叶同意了，就说："明天我来接你到我们公司去一趟？"

玉叶仍然不语。

沈芸说："玉叶，这么好的事你还犹豫什么呀。"

"我没有犹豫。"玉叶说。

沈云眼睛一亮："你同意了？"

"不过我有个条件。"玉叶抬起头来说，"别墅、轿车都无所谓。我的条件是：如果他让我当公司的老总，我就嫁给他。"

沈云一听脸色大变。她这才明白过来玉叶原来在和她兜圈子，甚至在耍笑她。她半晌没说出话来。过了一会儿，她才说："你要后悔的。"

玉叶淡淡地说："后悔是我的事，与你无关。"

沈云愤然离开了。

42

第二天早晨，罗大义出去的时候忘了锁院门。上午，又有人敲门。玉叶悄悄待着，不去开门，以为敲会儿就不敲了。谁想越敲越凶，而且可着嗓门喊起来。玉叶只好把门打开。进来的是一位男青年，二十出头的样子。他高挑个儿，白白净净的脸庞，戴着眼镜，透出一种聪明和干练。由于年龄相差较少，玉叶就有了一种异样的感觉，显得比较紧张和拘谨。心想他是不是求爱来了。

如果真有人跑来郑重地向她求爱，玉叶不会特别反感。不管男女，爱情只有追求才能得到。她烦的是有人利用她，他们从中获益。前两天来的两个一个让去公司当招待员，其实就是搞"三陪"，另一个让她给老总当妾。玉叶觉得自尊心受到了伤害，心里很不是个滋味。

小伙子首先自我介绍，他叫白志，是市财政局的秘书。那天买菜，当他看见玉叶之后，差点惊叫起来，他要找的美女终于找到了。

说得玉叶满脸绯红。把小伙子领进屋里，她才低下头小声说："所以你就跑来了？"

"对。"白志说，"我一定要把你搞到手。"

玉叶一听他说搞到手就有些反感，说明他很不稳重。她说："你也太自信了。我不是一件物品，我是一个活生生的人，有思想有感情，不是想搞到手就能搞到手的。"

"我有这个信心。"

"就因为你是财政局的秘书？"

"秘书算个屁。秘书就是孙子，孙子不熬成爷，就只能永远当孙子，哪有资格享受金钱美女。"白志的话有些语无论次，"我是说有钱能使鬼推磨。"

玉叶听得有些糊涂："你的意思是……"

"我想把你介绍给我们局长。"白志又说："他好色。"

又是一个拉皮条的，玉叶不禁有些沮丧和失望。她想不通，现在的人怎么了？一个个西装革履，油头粉面，风度翩翩，怎么一说话一做事就变味了呢？今天来的这位更加明目张胆，直截了当。

玉叶问："你们局长还没结婚？"

"早结了。孩子都上初中了。"白志又说，"我给你五万元，把你介绍给我们局长，做他的情人。期限是五年，五年之内，你不准结婚，也不能和别的男人搞性交易。"

玉叶听得浑身直起鸡皮疙瘩，脸都气白了。在白志眼里，她不过就是一件商品，要买回去送给他的上司。她想发作，硬是忍住了。泪花在她的眼里打转，但她忍住没让流出来。就是哭，也要等他走了以后再哭。

她说："你想用五万元把我买下来，再把我当作一件礼品奉送给你们局长，作为交换，局长必须提拔你。是不是这样？"

"话虽然有些难听，说白了就是这个意思。"

玉叶说："五万太少。"

"再加两万，七万。"

"七万也不行。"玉叶说，"我是美女，是你辛辛苦苦寻找多少年的美女，七万元能买得到吗？一辆高档轿车还几十万上百万呢，难道我还不值一辆轿车的价？高级小轿车在临海市遍地都是，像我这样的美女有几个？"

白志为难了。过了一会儿，他咬咬牙说：

"再加三万，十万，行不行？"

"不行。少说也得五十万。五十万也就一辆高级轿车的价钱。"

白志哭丧着脸说："玉叶，你的胃口也太大了。我哪能拿出那么多钱呀，就是十万，我还得举债呢。等我被提拔了，就会有人给我送，到那时我再给你行不行？"

"不行。必须一手交钱，一手交货。"

"那这交易没法做了。"

"不做就赶快滚！"

玉叶也骂出脏话来了。

白志走后，玉叶没哭，反倒笑了。今天在和白志的较量中，她的胆子大了，也再不顾及脸面，所以没有吃亏，占了上风。可是笑过之后，她又感到悲哀。在别人眼里，她根本没有人的尊严，他们并不把她当作一个真正的女人，而是把她当作任意践踏的花朵。她感到受了污辱。

十四、时髦时髦，老头也搞性骚扰

43

玉叶仔细琢磨这几天发生的事，觉得自打来到临海市，她的命运老和三联系在一起。卖了三天菜，有三个人在菜摊上找她，她待在家里以后，又有三个陌生人上门找她。梁若飞说三天以后还要来，也是三。玉叶觉得再不能在这儿住下去了，必须尽快离开。如果继续待下去，不知道又有多少人会来骚扰她。

可是玉叶在临海市举目无亲，她还能到哪儿去呢？想来想去，还得请罗大义帮忙。这些天，罗大义已经给过她不少帮助，实在不忍心再求他。可是不求又不行，弄得玉叶很为难。

第二天早晨，罗大义要去上班。玉叶从凉房出来说："罗大哥，我想搬家。"

"搬家？"罗大义低头沉思着走进玉叶屋里，坐在床沿上问，"是不是嫌我的凉房太小，想住宽敞点的房子？"

"不是。"

"那就是讨厌我了，想离开是不是？"

"罗大哥你说哪儿去了。说实话，我还真舍不得离开呢。"

"那你为什么突然要搬家呢？"

玉叶眼圈红了，低下头说："卖了几天菜就卖出麻烦来了，只好待在家里。待在家里也不行，不断有人进来骚扰，先是金牛文化娱乐公司的人来让我当他们的接待小姐。接着，祥隆建安有限责任公司的人找上门来，说什么他们老总想包养我。昨天上午又有人找来说，掏五万元把我买去给他的局长进贡，让我做局长的情人。

有人还偷拍下我的照片。罗大哥，再不离开，我被绑架的危险都有。你说我还能在这儿住下去吗？"

罗大义听得皱起了眉头。但他又感动地朝玉叶竖起大拇指："玉叶，在你们半边天里，你是最最让我敬佩的一个。为了你，我老罗赴汤蹈火在所不辞。你说吧，上刀山，还是下火海。"

不知为什么，说完这句话，罗大义脸红了。

玉叶也红了脸笑着说："罗大哥，在你们男人那半边天里，你也是我最最敬重最最信任的一个。遇到麻烦我就只能找你。"

罗大义问："看来你要严防死守，和他们周旋到底？"

"就是捡破烂，我也要做个好人。"

"没关系，我负责给你租房子。"

"房子还不能离学校太远，杨河要上学。"

"我知道。"罗大义说完上班去了。

玉叶又跟出来说："罗大哥，你得快点。"

罗大义头也不回地说："没问题。"

罗大义只用了一个上午就把房子租好了。吃过午饭，他领上玉叶去看房子。房子在学校东边，同样和学校只隔一条马路。这里比罗大义住的地方要靠南一点，离学校更近。这里楼房少，住平房的居民较多。

房东是一对青年夫妇，丈夫叫王宝良，妻子叫于艳秋，都是大学出来的知识分子。王宝良个子很高，只是略显单薄；他的皮肤白得没有血色，就像有病似的。于艳秋中等个儿，圆脸，比较丰腴，她的黑眼珠什么时候都转着，好像会说话。两人分别在两家公司上班。也许玉叶是乡下人，也许还不太熟悉，他们对玉叶比较冷淡。

他们住在一套带走廊的平房里，把东头的耳房租给玉叶和杨河住，每月租金八十元。房间里没床，是一盘土炕，炕上铺着苇席。男主人的父母从农村来这儿住过一段时间，老人不习惯睡床，就给他们盘了炕。罗大义瞅着土炕皱起了眉头。玉叶却不以为然，她说她在炕上睡惯了。她帮女主人把房间里的东西搬出来，打扫干净。

下午，罗大义正好没课，就请了半天假，帮玉叶搬家。运输工具是玉叶买的那辆只卖过三天菜的三轮车。罗大义在前面蹬，玉叶在后面推。跑了两个来回，东西就拉完了。还把罗大义的一些日常用具也拉过来，比如小凳子、小桌子、盆盆罐罐之类。

晚上，罗大义又陪姐弟俩在一起吃搬家后的第一顿饭，边吃边聊。他们说话的时候，杨河一般不说话，但是他在认真听，认真思考话里的意思。因此他的两个黑眼珠转得非常快。

罗大义说："玉叶，你放心，我还要给你找一份工作。"

玉叶又被感动了，感叹说："罗大哥，我觉得你是这个世界上最好的人了。"

"你错了，玉叶，这世界上全是好人，只有我一个坏人。"罗大义又问，"你知道现在好人的标准是什么吗？"

玉叶摇头说："不知道。"

"我告诉你吧，好人的标准是：吃喝嫖赌，坑蒙拐骗，肉体交易，金钱至上，物欲横流。如今世道变了，好人的标准也变啦。"

玉叶和杨河都笑了。

杨河说："罗大哥说话真有意思，一套一套的。"

玉叶说："罗大哥，我们也不必太悲观，其实好人也不少。那天一上公路我们就遇上你这个大好人。"

罗大义竖起大拇指说："还是玉叶水平高，给我上了一课。"

玉叶红了脸说："罗大哥过奖了。我希望你以后不要发牢骚，发牢骚影响健康。"

"我听你的，再不发牢骚了。"罗大义又说，"牢骚太盛防肠断，好像是老毛的诗。"

玉叶："就是的。"

罗大义对玉叶说："你的工作找起来比较困难，不能让男人盯上你。我想让你到一个家庭当保姆，一想不行，男主人骚扰你怎么办？也想过让你学电脑，一想也不行，老板可能要找你的麻烦。玉叶呀，在当今社会，女孩长得太漂亮了，想守得住自己，难啊！我最佩服你的就是这点。"

"我也在生自己的气呢。"

罗大义问："生自己的气，嫌自己长得太漂亮了？"

玉叶说："我倒希望他们多注意我有没有修养，有没有能力，不要过分在意我的外表。"

罗大义听得有些惊讶，就盯着玉叶看，忘了吃饭。玉叶赶忙避开他的目光，脸微微泛红了。

一直埋头吃饭的杨河突然敲着碗沿喊起来："我不准你那样看我姐。"

罗大义和玉叶把目光转向杨河。杨河还真生气了，他把碗放下，饭也不吃，脸憋得通红，两只眼睛正瞪着前方发怒。

玉叶批评他："杨河，不能那样跟罗大哥说话。要有礼貌。"

罗大义对玉叶说："这是一条看家狗，我连看你一眼都不行。你还有什么不安全的？"

杨河这才重新端起碗吃饭，鼻子里还是呼呼呼的，显然火气还没有消掉。

到后来罗大义和玉叶也没闹明白，杨河为什么要生那么大的气。罗大义所以要看玉叶，是因为玉叶说的那句富有哲理性的话，并没有别的意思。他是嫌罗大义瞪了他姐姐，还是别的什么，罗大义和玉叶都不知道。

一次玉叶问杨河为什么不让罗大哥看她，杨河是这样回答的："我就是不想让他用那种眼神看你。"

"哪种眼神？"

"就是那样的，不怀好意的。"

"我不明白你说的不怀好意是什么意思。"

"我怕他喜欢上你。"

玉叶这才知道杨河原来在吃醋，更惊诧了。她惊诧杨河小小年纪怎么能产生那种想法。玉叶不知道他的小心灵里到底藏着多少秘密，鬼精鬼精的。

44

又过了一星期，一天下班后，罗大义没回家，骑自行车直接来到玉叶这儿。当时玉叶正在看书。

"玉叶，"罗大义一进来就说，"工作找到了。"

玉叶望着罗大义："真的？"

"我罗某人从不说假话。"

"什么工作？"

"饲养员。"

"饲养员？"玉叶有些泄气，又问，"饲养什么？"

"饲养一个六十五岁的老头。"

玉叶不由得笑起来："原来是当保姆。罗大哥，我当保姆行不行？"

罗大义说："怎么不行？他家没别人，就他一个老头。老伴和他过不在一起，去加拿大儿子那儿住去了。还有一个女儿在上海工作。这老头倔，哪儿也不去，一个人守着一幢一百五十多平米的房子。以前也雇过几个保姆，总是干不上半年就辞了。不知道是他辞保姆，还是保姆辞他。他以前是教育局局长，退休好几年了。像他这把年纪，足够给你当爷爷，还能把你怎么样？如果再出事，那就真有了鬼了。"

玉叶也觉得比较合适。吃过晚饭，玉叶把杨河留在屋里学习，她和罗大义去李局长家。

李局长家并不太远，在罗大义住宅西南方向大约三百多米的样子。李局长来开院门的时候，他们见了面。李局长上下打量了玉叶片刻，似乎对她比较满意。他给玉叶的印象也不错，腰板笔直，面色红润，不是太胖，也不是太瘦，衣服也很整洁。他看上去不像六十多岁的老人，感觉只有五十多岁。

李局长把他们领进客厅，热情地提茶倒水，还亲自给他们削苹果。玉叶不吃苹果，他就剥了一块糖给她吃。客厅里最引人注目的是挂在北墙正中央的毛泽东肖像，肖像两边是一副对联，上联是：吃水不忘挖井人，下联是：幸福不忘毛主席，横批是：毛主席万岁。

玉叶觉得毛主席比较陌生，不如邓小平熟悉。以前经常能在电视上看见邓小平。玉叶感觉在这样的家庭里当保姆，心情一定很舒畅，就像在自己家一样。

老人问了玉叶的姓名、年龄、文化程度、家在哪儿、有什么爱好特长等，然后表示愿意雇她当保姆。还说："我很欣赏你喜欢看书这个爱好。我有很多藏书，就在书房里的书厨上摆着，你不忙的时候随便拿下来看。"

玉叶点点头。

李局长又说："平时我就叫你玉叶，你叫我爷爷，怎么样？"

玉叶又点点头。

李局长说起玉叶的工作范围：每天做早中晚三顿饭，每天清扫、擦洗、整理一次房间，每个星期洗一次衣服。活儿不算多，当保姆只要不看小孩，就不是很累。一想起这里能看到很多书，玉叶心里就非常兴奋。

工资是由罗大义和李局长谈的。老人提出每月工资三百元，说实话，根据工作范围和劳动强度，这个工资标准不算低，玉叶听了很满意。

可是罗大义说："李局长，就看在她是您孙女儿的分上，每月再给她加一百元算了。"

李局长想了想，爽快地说："好，再加一百元，每月工资四百元。"

这让罗大义和玉叶颇感意外。罗大义原以为，他提出增加一百元，通过讨价还价，实际能增加五十元就很不错了，没想到老人很痛快地答应增加一百元。罗大义和玉叶都很高兴。

条件谈妥以后签协议。签过协议，事情就定下来了。玉叶明天早上正式来上班。

在李局长家当保姆和照顾杨河并不矛盾。玉叶早上五点钟起床给杨河做早点。杨河吃完早点去学校的时间是六点半。这个时候，玉叶骑上自行车（李局长家的）去市场买食品。李局长爱吃油条，玉叶多数情况下买的是油条，有时也买糕点，还有豆浆、牛奶、小笼包子等。

这个时候李局长正在公园里晨练。

七点半左右，李局长回来吃早点。八点半，李局长又到老年活动中心去了。玉叶开始整理清扫房房间。

收拾完房间，她坐在书房里看会儿书。十一点左右，玉叶开始做午饭。十一点半，老人回来了。伺候老人吃过午饭，已接近十二点。玉叶赶紧骑着车子回去做她和杨河的午饭。

姐弟俩吃完午饭小睡半个钟头，杨河起来去学校，玉叶骑上车子去李局长家。这个时间李局长已经午睡起床又到老年活动中心去了。玉叶再看一会儿书，下午五点多钟，又要给老人做晚饭了。

但她一点儿也不觉得累，感到过得很充实。尤其是看书的时候和杨河在一起的时候，她的心情就特别好。

一天早晨，李局长吃早点时，把玉叶叫过去说："来，玉叶，你也吃一点。"

玉叶说："爷爷，我吃过了。"

李局长说："从明天起，你做两个人的早点，和我一起吃吧。"

"爷爷，这怎么行呢？"

"你陪我吃，一个人吃饭不香。"

玉叶同意了。李局长说得有道理，一个人吃饭没有食欲，也没有气氛。两个人就不一样。他们在一起吃早点，还说说话，气氛就好多了，老人的心情也好。

这样过了大约一个多月，玉叶把老人的脾性也摸得差不多了，知道他喜欢吃什么，不喜欢吃什么。玉叶还根据他的年龄情况，尽量给他吃高蛋白高营养的饭菜，少吃高糖高脂肪食品。

老人非常满意，气色比以前好多了。

李局长爱发牢骚。上至中央领导，下至书记、市长，他都敢骂。牢骚的内容有社会风气、社会治安、贪污腐败、物价上涨以及资产阶级生活方式等。牢骚总的主题是今不如昔，一代不如一代。发牢骚也得有听众，他的听众就是玉叶。玉叶虽不爱听，也得硬着头皮听，还得频频点头。否则李局长不高兴。

李局长还有个癖好，就是每天中午从老年活动中心回来，向毛主席请示。他毕恭毕敬地站在毛泽东肖像前，说道道道。比方说什么地方出了个贪官，他就会毕恭毕敬地站在毛主席像前说："您老人家教导我们说：要为人民服务。可是如今哪个领导是真正为人民服务的？他们贪污受贿，中饱私囊，吃喝嫖赌，无恶不作，到处是彻头彻尾的资本主义复辟。我恳求您老人家的在天之灵惩罚他们。"

玉叶觉得很可笑，但她不敢笑，怕老人发脾气。

玉叶给李局长洗内衣的时候，才发现他有痔疮，内裤到处糊的是血迹。玉叶不能看，一看就反胃。可是她又不能不洗。头几次洗李局长内裤的时候吐过几次，后来才渐渐好些了。

一天吃晚饭时，李局长又对玉叶说："玉叶，从明天起，午饭、晚饭你也和我一起吃吧。"

"爷爷，我交不起伙食费。"

"我不用你交伙食费。"

"我还得回去给弟弟做饭。"

"让你弟弟也来这儿吃。"老人显出很执拗的样子，"我工资高，养活得起你们姐弟俩。"

玉叶还是没答应。在李局长家吃饭虽然能省很多钱，但她不想这样。她不能没有和杨河在一起吃饭的氛围，在李局长家吃饭，那种气氛就没有了。

杨河比她更需要那种氛围。当了保姆以后，他们姐弟俩在一起的时间已经少多了，不能再少了。这些话是玉叶心里想的，并没有说出来。但她明确拒绝了李局长的要求。

45

一天中午，李局长从老年活动中心回来，又大发牢骚。由头是在大街上碰到的这样一件事：一个公司老板的老婆养的一条价值两万元的德国纯种狗丢失了。老板在电视上做广告，说谁能帮她老婆找到这条狗，付给报酬一万元。李局长从老年活动中心往回走的时候，正巧碰上许多人帮老板娘找狗，都想得那一万元。

他气得不行，一进门就发起牢骚来。玉叶虽然觉得李局长有点多管闲事，自寻烦恼，但是李局长发牢骚，她就得坐着听，还得点头。

李局长情绪激动地说："这是什么世道！还是不是社会主义国家！花两万元买条狗，丢了还要花一万元找回来。想想看，农民过的是什么日子，下岗工人过的是什么日子，世界上还有五分之一的人生活在水深火热之中。我真希望中国再来一次土改，狠狠整一整这些富人，没收他们的财产，还可以像解放初期那样，抓一批，杀一批，让这个世道变一变。"

玉叶也觉得花两万元买条狗太过分，丢了再花一万元找回来就更过分，纯粹是为了显摆。又觉得李局长虽然说得有道理，但是大可不必这样较真，这样偏激。

李局长发完牢骚，又毕恭毕敬地站着向墙上的毛主席像说话。玉叶就抽出身来，到厨房做饭去了。

过了一会儿，听见李局长在客厅里喊："玉叶。"

"哎。"玉叶高声答应。

"过来。"

玉叶过去了。

老头站在地上，双手提着一件衣服："你看，我给你买了一件裙子。"

玉叶愣住了，没有马上表现出应有的兴奋，她怎么也没想到老人会给她买衣服，感到非常突然。这是一件红色连衣裙，左胸处有一朵墨绿色胸花。裙子的色泽和款式的确好看，玉叶很喜欢。裙子的面料也很好，是真丝的。但是玉叶仍然愣愣地站着，没有做出任何反应。

老人把裙子给玉叶递过来："快穿上试试，看看是不是合身。"

玉叶站着没动。她虽然喜欢这件裙子，但她认为她只是个保姆，主人是不应该给她买衣服的。她觉得老人对她已经很不错了，让她看他的书，让她陪他吃早点，而且把家丢给她，对她十分放心。再穿他买来的衣服，她感到不安。

老人有些生气了："接着呀，愣着干什么？"

玉叶还是没动，说："爷爷，我不能穿您的裙子。"

李局长有些奇怪："不喜欢？"

"喜欢，但我不能穿。"

"为什么？"

玉叶没有回答。她不想把话说透，说透了反而不好。她停顿了一下说："这样吧，爷爷，既然您已经买来了，我还是穿上吧，就算我买您的，钱从我的工资里扣。"

"傻丫头，扣了工资你们姐弟俩怎么生活。我既然给你买，就没想过要钱。"李局长又说，"我退休金高，买件衣服算不了什么。给，拿去穿上，看看是不是合身。"

玉叶这才把裙子接住了。一把裙子拿到手里她就高兴了，甚至有些激动。她的脸上微微泛红，眼里流露出难以掩饰的喜悦。她转身跑进一间卧室，把门反插上，脱去原来的衣裤，穿上裙子，又噔噔噔噔跑出来。

这时，她发现李局长站在门外，不免有些奇怪。不过她没往心里去，而是说："爷爷，您看。"

玉叶脸上漾溢着矜持而又幸福的笑容。

李局长上下打量她，眼里放光，情不自禁地说："漂亮，非常漂亮，太漂亮了！"

李局长一夸奖，玉叶更加兴奋，几乎有几分得意忘形了。她向老人鞠了一躬："谢谢爷爷。"

"不用谢。"李局长说，"穿上这件裙子，丑小鸭变成白天鹅了。"

玉叶把脸沉下来，老头的话使她感到有些不快，好像她一向很丑似的，穿上他买来的裙子才变漂亮了。不过她很快就忘掉了不快，高兴地笑起来。她又去卧室把裙子脱下，换上衣裤，再小心翼翼地把裙子迭好，哼着歌到厨房做饭去了。

玉叶中午回去的时候把裙子也带上了，想穿上让杨河看看。这连她自己也觉得奇怪，为什么首先想到让杨河看，而不是罗大义？杨河屁大点孩子，懂什么呀。她常把杨河的看法当作衡量的尺度。杨河说好，她就高兴；杨河说不好，她就没有信心。她有时也觉得这样很可笑，但又改不过来。

回去后，玉叶忙着做饭。饭做好后，杨河还没有放学回来，她等得有点着急。又过了一会儿，杨河回来了。

玉叶说："杨河，我买了一件新裙子，你看好看不好看。"

连玉叶自己也不明白为什么在杨河面前不说是李局长送的，而是自己买的。她把裙子穿上，站在炕上让杨河看，而且不停地转动身子，变换着姿势。

"漂亮，漂亮。"杨河说，"姐姐，这件裙子太漂亮了！"

玉叶心里这才踏实了。

晚上罗大义来了。杨河在外面玩耍。玉叶告诉罗大义，李局长送她一件裙子。但是没穿上让罗大义看。

罗大义说："说明他对你很满意。这老头出手还挺大方的，一送就是一件真丝裙子。"

李局长给玉叶买了衣服，他们的距离拉得更近了。玉叶仿佛觉得李局长真的就是自己的爷爷，对他的照顾更加无微不至。

46

李局长吃过早点，喜欢坐在客厅里的沙发上看会儿电视。这个时间，玉叶给李局长沏上一杯茶，就忙着收拾房间。李局长先看新闻，再看老年节目，然后关了电视到老年活动中心去了。由于老年人和青年人对电视节目的喜好差异很大，李局长一般不让玉叶陪他看电视。

可是有一天，玉叶正收拾屋子，听见李局长在客厅里叫她。玉叶过去后，发现李局长的眼神怪怪的。

李局长说："玉叶，这个节目不错，你也看看。"

李局长看的是一个老年谈话类节目，说的是一个二十六岁的女大学生嫁给了一个六十七岁的离休干部。他们都作为嘉宾在演播室接受主持人的采访。主持人问

他们结合在一起的婚姻基础是什么，他们都回答是爱情。主持人又问两人年龄相差四十一岁，生活在一起是不是方便。他们都回答说，他们在一起生活非常和谐融洽。

节目播完后，李局长又眼神怪怪地看着玉叶，说："玉叶，你看这一老一少的美满婚姻多让人羡慕啊！"

玉叶说："爷爷，我怀疑那个女大学生嫁给老人是为了老人的钱和遗产。"

李局长再没说话。玉叶看过也就看过了，没往心里去。

一个月后的一天上午，李局长看完电视没有急着到老年活动中心去，坐在客厅里的沙发上喝茶。

玉叶刚好进来整理房间，就问："爷爷，今天您不去活动中心了？"

李局长回答说："上午不去了。下午去。"

玉叶擦洗茶几的时候，发现茶几上放着一个四方形的红绒小盒。她没有太在意，继续收拾客厅。收拾完以后，她要出去，老人把她叫住了。

"玉叶，不要走，我给你看样东西。"

玉叶转过身去。老头指指那个红色小盒："你把这个盒子打开。"

玉叶把盒子打开，里面是一条白金项链。她有点纳闷。

李局长问："里面是什么？"

"项链。"

李局长平平淡淡地说："你把它戴上吧，是我送给你的。"

李局长的话并没有让玉叶高兴起来，也不激动，而是有些为难。她认为凭她和李局长的亲疏关系，他不该送她这么贵重的东西，她也不应该接收他这么贵重的东西。

说到底，他们的关系只是雇佣关系、主仆关系。李局长是主人，她是佣人。她在他家干活，主人按月发给她劳务费。买这条项链至少也得几千元，她想不明白李局长为什么给她送这么贵重的东西，不知道他到底出于什么目的。不管是什么目的，这条项链她绝对不能收。

这样想过之后，她又把盒子放在茶几上。

李局长又说："我送给你的，戴上吧。"

"爷爷，我不能要，真的。"

李局长站起来，硬把盒子塞进玉叶手里。为了不让李局长扫兴，玉叶再没有拒绝，接住了。中午回家的时候，她又把盒子放在茶几上。

玉叶回家前先去罗大义那儿，把李局长送她项链的事向罗大义说了。

罗大义也觉得蹊跷，说："这老家伙出于什么政治目的，送你这么贵重的东西。"

玉叶问："罗大哥，你说这项链我该不该收？不收他好像还挺多心的。"

罗大义想了想说："不想那么多，他送你就收，悉数尽收。你只要多个心眼就是了。"

后来几天，老人再没有把那个盒子硬塞给玉叶，也没有收起来，盒子一直静静地放在茶几上。

一天吃完晚饭，老头又把玉叶叫到客厅里说："玉叶，我给你买了一条项链，你不要，我心里很难过。我没有别的意思。我认为你是个好孩子，应该穿和别的女孩一样的衣服，戴和别的女孩一样的首饰，总之一句话，你应该过和别的女孩一样的生活。你如果还不收下这条项链，我就多心了。"

老人的几句话说得玉叶心里热乎乎的，十分感动，但她什么也没说。老人从盒子里取出项链，走过来，亲自给玉叶戴上了。

玉叶再没有拒绝，她热泪盈眶，扑进老人怀里哭了。

老人抚摩着玉叶的头发说："玉叶，你是个好姑娘，我非常喜欢你。"

这句话从一个六十五岁的老人嘴里说出来，除了亲情，再听不出有别的意思。

以后李局长和玉叶更加亲近，这是事实。李局长高兴的时候叫一声玉叶"宝贝"，或者拍拍她的肩膀，或者把她拉进怀里摸摸她的脸蛋。这些玉叶都没有介意，她不觉得老头除了亲情以外还有别的什么目的，她的感觉是老人对她的亲近就像爷爷对孙子的亲近一样，没有不自在的感觉。

但她又始终保持着一种冷静和理性，认为他们的关系其实不是爷爷与孙子的关系，是雇佣者与被雇佣者的关系，李局长雇她是为了让她伺候他，她到他家干活是为了挣每月四百元工资。李局长不会永远需要她，她也不会永远待在李局长家，只是暂时相处一段时间而已。李局长送她白金项链，作为回报，她只有更好地服侍好李局长。

以后玉叶又增加了一份工作，就是陪老人散步。玉叶没有不高兴，她认为老头给她买裙子，还给她买项链，她把老头服侍得好一点是应该的。散步的时间大多在晚饭后，每次大约半小时。这个时间原本是玉叶回去和杨河做饭吃的，陪老人散步就只得晚回去半个小时，杨河早已放学回去写作业了。

他们边散步，边聊天。走到人多车多的地方，玉叶就特别注意他的安全，有时提醒一下，来不及提醒就拉他一把。

李局长主要给玉叶讲他在位时遇到的一些故事和笑话，常常让玉叶笑得喘不上气来。李局长不怎么笑，总是一本正经的。

一次，他俩并排走着，李局长忽然把一只胳膊伸过来说："来，挽着爷爷的胳膊走。"

玉叶愣怔了一下，还是把他的胳膊挽住了，她没觉出有什么不自在。来往行人

也觉得很自然，都以为这一老一少是爷孙俩。玉叶只希望时间不要太久，杨河等她回去做饭呢。

47

玉叶陪李局长出去散步，李局长总要讲些故事和笑话。时间一长，李局长的胆子就大起来，说话有些放肆，话里带着一股荤腥味儿。玉叶觉得别扭，心想这老头怎么变得越来越粗俗了。她对李局长的敬重打了折扣。

一天黄昏，玉叶挽着李局长的胳膊散步的时候，李局长又给她讲了一个笑话。他说一九六四年他在河套农村搞"四清"，当时河套农村的风俗还比较乱，婚外情很普遍，夫妻之间对这事儿也不怎么计较。后来就有人总结出经验来，说：姑娘是绵羊，媳妇是平常，寡妇是阎王。

玉叶并不懂绵羊、平常、阎王是什么意思，她也不问。李局长进一步解释说：男人对女人下手的时候，姑娘总是服服帖帖的，一点儿也不反抗，就像温顺的绵羊；最难对付的是寡妇，她会撕破脸皮跟你闹，就像活阎王。

玉叶听了浑身起鸡皮疙瘩，心想这老头怎么这么下作，对我说这些干什么。但她硬忍着陪李局长散步。

李局长忽然怪模怪样地看着玉叶说："玉叶，我看你就是一只绵羊。"

玉叶感觉被污辱了一样，把手从李局长腋下抽出来，停下不走了。泪水在她眼里打转。李局长抱歉地笑着说：

"我只是开个玩笑，你要是不爱听，以后我再不说了。"

玉叶这才又开始走路，但是从此再没有挽过李局长的胳膊。

第二天傍晚，玉叶准备给李局长做晚饭，正在换外衣。这时突然有人从后面把她抱住了。她立即感觉到是李局长，差点没吓晕过去。李局长的胳膊把她死死箍住，她连呼吸都有些困难了。李局长在抱住玉叶的同时，拼命把脑袋伸过来，嘴就在她的头上、脖子上乱亲。

事情发生得太突然了，玉叶一点心理准备都没有，紧张得连话都说不出来，仿佛全身的血液都凝固了。她拼命挣扎，挣扎不开，脸还得左一下右一下地躲闪老头的那张臭嘴。她想不到一个六十五岁的老头竟然有这么大的力气。

李局长喘着粗气说："我的小美人儿，你早把我的魂勾跑了。"

"玉叶，不要回去，留下和我睡觉。"

"玉叶，让我好好亲亲你，我太喜欢你了。"

"玉叶，做我的情人，我让你享尽荣华富贵。"

玉叶紧张得说不出话，只顾拼命挣扎。

李局长又说："玉叶，我给你买衣服，给你买项链，就是为了今天。你就从了吧。"

玉叶说："不行，放开我！"

玉叶虽然说话了，也只能说些简单的字眼儿，诸如"不行"、"不能"、"放开我"之类。

李局长抱住玉叶往床上拖，玉叶使劲站着不动。这时，她注意到又在她胸前的两只手，忽然想起上次高成抱她的时候，杨河咬他的情景，因此也低下头去，狠狠咬了一口。李局长惊叫一声，把手松开了。

玉叶使劲推了他一把，转身往外跑。她跑出卧室，跑出房门，跑出院门，又拼命往家跑。她像疯了似的狂奔，一边跑，一边回头看，看老头是不是追上来了。

现在她的思绪还是乱的，理不出个头绪，只有惊恐和紧张。她害怕那个老头，老头在她眼里霎时变成了一只老虎，张开血盆大口向她扑来，她就是从虎口里逃出来的。她竟然忘了哭，未流一滴眼泪。

回到屋子里，玉叶还害怕李局长追来，把门反插上。其实李局长根本就没追她，也不知道她住哪儿。玉叶这才爬在炕上痛哭。她哭得特别悲痛，特别伤心，就好像自己被人强奸了，遗弃了，委屈得不知道说什么好。

她就哭就说："你这么大年纪，为什么要这样对我呢？我把你当爷爷，想不到你不安好心。我一直把你当好人，没想到你原来是一只披着羊皮的狼。你对你孙女也这样吗？你真是禽兽不如。你给我买裙子，给我买项链，原来是有目的的。我怎么就一点儿也没看出来呢？"

一提到项链，玉叶猛然想起项链还戴在脖子上。她觉得这条项链是那么肮脏，就把它取下来扔到炕上。她又从箱子里取出那件裙子，也扔到炕上。

48

玉叶又失业了。她再没去李局长家，整天待在屋子里。她想把这件事告诉罗大义，又觉得说不出口，就没有去。她也知道不能老这么闲着，不工作挣钱靠什么维持她和杨河的生活呢？但她不知道干什么。

过了四天，第五天上午，正好是礼拜天，罗大义来了。一见罗大义，玉叶就像受了欺侮的孩子见到父母一样，泪花不由得在眼里打转，非常委屈。罗大义虽然发现玉叶的脸色不好看，很憔悴，但他不知道为什么。玉叶也不好意思把事情说出来，

就沉默了一会儿。

罗大义说："老头说你有几天不到他那儿去了。"

玉叶眼里的泪水再也忍不住，一下子涌出来了。

罗大义问："是不是病了？"

玉叶不答，只是一个劲地流泪。

罗大义又问："和老头闹意见了？"

玉叶还是不答。罗大义就觉得问题严重了。

"他欺负你了？"

玉叶哭得更伤心了。

罗大义愤怒地大声说："这个老东西，平时人模狗样的，原来是只色狼。"又问："他得逞了没有？"

玉叶摇头。

罗大义说："他要是得逞咱就去告他，让他坐个三年五年的。"

玉叶这才把事情的经过告诉罗大义，又说："他给我买衣服，买项链，原来是有目的的。我真傻，傻得吃屎。他给过我那么多暗示，我怎么就一点儿也没发觉呢？"

罗大义怒气未消，说："玉叶，既然是我给你介绍的工作，我就得对你负责到底。不行，我得找这个老东西算账去。"

玉叶说："别去了，罗大哥，他没占到什么便宜。"

罗大义感叹道："连六十多岁的老头都变成了畜生，这社会还有什么希望？"

罗大义从兜里掏出一叠钞票递给玉叶："这是你这个月的工资,他让我给你捎来了。"

玉叶说："一个月还差十天。"

"他就按一个月给你了。按他的行为，应该罚他款才对。"罗大义又说，"以后你不要出去工作了，就呆在家里。我拿出工资的一半维持你们姐弟俩的生活。"

"不。"玉叶坚决地摇摇头。

玉叶把那件连衣裙和装着白金项链的盒子放在炕上说："罗大哥，你把这个给他带回去。"

罗大义说："为什么要给带回去？太便宜他了。裙子不穿给杨河做尿布。噢，杨河大了，用不着尿布。扔了得了。项链不戴就把它卖掉。这个老色狼，不向他索赔青春损失费就算便宜他了。"

玉叶总觉得白拿别人的东西不合适。罗大义又说："玉叶，你不要怕，我就是你在临海市的亲人，我会帮助你的。"

有罗大义这些热乎乎的话，玉叶心情好多了。

十五、酸甜苦辣，谁有谁的一套活法

49

和李霞的关系确定三个月后，杨江成为一名中共预备党员。半年后，他转了干，被提拔为少尉排长。此前由于他和李霞的关系没公开，再加上他在部队的优秀表现，团长在为杨江办这些事情的时候，别人提不出半点异议。但是杨江心里明白，要是不做团长的女婿，表现再好也白搭。转干以后，他和李霞的关系公开了，接着举行了隆重的婚礼。

在此期间，村长来信说，玉叶带着杨河出走了，下落不明。杨江要求出去寻找弟弟，李霞不允许。

50

玉叶待在家里，和房东见面的机会就多起来。以前玉叶给杨河做好早点去李局长家的时候，房东两口子还在床上睡觉。她中午从李局长家回来，小两口已经睡午觉了。玉叶晚上回来，小两口早吃过晚饭坐在沙发上看电视。他们很少有遇面的机会。现在玉叶在家闲着，不仅经常见面，还有时间和他们聊天。

一天晚饭后，于艳秋又过来聊天。说起第一次见到玉叶的感觉，于艳秋觉得玉叶长得太漂亮了，在此之前她还没有见过这么漂亮的女孩。

玉叶笑着说："第一次见面你们对我很冷淡，好像瞧不起我们乡下人。"

"哪里。"于艳秋摇头说，"我冷淡你是妒嫉你的漂亮。王宝良其实不是冷淡，

而是被你的美丽震撼了，在你面前显得有些拘瑾。"

玉叶禁不住笑起来："原来如此。"

于艳秋转了话题说："玉叶，我看你有些天不去上班了，是不是人家不要你了？"

"是我自己不干了。"

"为什么不干了，嫌工资低？"

"不是。"

"那是为什么呢？"

玉叶没回答。杨河插进来说："你再不要问了，是我姐不想干了。"

"怎么说话！"玉叶瞪了杨河一眼，杨河埋头学习去了。

于艳秋不解地说："像你这样漂亮的女孩找不到工作，真是天大的笑话。"

玉叶礼貌地笑笑，没说话。于艳秋回去了。

又过了几天，一天晚上，于艳秋跑过来说："玉叶，我打听到一家四星级饭店高薪招聘服务员，按你的脸蛋和身材，又这么年轻，肯定没问题。你不去试试？"

玉叶摇头。

"为什么？"

"我不喜欢做服务工作。"

于艳秋想说什么又没说，看了一眼杨河。她起身往外走，又向玉叶招了招手："你跟我来。"

玉叶来到于艳秋家，于艳秋说："你们农村来的女孩就是死心眼，就知道出卖苦力。为什么不发挥自己的优势，挖掘自己的潜力？你要知道，女人的相貌也是一种资源，要充分利用这种资源。你不利用它，等你一天天长大，变老，资源也就慢慢枯竭了。"

玉叶觉得以前还有谁对她说过类似的话，一时想不起来了。她笑着说："于姐，我总觉得靠脸蛋吃饭不光彩。"

"什么不光彩，你要懂得享受生活，无论如何不要可惜了你这张脸。"

玉叶认为，她和于艳秋的观念相差十万八千里，或者说于艳秋的观念领先她十万八千里，但是她们想说服对方是根本不可能的。玉叶虽然听不惯于艳秋的话，也不同意她的观点，可又不好当面辩驳，就保持了沉默。

玉叶希望于她能快些离开，于艳秋又偏偏不放她走，说："玉叶呀，我要是有你这漂亮的脸蛋，我就不是现在的我了。"

玉叶奇怪地问："那你会是什么呢？"

"大腕。"于艳秋又说，"当不了歌星也得当它个影星。"

"怎么当？"

"和导演睡几次不就成了？"

玉叶觉得于艳秋说话太过分，脸沉下了。她说："请你不要再说了，你的话我听不惯。"

于艳秋冷笑地声说："看样子你还很看重贞操。处女是什么？处女不过就是有一层薄薄处女膜。拔了萝卜坑还在，怕什么！都什么年代了，谁还在乎这个呀。"

玉叶再听不下去，出来了。

51

以后玉叶就比较留心观察王宝良和于艳秋的日子是怎么过的，于艳秋是不是真的很前卫，很开放。其实他们的关系还是蛮好的，平时也看不出于艳秋有多么前卫和开放。王宝良骑着摩托车上下班。上班时王宝良把于艳秋带上，于艳秋从后面搂着他的腰。下班后王宝良再用摩托车把于艳秋带回来，于艳秋还是搂着他的腰。吃过晚饭，他们一起出去散步，于艳秋挽着王宝良的胳膊，还把脸依在王宝良的肩上。可见他们有多么亲密了。

既然这样，于艳秋为什么还要对玉叶说那些话呢？玉叶很不理解。她总觉得于艳秋心术不正，是个教唆犯，故意把她往黑道上引。也许于艳秋把她和玉叶分成地位完全不同的两种人，她是上等人，玉叶是下等人。农村来的女孩要想在城里生存下去，就只能凭色相吃饭。这么一想，玉叶就不大喜欢这个女人了。

几天后，于艳秋出差了。

于艳秋出差后，王宝良并不是一个人待在家里，他每天用摩托车把一个女孩带回家过夜。女孩看上去比玉叶也大不了几岁，很娇小，很玲珑，属于那种袖珍型的漂亮女孩。她皮肤很白，眼睛很花，睫毛很长，相貌、气质都不错。王宝良明明知道玉叶看见了他们，但他并不在意，好像那个女孩真的就是他的妻子一样。玉叶很有些为于艳秋打抱不平。于艳秋在的时候两个人好得如胶似漆，于艳秋一出门，王宝良就和别的女孩勾搭上了。可见他有多么虚伪。玉叶希望于艳秋早一点知道王宝良的真面目。

玉叶没有想到，她这个一直看别人演戏的观众，也被王宝良拉去做了一回演员。不过连场子都没上，她就退出来了。那天早上王宝良把那个袖珍女孩送走后，他没回去，而是直接到玉叶这儿来了。这是王宝良第一次到这儿来，一进来就瞅着玉叶看。玉叶有些拘谨，请他在炕上坐。

王宝良首先对玉叶的容貌大加赞赏，说她长得漂亮，将来大有作为，然后话题一转说："玉叶，我想和你商量件事情。"

玉叶爽快地说："你说吧。"

"我想请你做我的性伙伴，在我们两个人都认为方便的时候同居。我每月负责向你提供五百元生活费。"王宝良又进一步解释说："你是我的性伙伴，那我也就是你的性伙伴，两个人其实是平等的。"

这让玉叶吃惊不小，可以说一点儿也没想到。王宝良说得直来直去，一点弯儿都不拐，那口气就像在谈一笔生意。玉叶害怕得心跳气喘，脸早变成一块红布了，一直不敢把头抬起来。

这时她又听见王宝良说："你如果同意，我们就签个协议。一切按协议办。"

玉叶使劲摇头，就是说不出话。

王宝良又说："看来你还没想通。我希望你能好好想一想。"

玉叶这才把头抬起来说："没什么好想的，我不是那种人。如果你再这样，我宁可搬走。"

"不同意就算了，用不着这么激动。"王宝良反倒很平静，"不过我还是劝你再想想。这对你有好处。"

王宝良说完便出去了。

玉叶以为王宝良还会来骚扰她，甚至动手动脚。但是王宝良再没有来过。他采取的似乎是很文明的方式。

十几天后，于艳秋出差回来了。王宝良又每天用摩托车带着于艳秋上下班。晚饭后，于艳秋照常挽着王宝良的胳膊出去散步，还把头依在王宝良的肩膀上。看着这种情景，玉叶就觉得于艳秋可怜。她倾心爱着自己的丈夫，其实丈夫早就背叛了她，她还蒙在鼓里。

又过了些天，王宝良也出差了。

玉叶这才发现，其实于艳秋也不是一个人待在家里，常常有另外一个男人用小轿车把她送回来。这个男人看上去比于艳秋至少大十岁以上，比较胖，个子也没有王宝良高。玉叶以为这个男的晚上会回去的，第二天早晨，小轿车还停在院子里。有时这个男的也把于艳秋用小轿车接走，整夜不回来。于艳秋和这个男的出来进去，就像跟自己的丈夫在一起一样，在玉叶面前也不避讳。玉叶这才知道，原来两个人都不是好东西。

王宝良出差回来，他们两口子又和从前一样过着日子，好像什么事也没发生过一样。

玉叶这就不明白了。夫妻两个都有婚外情人，他们的婚姻又都维系得这么牢固，这究竟是什么道理？她想不通。是不是两个人婚前签过协议，谁也不要干涉谁？就是有协议，感情和婚姻从来都是自私的，他们为什么做得那么像，能把感情同时付给两个人？玉叶想了很长时间也没想明白。

又过了些天，两人还真为这事争吵起来。那天晚上于艳秋加班，王宝良把一个女孩领回来睡觉。早上于艳秋下班回来，两个人还没起床。于艳秋就站在院子里骂。王宝良和女孩起来，女孩悄悄溜走了，王宝良接上于艳秋的话茬说："你就那么干净？互不干涉，我们是有过口头协议的。"

于艳秋说："我没说我干净。但是我是尊重你的，很避讳你，从来没让你看见过。不让对方发现，这个我们也是有过口头协议的。"

"好了好了，算我不对。"王宝良过来把于艳秋揽在怀里往屋里走，"我以后多加小心就是了。"

一场争吵平息了。

玉叶一直担心王宝良再来骚扰她，但她后来发现，王宝良不但再没有向她提起过那档子事，而且见了面点头微笑，显得很客气。她的态度得到了王宝良的尊重。玉叶感到很奇怪。

52

罗大义要请玉叶姐弟俩吃饭。用意很明显，想让玉叶心情好一些。玉叶已经闲了一个多月，不知道干什么，情绪越来越差。罗大义想让她出来散散心。罗大义租了一辆富康小轿车，把玉叶和杨河接到一家名叫"想死你"的饭馆里。

罗大义说："一看这名称就知道除了餐饮，还有其他服务。不过这儿的菜味道不错。"

虽然总共只有三个人，罗大义还是让服务小姐开了一个雅间，雅间的名称叫君再来。罗大义说：

"雅间里说话方便。"又特意对玉叶说："也免得别人骚扰你。你现在可是特级警卫，国家领导人的级别。"

玉叶和杨河从来没在饭店吃过饭，从走进饭店那一刻起，就有些拘谨。罗大义看出了这一点，尽量和他们说笑话，活跃气氛。

"咱们每人点一道自己最喜欢吃的菜。"罗大义把菜谱推到玉叶跟前，"你先点。那怕是三珍海味，只要你喜欢。"

玉叶看了一会儿菜谱，也不知道点什么菜好，就把菜谱又给罗大义推回去："我真不知道点什么好。罗大哥，还是你来吧。"

罗大义又把菜谱推过来："玉叶，你就点一个，考验考验罗大哥的真诚还不行？"

玉叶只好点了一个素炒青椒。

罗大义又把菜谱推给杨河："杨河，你也来一个。"

杨河倒是放得开，大模大样地翻着菜谱，里面有许多字他不认识。他指着一个菜名让罗大义看，罗大义看得咧了咧嘴。这道菜的菜名叫"红烧桂鱼"，价格不菲。杨河说："就点它吧。"

罗大义故作惊诧状："我的小少爷，你不掏钱不心疼，这道菜开价就是六十八元，你知道不知道？"

玉叶说："点这么贵的菜没用，另点一道吧。"

"没关系，只要杨河喜欢，咱就要。"罗大义又对服务小姐说，"写上。"

罗大义自己点了一个清炖鸡腿，又要了两个凉盘。

罗大义问玉叶喝什么饮料。玉叶和杨河都要了可乐。罗大义自己要了一瓶白酒。

服务小姐的模样还算说得过去，就是不会笑。她笑起来不用眼睛，只用嘴，把嘴抽搐一下，属于那种皮笑肉不笑的笑。让人觉得她笑起来比哭还难看。

菜上齐后，罗大义对小姐说："你去歇着吧，需要的时候我叫你。"

小姐出去后，罗大义又说："我担心她是当局派来的间谍。"

逗得玉叶和杨河都笑。

罗大义举着白酒杯说："说来也是缘分。如果不是杨河在公路上闹肚子疼，我们今天大概谁也不认识谁。如果那天下车后我不把你们领到我家来，那就只是一面之交，不可能像现在这样常来常往了。现在我们是朋友。不知玉叶你怎么认为，我是这么看的。来，为了我们的缘分，共同干一杯。"

玉叶和杨河只喝了一点饮料。罗大义把白酒干了。

玉叶说："罗大哥，我也觉得我们是朋友。"

罗大义高兴地说："从现在起，把中间的那个'大'字去掉，干脆叫我罗哥好了。说明咱们的友谊又深了一层。"

玉叶点头说："好。"

玉叶亲自给罗大义斟满酒，又给自己和杨河把饮料倒上，把杯子举起来说："罗哥，最受尊敬的人是你。我们给你添了太多的麻烦。你那样关心我们，我们真不知道用什么报答你。我庆幸遇上了你这么个好人。"

说到这儿，玉叶眼圈红了。她停了停，又接着说："来，杨河，我们姐弟俩借

124

花献佛，一起给罗哥敬酒。"

玉叶和杨河每人端着一杯白酒走过去，敬给罗大义。罗大义都喝了。

接连喝了几杯白酒，罗大义有点兴奋。头脑一兴奋，话就多起来，而且更想喝酒。他又举起酒杯说："来，为了我们的友谊，再共同干一杯。"

把酒杯放在桌子上，罗大义望着玉叶说："玉叶，我有一个发现。"

"什么发现？"玉叶问。

"你的眼睛一直在问我一个问题。"

玉叶笑了："什么问题？"

"你等我把话说完。"罗大义说，"在我家的时候，你的眼睛问过我这个问题。搬出去以后，你的眼睛问过我这个问题。就是现在，你的眼睛还在问这个问题。"

玉叶笑着说："我没有啊。"

罗大义说："没有是假的。"

"那你说，我的眼睛究竟在问你什么问题。"

"你在问我：罗哥的妻子去哪儿了？"

玉叶笑出声来了。

罗大义看着玉叶："问过没有？"

"问过。"

"那好，我现在回答你。"罗大义说，"我有过妻子，她是我大学的同班同学。我们一起生活了三年。去年离了。"

玉叶问："为什么要离呢？"

罗大义又喝了一杯酒。

"我一九八五年考入北京大学。那时候的大学生还是有忧患意识和正义感的。同学们热血沸腾，慷慨激昂，要这要那。我也跟上起哄。结果那一届毕业生分配的时候就倒了霉，毫无选择地被一鞭子赶下来了。我被分配到临海市二中。十几年过去了，该反的没有反掉，该要的没有要来，世风却每况愈下，越来越不行了。钱成了人们心目中最神圣最崇高的东西。受贿贪污，权钱交易，到处充斥着污垢和肮脏。人们不问政治，不择手段地捞钱捞权，挖空心思往上爬。在污浊的空气里，我几乎天天告诫自己，要守住，无论如何要对得起他们。"

大概是酒的作用，罗大义很激动。玉叶觉得他扯远了，问："那你为什么要和嫂子离婚呢？"

"她嫌我太清高，太不识时务；嫌我不给领导送，提拔不起来；嫌我搞不来钱，过不上别人过的那种好日子。她最初还提醒我，劝告我，后来看我是个提不起来的

阿斗，不可救药了，就提出和我离婚。"

"有孩子没？"

罗大义又喝了一杯酒说："有个女儿，今年三岁了。她说遇上我这种父亲，孩子也跟着倒霉，她要把女儿带走。法院就把孩子判给她了。"

"她再嫁人没有？"

"离婚不到一年，她就和一个老板结了婚，终于过上了她想过的那种好日子。"罗大义说完又把一杯酒喝下去了。

这是罗大义第一次向玉叶畅开心扉。玉叶很同情他的遭遇，也为罗大义对她的信任感动。

罗大义说："玉叶，你说我不清高行吗？要是我也和别人一样投机钻营，我就对不起那些为理想信念献身的同学。我从一参加工作起就给自己定下规矩：不入党，不从政，教好书，做学问，不收工资以外的钱。"他又自嘲说："其实也没人给我。"

罗大义喝了不少酒，再加上心情不好，就哭起来了。哭得非常痛，非常伤心，闹得玉叶和杨河也陪他流了不少眼泪。罗大义有些醉了。玉叶看看酒瓶，一瓶白酒剩下不到三两。

她觉得不能再让他喝下去了，再喝可能要倒在这里，就说："罗哥，不早了，我们该回去了。没说完的话以后慢慢说，杨河明天还要上学呢。"

罗大义同意了，但他又说："玉叶，在当今社会，我们这种人真是弱不禁风呀。"

"你说得很对，罗哥，我也深有同感。"

结了账往外走的时候，玉叶发现罗大义有些摇晃，赶紧扶住他。杨河始终拉着玉叶的手。

玉叶叫了一辆出租车，先把罗大义扶上车，她和杨河也上去了。来到罗大义院门口，罗大义怎么也不让玉叶付车钱，他抢着付了。玉叶把他扶到客厅的沙发上坐下，他开始还说着话，一会儿就躺在沙发上睡着了。

玉叶本来要领着杨河回去的，罗大义一睡着，她就有些为难了。她不放心罗大义一个人睡在沙发上，担心他从沙发上滚下来摔坏，又担心他睡到半夜呕吐，或者要水喝。玉叶把杨河安顿在卧室里睡下，她把暖壶、脸盆、毛巾准备好，然后坐在沙发上守着。其实晚上罗大义睡得很沉，没醒来过，也没有摔下来。玉叶却一夜未合眼。天亮以后，她叫醒杨河回去了。

十六、珠联璧合，都不愿把窗户纸捅破

53

　　罗大义继续留意给玉叶找工作，一直没找到。难的是玉叶可干的工作倒有很多，可惜都存在被性骚扰的风险。脏活儿、累活儿和重体力活儿倒不怕性骚扰，因为干这些活儿再漂亮的女孩也得失去光彩，但是太累。罗大义一想玉叶长得这么美丽秀气，让她干这类活儿于心不忍。一个多月过去了，玉叶还闲着。罗大义真有些着急了。

　　过了些天，玉叶自己把活儿找到了。

　　那天下午，玉叶听见外面有人吆喝着收破烂。以前也常有这种吆喝声从院门前喊过，玉叶都没在意。不知为什么，今天的喊声让她听得特别响亮，特别清晰，她也不自觉地来到院门外。一个中年男人拉着一辆小车从院门前经过。车上装满了废报纸、废纸板、废铁丝、啤酒瓶之类的东西。看见玉叶后，他问："有破烂没有？"

　　玉叶说了"没有"之后，他就又吆喝着走过去了。玉叶像忽然想起了什么，想和那个收破烂的说几句话。她跟着向前走了几步，又停下了，望着那个收破烂的人发呆。

　　玉叶也想收破烂。她以前见过收破烂的女人，她们戴着口罩，穿着破旧的衣服，用围巾把头脸包起来，谁也看不清她们长什么样。玉叶不知道收破烂是不是真的能挣到钱，还有没有其他规矩。

　　第二天上午，玉叶听见又有人吆喝着收破烂，听声音是个女的。她不想放过这个机会，在院子里找了几个啤酒瓶，出去了。那个女人一看见玉叶就停下来，眼睛直勾勾地瞅着玉叶手里的啤酒瓶。

　　玉叶走过去问："怎么买？"

"一个啤酒瓶八分。"

女人说的是外地口音。玉叶没和她讨价还价，把啤酒瓶卖给她了。她说：

"你们从早到晚拉上一辆小车走街串巷，也够辛苦的。"

女人把口罩摘下来，靠在小车上："好我的小妹妹呢，不辛苦哪能挣到钱呀！"

这是个四十来岁的女人，个儿不高，一看就是从农村来的。她的脸上有明显的南方人特征。头上虽然包着一条蓝围巾，脸还是被太阳晒得黑红黑红的，手上的皮肤粗糙得像榆树皮似的。

玉叶又问："你从哪儿来？"

"安徽。"

"来这儿有多长时间了？"

"两年多。"

"收破烂能不能维持你一家人的生活？"

"怎么也比种地强。"

"辛苦这么一天，能挣多少钱？"

也许是商业秘密，女人没有马上回答。她把玉叶上下打量了一番，才说："姑娘，看你长得细皮嫩肉俊眉俊眼的，肯定不会收破烂。我就把实话告诉你吧，不过你得替我保密：运气好了一天能赚个百八十块，运气不好一天挣二三十块，平均下来每天也能挣三四十块。别看这活儿让人瞧不起，其实钱不少挣，也不是特别累。累了就停下歇会儿，自由自在。"

她还告诉玉叶，破烂主要有两个来源，一个是去垃圾堆里捡，像居民倒出来的废报纸、废纸箱子、易拉罐、空酒瓶，等等。捡上就等于捡到了钱，没有任何成本。另一个就是挨门挨户收购，居民当废品处理，不怎么在乎价格，所以能用比较低的价格收回来，再用较高的价格卖到废品收购站。

玉叶问："没人骚扰你们？"

女人愣住了，半晌才明白过来："你是说性骚扰？"

"对。"

"都把我们当最贱的人，谁来骚扰？我就是脱光了躺在路上，也没人理。"她说得自己也笑了。

玉叶回去吃午饭。做好饭还没来得及吃，就跑到罗大义那儿去了。她一进门就说："罗哥，活儿找到了。"

"好啊。"罗大义又问，"什么活儿？"

"收破烂。"

"收破烂？"

玉叶解释说："收破烂穿得破旧，而且把头脸包着，没人认出来。挣钱也不少。这些我都调查过了。"

罗大义半晌没吱声。过了好大一会儿他才说："老虎下山一张皮，凤凰落架不如鸡。玉叶，你是落架的凤凰啊！只能将就了。"他顿了一下又说："不过我反倒更加敬重你了，尽管收破烂，你比谁都活得有尊严。"

玉叶准备了一下午，第二天就开始收破烂了。卖菜时买的那辆三轮车又派上了用场。她每天早晨蹬着三轮车出发，中午回来。吃过午饭再出发，天擦黑回来。她把收来的废品归类，有的用绳子捆好，有的装进袋子里，积累到一定数量再交到废品收购站。

一天中午，玉叶蹬着三轮车回来，刚好王宝良和于艳秋也下班回来了。于艳秋瞅着玉叶的三轮车，吃惊地问："玉叶，你在收破烂？"

玉叶笑着点头。

"我的天，你什么不能做，为什么要干这个？"

王宝良也皱起眉头说："玉叶是不是在作秀呀。"

玉叶笑着说："我觉得干这个很好，自由自在。"

于艳秋郑重其事地说："玉叶，听老姐的话，把三轮车扔了，我给你找工作。你再这样，老姐就真替你脸红了。"

于艳秋一说替玉叶脸红，玉叶心里就有些不高兴，说："收破烂有什么不好？我虽然收破烂，但我维护了做人的尊严。"

于艳秋吸溜着嘴说："啧啧，都啥年头了，还说这种话，让人听了酸得倒牙。"

"你不要当真，不出一星期，玉叶非后悔不可。"王宝良边说边领着于艳秋往屋里走。

于艳秋满院子喊叫："糟踏了，糟踏了！美女捡垃圾，真是脑子里长虫了！去夜总会陪酒陪唱陪舞，也比干这个强。太让人瞧不起了。"

54

每天早晨吃过早点，打发杨河上学后，玉叶就换上一身旧衣服，戴上口罩，围上围巾，蹬着三轮车出发了。她先到几个固定的垃圾点捡些有用的东西，因为早上是居民往外倒垃圾的时间。玉叶把废酒瓶、废纸箱、废报纸、易拉罐从垃圾堆里捡出来，捆好或者装好，再装在三轮车上。然后走街串巷收购破烂。一边走，一边歌唱般地大声吆喝：

"收破烂嘞——"

"收废铜烂铁废报纸易拉罐空酒瓶嘞——"

刚开始的时候，吆喝起来很不习惯，而且害羞。慢慢就习惯了。

杨河很懂事，每逢星期天，他就提前把作业完成，也和玉叶一起去捡破烂。玉叶感到很温馨。

市民对收破烂的人是非常瞧不起的，怕他们偷东西，嫌他们脏，还嫌他们晦气。居民大都是把破烂拿到院门外交易，不让收破烂的人进院子。他们不和收破烂的人有任何身体上的接触，甚至说话都要保持一定的距离。更有甚者还要用一只手把嘴捂上。他们认为收破烂的人的钱也是脏的，有些妇女要戴上手套把钱从玉叶手里接过去。这些都让玉叶有一种受了污辱的感觉，多次流过眼泪。

玉叶虽然收破烂，但她并不像别的收破烂的那样把自己搞得邋里邋遢的，衣服虽然是旧的，却十分干净整洁。由于身材好，尽管包着头巾，捂着口罩，还是透出几分丽质来。但是，正因为她是个骑上三轮车收破烂的，人们才瞧不起他，根本不把她放在眼里。不过坏事变好事，这样反倒让她更加安全了。也有让玉叶感到高兴的，就是居民一般都把废品当垃圾处理，卖废品等于倒垃圾，价格都是她说了算，砍价的不多。因为他们根本不在乎那几个钱。

最让玉叶受不了的是孩子们的围攻，他们的年龄和杨河差不多，跟着玉叶的车子骂一些不堪入耳的脏话，有的还往她身上扔东西。他们忽然把车子从后面拽住，使玉叶无法行走。玉叶从车子上跳下来追他们，他们就四处逃窜。她刚骑在车子上，他们又来起哄。搞得玉叶一点办法也没有，有几次她都急得哭了。

最让玉叶伤心的一件事情是有一天上午她在巷子里捆绑纸板，这时有个小女孩跑来把一只易拉罐交给玉叶，就蹲着看玉叶干活。小女孩非常可爱，眼睛很水很黑。这时有个卖雪糕的妇女吆喝着过来，玉叶便买了一个雪糕给小女孩吃。

不一会儿，小女孩的母亲趿拉着拖鞋从院子里出来，问女儿哪来的雪糕。小女孩指着玉叶说："阿姨给的。"

小女孩的母亲不高兴了，把女儿手里的雪糕夺过去扔在地上说："以后不准吃她的东西，她的东西不卫生，是脏的。"又瞪着玉叶气势汹汹地说："你想毒死我女儿是不是？不要忘了自己的身份！"

玉叶呆站在那儿一句分辩的话也说不出来。

这件事对玉叶刺激很大。她回到屋子里哭了很长时间，眼睛都哭肿了。

晚上是玉叶和杨河最美好的时光。吃过晚饭，把碗筷收拾下去洗了，把饭桌擦干净，饭桌就变成了学习桌。杨河坐在这头写作业，玉叶坐在那头看书。两人谁也不说话，屋子里静得只能听见翻书写字的声音。玉叶看的书大多是从罗大义那儿借的，只有一小部分是从书店买来的。

人们瞧不起收破烂的，玉叶不能自己瞧不起自己。她并不认为自己低人一等，觉得她比那些靠色相吃饭的小姐，比那些靠肉体吃饭的暗娼，比那些靠给人当"二奶"生活的女人光彩得多。她比他们活得有尊严，没有亵渎自己的感情。她心想我就是要和别的女人不一样，我有我的活法。有这个信念作支撑，她就变得坦然了。她从废报纸上看到过一个硕士研究生如何成为破烂王的故事。她很佩服那个硕士生，也要向这个方向努力。

55

一天中午，学校让杨河给玉叶捎来一张便条，要求玉叶下午去一躺学校。玉叶猜到这肯定与杨河有关，而且肯定不是什么好事。她不知道杨河在学校惹了什么祸，非常担心。问杨河，杨河只知道摇头。玉叶只好硬头皮去了学校。

到了学校，玉叶才知道这是一件天大的好事。校长和班主任都和她谈了话，都说杨河这孩子太聪明了，学习成绩太棒了，是个神童。他的学习很超前，现在上一年级，二年级的课程已经很难考住他了。玉叶这才想起来，怪不得杨河常拿二年级甚至三年级的的课本看，她为此还说过他几次。学校做出决定，并报请教育主管部门批准，杨河下学年度直接跳入三年级学习。校长和班主任还询问了杨河的一些基本情况。他们认定杨河是个神童，要求玉叶一如既往地关心杨河的学习。还说见了杨河的姐姐，才知道杨河为什么那么聪明了，有其姐必有其弟嘛。

玉叶当然特别高兴。晚上她把杨河跳级的事告诉杨河，杨河非常得意地说："姐姐，我要多跳级，早早考上大学，早早挣钱养活你。到那时，我再也不让你收破烂了。"

玉叶用手捧住杨河的脸蛋，高兴地哭了。她想说什么，但是一句话也没说出来。

人一得意就忘形，一忘形就不知道天高地厚。晚上睡觉，杨河站着脱衣服，把全身暴露给玉叶。玉叶的脸唰地红了，催杨河赶快睡。杨河又猛不防钻进玉叶的被窝，把玉叶的脖子抱住了。玉叶像触了电似的产生了一种异样的感觉，为什么她今天忽然有些受不了了呢？

56

都认为收破烂是最低贱最没有收入的工作，当玉叶真正干起来以后，她才发觉

这活儿其实也不错。每天的收入比她想象的多得多，而且自由自在，也不是特别累。所以这段时间玉叶的心情特别好。心情一好，她就想请罗大义吃饭。主要基于两点理由：一是收破烂收入可观，想庆贺一下；二是杨河跳了级，也想庆贺一下。另外也是对罗大义上次请他们的回请。

吃饭的地方还选在想死你饭馆，所以要选在这儿，是玉叶觉得这儿饭菜的味道确实不错。还是那个君再来雅间，还是那个服务小姐，当然还是上次吃饭的那三个人，这样一切都有了一种一见如故的感觉。

罗大义边进门边说："君再来，我们果然又来了。"

落座以后，玉叶说："罗哥，今天的菜得你点。"

"好，我点。"罗大义说，"这叫角色转换，主人变客人了。"

罗大义点了一个凉拌三丝，一个面筋酿皮。热菜和上次一样，也点了三个：一个西红柿炒鸡蛋，一个肉炒粉条，还有一个烧茄子。

玉叶知道这是罗大义故意给她省钱，就说："罗哥，你这是点的什么菜呀，你怕我掏不出钱来是不是？"

"不不，说你没钱，我哪里敢呀，也不信。"罗大义解释说，"吃菜不在贵贱，在营养。西红柿富含多种维生素，还有抗癌作用；鸡蛋是到目前为止蛋白质含量最丰富的食品，你能说西红柿炒鸡蛋不是好菜？再说肉炒粉条……"

玉叶说："罗哥你别说了，什么时候都是你有理。反正菜是你点的，可别说我小气。"

"不敢不敢。"

玉叶又问："喝什么酒？"

罗大义说："白酒。"

玉叶给罗大义要了一瓶白酒，她这次改喝啤酒。只有杨河一个人喝可乐。

玉叶对服务小姐说："你先忙别的去吧，有事我叫你。"

服务小姐出去后，玉叶举起杯子说："罗哥，上次敬酒是用你的酒。这回我要用我的酒敬你一杯，这半年多实在太难为你了。"

他们把酒干了。

玉叶说："罗哥，你看我们姐弟两个长得像不像？"

罗大义看看玉叶，又看看杨河，目光在他们两个之间来回游移。他说："像，又不像，在像与不像之间。"

玉叶说："这是什么话。"

"说像，是指你们的关系亲如姐弟；说不像，是指你们的相貌根本不像是一个娘胎里出来的。"罗大义又说:"这个半年前我就看出来了。"

玉叶大吃一惊。她想不到罗大义竟然说得这么准,而且半年前就看出来了。

杨河不高兴了:"是!谁说不是?"又指着罗大义说:"你胡说!"

玉叶再不隐瞒,把她和杨河的真实关系以及事情的前因后果全部告诉了罗大义。涉及的人物有杨江、杨河、高成、她的父母和杨河的父亲。

罗大义听后说:"真是太奇了。不用虚构,就能写出一篇很好的小说。"

玉叶:"其实我和他没有一点儿亲情关系,却比亲姐弟还要难舍难分。他哥背叛了我,我却把他领出来,远离了父母。这的确有点奇,叫人听了不可思议。可是实际情况就是这样。当初不让他离开我是怕他中暑以后留下后遗症,因为他是为了我才中暑的,我必须为他负责到底。我问过几个医生,都说中暑一般不会留下后遗症。想不到庸医随口说的一句话让我担心了很长时间。后来发现这好像还不是原因的全部。有时我也想,我这是何苦呢?把个非亲非故的男孩领出来,是不是太傻了?可我也设想过,如果不和他在一起,我会发疯的。我太喜欢他了。不只是喜欢,总觉得有一种期盼,有一种依赖,似乎在等待什么。这种感觉很复杂,很微妙。只要能和他在一起,我就不怕别人说我低贱,也不怕别人说我不好。"

罗大义说:"玉叶,你别说了,我知道其中的玄机了。"

玉叶弯起头瞅着他:"你说,什么玄机?"

"我不说。说了反而不好。"他又莫名其妙地补充了一句:"水到渠成。"

玉叶和罗大义交谈的时候,杨河不插嘴,静静地听,黑眼珠却滴溜溜乱转。只要看见杨河的眼珠转动,玉叶就有些顾忌,就得想一想有些话该不该说。

罗大义也觉得杨河坐在这儿他和玉叶交谈很不顺畅,仿佛他们两个之间隔着一堵墙似的,就对杨河说:"杨河,出去玩会儿行不行?我和你姐说几句悄悄话。"

杨河说:"你不能和我姐姐说悄悄话。"

玉叶嗔怪说:"杨河听话,出去玩会儿,孩子不该听的话就不要听。"

杨河这才拿着饮料瓶子出去了。

罗大义笑着说:"小家伙把你看得很紧。"

玉叶说:"我也不知道他是怎么想的。"

"你打算和杨河生活到什么时候?"

"他考上大学。"

"以后呢?"

"不知道。"玉叶又说,"反正我绝不能像杨江、高成那样,一进城市就变了。"

"进了城你也想做一名村姑是不是?"

那倒不是。"玉叶说，"反正我的人生态度不能被金钱左右。我要爱就真爱，要恨就真恨。我要活得有个性，活得有尊严，能对得起自己的良心。我有我的生活态度，决不盲目跟风。"

罗大义说："玉叶，我最佩服你的就是这点。别的女孩只要有人给钱，就贴上去了，你却不。你把尊严和脸面看得比什么都重要，成了这个社会中的一个另类。你把一个非亲非故的孩子当作自己的孩子供养，这是你的可贵之处，恐怕也是你的悲剧所在。"

玉叶瞅着罗大义："是我的悲剧所在？"

罗大义自觉失言，忙改口说："我说的悲剧只是个过程，结局还是圆满的。"

玉叶知道罗大义糊弄她，但也没往心里去，笑着说："罗哥呀，我可不是三岁小孩。"

罗大义做个鬼脸，把头低下了。

玉叶又问："罗哥，你说我这么做是不是太不理智了？"

"理智一点当然好，但是太理智了往往使人变得冷漠。"

"罗哥，我还有个问题想请教你。"玉叶说，"不管杨江也好，高成也好，他们在农村好好的，为什么一进城就变了呢？就像城市里有细菌传染他们似的。"

"你这个问题可是太大了，不是我罗某人能回答的，最好请社会学家来。"停顿片刻，罗大义又说："这是个怀疑的时代，颠覆的时代。怀疑、颠覆什么？当然是我们认为美好的东西，比如诚信啦、厚道啦、善良啦、仁义啦、奉献啦等等。现在城市是这样，将来农村也会这样。这股潮流势不可当，因此杨江、高成的变化也就不奇怪了。"

玉叶说："我发现他们好像特别爱钱，一切为钱让路。"

"爱钱本身不是罪过，我和你都爱。"罗大义又说，"只是中国人对钱的理解比较独特。过去一个时期把钱当作恶魔，越穷越光荣；现在又把钱当成天使，生活中除了钱还是钱。这是国人的悲哀。"

玉叶说："有人说中国文化的核心是中庸。我倒认为现在的中国人爱走极端。"

罗大义摇头苦笑："唉，说不清了。"

"罗哥一席话，胜读十年书。罗哥，我看你就是个社会学家，大道理讲得一套一套的，又给我上了一课。"玉叶端起酒杯："来，我再敬你一杯。"

两人端起酒杯碰了一下，干了。

玉叶又向罗大义倾诉苦恼："罗哥，你对我评价这么高，可是有人说我是伪崇高。"

"不管他。伪崇高也是崇高。"

"还有人说我是假正经。"

"不管他。假正经也是正经。"

玉叶禁不住笑起来："罗哥，你究竟是褒我呢，还是贬我呢？"

"谁要说你是伪的假的，就请他做个不伪不假的出来看看。"

玉叶感激地说："知我者，罗哥也。来，再干一杯。"

干完杯中酒，玉叶又问："罗哥，你说这个社会是不是没有希望了？"

"这倒不是。中国人不会永远这么没出息，总有一天会活出一点味道来。你放心，一切都会好起来，但不是现在。"罗大义拿起酒瓶把杯子倒满，又笑着说："玉叶你看，这回我可没发牢骚，态度是积极向上的。"

他们都没有喝醉，但是他们的谈话从来没像今天这么投机过。

十六、珠联璧合，都不愿把窗户纸捅破

十七、好好坏坏，弟弟乖巧也捣蛋

57

和李霞结婚两年以后，杨江升至中尉副连级，李团长升至大校副师级。李霞发现杨江还没把玉叶彻底忘记。她想不通玉叶这么一个农村女孩怎么就能赢得杨江的心。她多次想象过玉叶的模样和性格，但她终究也没把玉叶的真实模样和性格想象出来。

杨江再一次向李霞提出寻找弟弟杨河，李霞仍然不允许。

杨江说："将来用不着你允许我就能把弟弟找回来。"

"那是将来。"李霞说，"反正现在你得听我的。"

杨江一个人躲在角落里哭去了。

58

早晨起来走出门外，玉叶才知道下雪了。雪下了有一会儿，地上都白了。一下雪玉叶就兴奋，这已经是多少年的习惯。她又跑回去喊杨河："杨河，快起，下雪了。"

一听下雪杨河也兴奋，一骨碌爬起来穿衣服。今天是星期天，他睡了个懒觉。在杨河穿衣服时，玉叶又跑出去，想看看城里下雪和农村下雪有什么不同。一看确实不一样。农村一下雪就显得很静，因为人们不下地干活，都待在家里，牲口拴在棚圈里，连那些狗呀鸡呀猫呀也都蜷缩起来。村子里、原野上、林子里都只能听见下雪的声音。城里就不一样了，虽然下着雪，却一点儿也不静谧，依然很喧闹。最多的是汽车的马达声和汽笛声、烧锅炉的风轮声，还不时传来火车和飞机的轰鸣声和尖叫声，也能听见人们的呼喊声。

农村下雪的时候地上一片洁白，土地、道路、村庄、树木统统被雪覆盖，一片雪白。尽管做饭时也有炊烟，但是在雪花的包围下，炊烟几乎看不见。城市里就不行，虽然下着雪，许多烟囱照样冒烟，工厂的烟囱，锅炉房的烟囱，黄色的、灰色的、黑色的浓烟冲天而起，雪花还没落下来，就被烟雾吞没了。这么一对比，玉叶的心情就不太好。由于受到污染和干扰，她就失去了一点对雪的虔诚，也不打算套什么鞋套了。找不到坛子，只好把一个罐头瓶洗干净，准备盛雪。

杨河起床后，玉叶说："走，我们把罗哥也叫上。"

罗大义还睡在床上没起来。玉叶在门外叫醒他，和杨河站在院子里等。他们任凭雪花飘落在身上，两人都变成了白色，完全忘记了冬天的寒冷。

罗大义穿好衣服从门上探出头来说："你们进来啊，外面太冷。"

玉叶笑着说："我们要和雪花在一起。"

"雅兴。"罗大义嘟囔一句，又说，"我搓把脸就走。"

罗大义洗完脸，三个人一起出发。罗大义笑着说："玉叶啊，有您的熏陶，我罗某人也变得高雅了。"

"贫嘴。"玉叶又说，"罗哥，你能不能给我们找这么一块地方，没有污染，没有噪声。咱们就去那儿赏雪。"

罗大义感叹说："在临海市，想找到一片净土，那真比登天还难。"

罗大义决定领他们到三棵树去，说那儿是北部郊区，有农田，虽然在建农产品开发基地，但是房子还没盖起来，可能会好一些。三个人便往三棵树走。去了才发现，三棵树比其他地方也好不了多少。到处是工棚、推土机、挖掘机、脚手架、砖块、石头、水泥、沙子，总之一派建筑工地的杂乱景象。

罗大义忽然想起什么似地说："玉叶，你发现没有，城市的雪花和你们农村的雪花不一样。城市的雪花是畸形的。"

玉叶问："你也观察过雪花？"

"没有。凭我的感觉。"

"都是从天上下来的，怎么能不一样呢？"

"不信？你一会儿就知道了。"

他们在一块还算平坦的空地上停下来。他们首先要看看今天的雪花是什么形状。令人沮丧的是飘落下来的雪花不是洁白，而是灰白。雪花也是六个瓣，但是不完整，缺胳膊少腿的。这让玉叶非常失望。

罗大义说："我刚才就说城市的雪花和农村的雪花不一样，服了吧？"

"服了，服了，真服了。"玉叶又说，"罗哥，你听没听过下雪的声音？"

"没有。"罗大义摇头说，"下雪还有声音？没听说过。"

杨河一派不屑的样子："我都听过了，你没听过，真是的。"

罗大义说："您老人家见多识广，我哪敢跟您比呀。"

玉叶说："罗哥，下雪其实是有声音的。今天我要让你听听下雪的声音。"

他们站在雪地里。玉叶命令般地说："闭上眼睛。"

几秒钟后又说："凝神静气。"

几秒钟后又说："去除杂念。"

罗大义和杨河按照她的口令去做。可是就在这时候，一辆摩托车轰隆隆从他们身边驶过。受了惊吓，几个人不约而同把眼睛睁开了。

罗大义嘟囔说："不知你们听见没有，反正我没听见。我只听见摩托车响。"

玉叶说："不要动。等摩托车过去后，我们接着听。"

几个人刚刚静下心来，一辆大卡车又开过来，马达汽笛一起响。汽车上拉着一车砖。他们想等到汽车停下以后再倾听下雪的声音。可是汽车停下后，又开始卸砖了，噼里啪啦一阵乱响。

玉叶丧气地说："不听了，不听了。罗哥，咱们装一瓶雪回去吧。"

罗大义说："别装了吧，地上的雪也不纯。"

玉叶蹲下一看，积雪上果然有星星点点的黑色、黄色的粉末。她看得直摇头。

罗大义说："又失望了吧？想开些，玉叶，这临海市不比你们沙后营子，除了你玉叶是纯的，你说还有什么是纯的？"

玉叶把罐头瓶扔到雪地里，回来了。

59

又过去五年，时光从一九九六年跨入二〇〇〇年。玉叶和杨河都长了五岁，玉叶二十三岁，杨河十一岁。和五年前相比，玉叶没有太大变化，杨河的个头却比五年前长高了十几厘米。

这期间，玉叶果然没受到任何性骚扰，收破烂挣了不少钱。除了日常开销，还添了几个大物件。九七年春节前夕买了一台彩电，年底买了双缸洗衣机。一九九八年年初夏买了电冰箱。以后几年把剩余的钱都存了起来，以备急需之用。主要有两个用途：一是供杨河上学，二是买房，玉叶不想长期租房子住，想有自己的一套房子。现在住的耳房一摆上家具，空间就显得狭小，玉叶又每月花四十元把院门东边的一间凉房也租下了，做厨房用。冰箱、洗衣机以及炊具米面都放在厨房里。玉叶先后给父母寄过三次钱，共计一千五百多元。为了不让父母知道她住的地方，钱是通过罗大义的朋友的朋友寄出去的。

房东比玉叶动作更大，他们开进来一辆黑色桑塔纳轿车。刚把车开进来那天，王宝良把着方向盘，于艳秋坐在副驾驶的座位上。玉叶和杨河远远地站着看。从车上下来后，于艳秋招手让他们过去看车，杨河拉着玉叶不让过去。

玉叶问："于姐，买这辆车得花多少钱呀？"

"你猜。"

"怎么说也得三五万吧？"

"三五万？你也太小看这辆车了。"于艳秋说，"告诉你吧，十七万。"

王宝良笑着对玉叶说："怎么样，吓坏了吧？"

玉叶听后的确倒吸了一口冷气，心想他们哪来那么多钱呀？杨河看不惯他们那种不把人放在眼里的样子，脸憋得通红。他把玉叶拉进屋里，气狠狠地说："姐，不稀罕它。等我长大挣了钱，我给你买一辆更好的。"

玉叶欣慰地说："有你这句话，我就知足了。要是真的买来，还不把我高兴死了。"

60

杨河现在上初一，学习依然很棒，全年级拔尖。记得上小学四年级的时候，校长又把玉叶叫去说："跳了一级，小家伙就像没跳似的，学习起来一点儿也不吃力。我们还想让他跳一级，想看看他的潜力到底有多大。"

玉叶没表态。

校长又说："在小学阶段，跳一级的学生有，跳两级的学生就十分罕见了。我们想通过杨河跳级把学校的牌子打出去。"

一听学校原来想把杨河当作一块金字招牌挂起来，玉叶就问："跳级是好事，可他万一跟不上怎么办？"

校长说："跟不上还可以退下来。"

玉叶没有同意。

然而就在初二第一学期后半段，发生了一件玉叶料想不到的事情。当时正值盛夏，和杨河同路的还有两个学生，一个叫刘强，一个叫马玉。他们是班里最调皮学习最差的两个学生，都比杨河大三四岁，高出杨河半颗头。杨河却是全年级年龄最

小学习最好的学生。放学以后，他们三个一起骑着自行车回家。刘强、马玉除了通过小恩小惠让杨河帮他们做作业以外，还逼着杨河跟上他们做坏事。

马路旁边的院门前，有个老头摆着冰柜卖雪糕。刘强、马玉就想着怎样才能把冰柜里的雪糕偷出来。想了几天也想不出好办法，只好征求杨河的意见。杨河学着《三国演义》里的方法向他们献上一只锦囊。说是锦囊，也就是一个小布袋，里面装一个纸条。刘强、马玉从锦囊里拿出纸条一看，上面写着"调虎离山"四个字。他俩不懂"调虎离山"是什么意思。问杨河，杨河才把他的妙计一五一十告诉他们。刘强、马玉听了齐声叫好，向杨河坚起大拇指。杨河从此成了名副其实的军师。

一天中午放学经过老头的冰柜时，马玉藏在西边的巷子里等刘强发暗号。刘强和杨河在东边的巷子里假装打架。杨河把唾沫抹在脸上大声哭喊，等待老头来劝架。一会儿，老头真的跑来劝架了。

刘强大声说："你不要多管闲事。他偷了我的钱，我要揍死他！"

这是暗号。刘强这么一喊，马玉就跑过来从冰柜里偷走了三个雪糕。

第一次顺利得手以后，他们的胆子就更大了。过了几天，他们如法炮制，偷走六个雪糕，老头仍然没发觉。刘强和杨河第三次在旁边打架的时候引起了老头的怀疑，心想这孩子怎么能老偷他的钱呢？就是真的偷了，他们为什么老来这儿打架呢？再说那孩子脸上的眼泪也不像是真的。老头便来了个将计就计，装着劝架，注意力却放在他的冰柜上。马玉跑过来偷雪糕的时候，被老头逮了个正着。

老头把他们告到学校。三个人对偷雪糕的行为供认不讳。杨河本来是从犯，而且平时品学兼优，是可以从轻发落的，正因为他向刘强、马玉献了调虎离山计，问题的性质就变了，和刘强、马玉一起被给予严重警告处分，并让他们加倍赔偿老头的损失。

学校向玉叶通报了杨河的错误以及对他的处分。玉叶怎么也想不到杨河会犯这种错误，真是伤心透了。心想我把你带到临海市来，你却这么不争气，我这是图的什么呀！从学校往回走的时候，玉叶走一路，哭一路。

中午杨河放学回来，玉叶阴沉着脸问："受处分了？"

杨河站在玉叶面前不敢吱声。

"说，为什么受处分了。"

杨河还是不敢吱声。

"不争气的东西，你太让我失望了。想不到你会做这种事。"玉叶说到这儿又哭了。

玉叶一哭，杨河就慌了，赶紧说："姐姐，对不起，我让你生气了。我再不做坏事了，我要好好学习，为你争气。"

"说这些已经晚了。我和你没有再一次。"玉叶从炕上下来，"我要把三轮车卖了回乡下去。你回你的沙前营子，我回我的沙后营子。咱们从此不相干。"

玉叶说着起身往门外走。杨河吓得大声哭起来，赶紧拉玉叶，被玉叶甩脱了。杨河又跟出去拉住玉叶，又被玉叶一把甩脱了。

玉叶推上三轮车出院门的时候，杨河跑到前面，扑通一声给她跪下了。他跪着走过来，抱住玉叶的双腿，就哭就说："姐姐，我错了，我再也不做错事了。请你给我一次改正的机会。姐姐，你打我骂我都行，我求你不要离开我。姐姐……"

杨河一下跪，玉叶就愣住了。这是杨河第一次给她下跪，她一点儿也没想到。这时候，她本来还可以从旁边绕过去，但是她的双腿却迈不动了。跪在前面的杨河就像一堵墙挡住了她，使她无法逾越。她把三轮车撂下，把杨河拉起来，两个人哭着回屋里去了。

从此以后，给玉叶下跪成了杨河的一种习惯，每当惹玉叶生了气，他便跪下请求玉叶宽恕。

杨河没有让玉叶失望，他仿佛一夜之间突然长大了，变得非常懂事。他从第二天开始，放学以后再不和刘强、马玉结伴走路。他还做过一件好事，把一个迷路的五岁女孩送到派出所。女孩的父母给学校送去一封感谢信。加上学习一直拔尖，秋天一开学，杨河的处分就被撤消了。

刘强、马玉的处分一直背到初中毕业时才撤消。

十八、夫妻离异，哥哥踏上寻弟之旅

61

　　杨江和李霞结婚后的第五个年头，李义彬从副师级的位置上退下来了。退休后的待遇是正师级。退休前，他把杨江从营级的岗位上转到地方，安排在市交通局当科长。

　　杨江一转业，老丈人一退休，杨江对他们的态度就立马变了。李霞骂他，他敢顶撞；李霞命令他，他敢不服从。李霞驾驭起他来确实有些吃力。

　　又过了半年，杨江开始和李霞闹离婚。离婚的理由是没有感情基础。他们三天一小吵，五天一大吵，要不就搞冷战，一星期不说一句话。

　　吵起架来，杨江常说的一句话是："我们不是感情夫妻，是政治夫妻，签订的是不平等条约。"

　　李霞质问他："没有感情基础为什么要和我结婚？"

　　"那是你们家逼的。"

　　"谁逼你了？我们打你了，还是骂你了？"

　　"没有打，也没有骂，但是如果不和你结婚，我就没有出头之日，表现再好也得回农村种地。"

　　"好你个杨江，原来你和我结婚不是冲着我来的，是冲着我爸的职务和权力来的。"

　　"你以为我真的爱你？"

　　"杨江，你真毒。我们结婚已经五年，你早不离婚，晚不离婚，偏偏等我爸退休了，你转业了，你才离婚。你什么意思？"

杨江故意气她："没什么意思。老爷子退休之时，就是我杨某人出头之日。"

"你伪装得真好啊，七年如一日。"

"我也是不得已而为之。"

"现在终于原形毕露了。"李霞愤怒地说："杨江，世界上再没有比你更忘恩负义的人了。"

"你怎么说我都认。反正不和你过了，我们必须分开。"

李霞一到这儿就伤心地哭。一边哭一边说："没想到，我真没想到。都说农村人老实靠得住，我看你这个农村人比城市人还要狡猾奸诈。"

杨江："你说对了，农民进了城，比城里人还城里人。"

以上这些话是他们吵架的基本语言，其他话都是这些语言的扩展和延伸，大同小异。

吵过第三十五架，他们决定分居，杨江搬到单位住去了。

又过了一个多月，他们办理了离婚手续。按照协议，住房和财产全归女方，杨江卷铺盖走人。

离婚还不到一个月，杨江就新买了一套房子，一百二十平米，三室两厅一卫，花了三十万。房款是他五年来偷偷攒下的。

搬进新房后的第三天，杨江踏上了寻找弟弟杨河的旅程。其实他寻找的不只是杨河，还有玉叶。

62

这天下午玉叶运气不错，连捡带收，装了满满一车破烂，高得像小山似的。其实时间还早，太阳还没落。三轮车装不下了，玉叶只好提前回来了。

玉叶蹬着三轮车快到院门的时候，发现杨江在院门外面站着，手里提着一只紫红色皮箱。她非常震惊，以为认错人了。看了一眼是杨江，又看了一眼还是杨江。杨江穿的不是军装，是便装。玉叶不想让杨江认出她来。实际上她戴着口罩，头脸用围巾包着，杨江根本认不出来。但她不想以这种样子出现在杨江面前，所以没往院门拐，蹬着三轮车继续往前走。

可是没走几步，就听见杨江在后面喊她："玉叶！"

她感觉到杨江追上来了，想躲开已不可能，就把车子停下了。但她没有下来，也没有回头。玉叶头一回遇上这种事情，不知道该如何面对。说实话，她对杨江早

已心死，连恨的感觉都没有。她奇怪杨江怎么会认出她来，也不知道他是怎么找到这儿的。

杨江跑过来挡在车子前面："玉叶，我终于找到你了。你让我找得好苦。"

玉叶没吱声。她从车子上下来，推着车子往院门口走。杨江在后面帮她推。玉叶掏出钥匙开院门的时候，杨江抢先把三轮车推进院子。玉叶卸破烂，杨江也帮她卸。

杨江又说："玉叶，你们让我找得好苦。"

把破烂卸完后，玉叶摘下口罩，取掉围巾。杨江眼睛直勾勾地盯着玉叶看，嘴里像是自言自语地说："还是那样，一点没变。"

玉叶去厨房洗手洗脸。

杨江提着皮箱跟进厨房，又摇着头哭喃喃地说："不容易，真是不容易。"

玉叶这才发现杨江眼里噙满泪水。她不明白杨江说的不容易是指找他们找得不容易，还是她和杨河生活得不容易。玉叶从厨房出来，又往屋子里走。杨江也跟着她来到屋子里。

玉叶平静地说："你出去一会儿，我要换衣服。"

杨江丢下皮箱出去了。

玉叶把衣服换好后，又梳头，搽油抹口红，把自己打扮得漂漂亮亮的。这倒不是杨江来了以后她才刻意这样，每天把破烂卸完后她都这样，今天当然也不例外。玉叶换好衣服也没有叫杨江进来。是杨江在门外站了很长一会儿后，自己进来的。

杨江说："玉叶，我对不起你。"

玉叶说："说这个干吗？"

"我知道你恨我。"杨江停了一下又说，"你恨我没错，应该恨。"

"看你说的，我为什么要恨你呢？"

过了一会儿，杨江又说："谢谢你对杨河的抚养。"

"不用谢，我心甘情愿的。"

"你的行为让我羞得无地自容，我是他亲哥呀！"

玉叶坐在炕沿上。杨江坐在地下的一把椅子上，位置在玉叶的斜对面。杨江看着玉叶，但是玉叶不看他，看着外面。屋里的气氛不太和谐。

杨江说："玉叶，我把你们找得好苦，找了整整一年。后来我想了个办法，估计杨河正在上小学，就一个学校一个学校挨着查花名册。没想到杨河在临海市的知名度很高，上过报纸和电视。学校说杨河由于跳过级，现在已经上中学了。我在临海市一中找到杨河。杨河才告诉我你们住的地方，我就找到这儿来了。"

玉叶没想到杨江已经见过杨河了，而且杨河把地址也告诉他了。她心里很不舒服，有一种杨家兄弟合伙对付她的感觉，心想这个杨河，平时聪明得不得了，偏偏在这件事上犯了糊涂。她不知道杨河对杨江是什么态度，是不是见了杨江以后特别惊喜？她又一脸茫然地乜了杨江一眼。

玉叶到现在也没想清楚该怎么对待杨江。她认为应该宽容大度一些，这样才显得有修养，有气量。但她做不到，因为杨江的行为很让她瞧不起。仇视他，辱骂他，冷嘲热讽他，玉叶也做不到；六年过去了，玉叶对杨江形如路人，连看一眼的兴趣都没有了，还有什么可仇视的呢？可是杨江在玉叶面前总是很胆怯，就像怕她似的。

"玉叶，我希望你能理解我，至少应该原谅我。"杨江停了停又说，"其实我也不容易，这些年我总有一种寄人篱下的感觉。"

玉叶说："你不要给我说这些。那是你们家的事。"

杨江再不说话，显得更加拘谨。其实玉叶很想知道杨江家里的情况，尤其是他妻子的情况，是不是特别好。但她又不能不阻止杨江说这些，要是不阻止，就显得太那个了，好像想在人家中间插一杠子似的。

两人见了面，总是别别扭扭的。杨江好像欠着玉叶什么，就觉得在玉叶面前低人一等，言行举止很不自然。玉叶呢，也很难，计较吧，就显得自己不大度；不计较吧，又觉得不痛快。她不知道该用什么态度对待杨江。不过她又想起现在的人连离婚都要照离婚照，吃告别饭，一副高高兴兴的样子，她也不必过分计较。这么一想她心里就比较坦然了。

杨河放学回来了。有杨河在，玉叶和杨江都变得自在了一些。杨河虽然也知道杨江是他的哥哥，但在杨江面前生分得很，不像对玉叶那样亲热。这样反倒让玉叶心里熨贴了一些。

玉叶准备做晚饭，杨江说："玉叶，不要做了，我请你们到外面吃。"

玉叶说："我就不去了，你带杨河去吃。"

杨河靠在玉叶身上说："姐姐不去，我也不去。"

杨江不好再待下去，蹲在地上把皮箱里的东西往外掏，主要是给玉叶和杨河买的食品和衣物。

玉叶说："你可以把给杨河的东西留下。别的东西你必须带走。"

"为什么？"杨江抬脸望着她。

"不要问我。你应该知道为什么。"

杨江迟疑了一下，就把给玉叶买的东西重新装回皮箱里了。杨江起身要走，他说："我住在云中饭店 401 房间。明天下午我再来。"

玉叶和杨河把他送出门外。

杨江走后，玉叶的泪水再也控制不住，像断了线的珠子往下滚。她不哽咽，也不抽泣，任泪水无声地流。玉叶一哭，杨河就非哭不可，这已经是多少年的习惯。杨河哭的时候也不哽咽和抽泣，依在玉叶怀里无声地哭。

63

杨江昨天晚上离开的时候说他今天下午还要来，玉叶下午没出去收破烂，在屋里等他。

玉叶觉得杨江这次专门找到他们，是有重要目的的。昨天杨江还没把真正的目的说出来，今天肯定要说。玉叶最担心的是杨江把杨河接走。作为同胞兄弟，在父母双亡的情况下，他有责任有义务抚养杨河，但对玉叶来说却是痛苦的。要是杨江真的把杨河带走，犹如抽走了玉叶的骨头，她将失去唯一的支撑点，会垮下的。不过玉叶又不大相信杨河会跟上杨江走。玉叶总觉得杨江找到他们还有另外的目的。如果只为了把杨河接走，为什么早不来，晚不来，偏偏五年以后才来呢？

下午，杨江果然早早来了。他一来就说对玉叶说："玉叶，我这次来，有很重要的事情和你谈。一会儿杨河放学回来，就又谈不成了。"

玉叶没吱声。

杨江又说："我和前妻离婚了。"

玉叶虽然在杨江面前表现得比较淡漠，但是杨江的这句话还是让她大吃了一惊。她看着杨江的脸，似乎在核对这句话的真实性。她这时候的心情有点怪，怪就怪在有一种连她自己也说不清楚的感觉。但她嘴上却说："那是你们家的事，不要对我讲。"

杨江似乎没听见玉叶的话，继续说："我是今年年初转业的，分配到市交通局当科长。玉叶你不知道，这几年对我来说真是一场噩梦。无论是外表，还是心灵，她都不能跟你比。她不是人，简直就是一个恶魔。她特别任性，在家里，一切都是她说了算。她是阎王，我是小鬼。"

玉叶说："信上你可没这么说她。"

"你说我能说吗？我不能说。说了怕你闹到部队去，传进团长耳朵里。"

"我没那么下作。"

杨江接上刚才的话茬说："我不得不忍气吞声，终于忍受到她父亲退休，我也转业了。一转业，我就和她离婚了。"

玉叶外表平静，内心却掀起波涛；表面上无所谓，耳朵却在认真倾听杨江吐出的每一个字。杨江以为玉叶听了他的话特别解恨，其实不然，玉叶对他更加反感，

146

更加看不上他的人品。看见有利可图就和人家结婚，看见没用了就把人家一脚踢开，亏他做得出来。玉叶非常气愤。

"其实我一点儿也不爱她。"杨江说，"玉叶，我真正爱的是你，一直没有忘记你。你能把杨河带在身边，更让我感受到你的无私和伟大，就更加喜欢你了。现在我的工作不错，挣钱也不少，你和杨河跟我到大城市去，充分享受生活。昨天下午，我看见你蹬着三轮车收破烂，眼泪都下来了。玉叶，我对不起你。"

玉叶这才明白杨江看见她以后为什么要流泪，但她没有被杨江的眼泪感动。

杨江又说："玉叶，现在我郑重向你求婚。"

玉叶马上摇头："不行。"

"你说不行并不奇怪，因为我曾经伤害过你，对不住你。"杨江几乎用乞求的语调说，"玉叶，请给我一次改正的机会，我再一次求你了。"

玉叶又摇头："不行。"

"为什么不行？"

"一个人一生只能伤害一次。"

罗大义从门外进来了。罗大义和杨江从未见过面，相互都很陌生，他们互相看一眼，然后都把目光投向玉叶。

玉叶向罗大义介绍说："这就是杨江。"又对杨江说："这是罗大义，二中的老师。"

两人握了一下手，没有相互问候，表情比较冷淡。冷淡的原因，罗大义知道杨江背叛过玉叶的感情，心里有气；杨江以为罗大义是玉叶的男朋友，有一点醋意。沉默了一会儿，罗大义才说："我听玉叶提到过你，中国人民解放军现役军官。"

杨江说："已经转业了。"

罗大义说："娶的是团长的女儿。"

杨江说："已经离了。"

罗大义说："老团长肯定退休了吧？"

杨江说："对。"

罗大义说："我说呢。"

杨江脸红了。

罗大义说："杨先生，今天既然碰上了，我就免不了想说你两句。你大概也看见了，玉叶这几年不容易。你可能会说，玉叶不容易和我杨江有什么关系？玉叶是与你没关系，可是杨河与你有关系，他是你的亲弟弟呀。这些年玉叶含辛茹苦抚养杨河，还要供他上学，容易吗？说你背叛她也好，说你为了生存牺牲爱情也好，我

147

都不提。玉叶的男朋友与她断了关系，她又无私地抚养男朋友的弟弟，这一点不能不提。这种事情在这个世界上绝无仅有。你得对得起她。"

杨江连连点头："是是是。"

"我就说这些，也算给玉叶一点打抱不平。"又对玉叶说："我走了。"

玉叶知道罗大义刚来就要回去，是想把说话的时间和空间留给她和杨江。玉叶心想，她和杨江根本就没什么好谈的，这是罗哥错看她了。

罗大义走后，杨江问："他是你男朋友？"

"是又怎么样？这和你有什么关系？"

"我只是问问。"

"他不是我的男朋友。"玉叶又说，"就算是，也轮不到你吃醋。"

杨江的脸色马上变好了，说："玉叶，我再一次请求你嫁给我。"

玉叶有些生气，说："杨江，你应该懂得厚颜无耻是什么意思。我现在明白无误地告诉你：根本不可能。"

杨江再不吭声了。看得出来，他的情绪很不好。两个人都不说话，沉默了半响。后来杨江说："玉叶，既然这样，我明天就回去了。我想把杨河也带走。带走杨河不为别的，只为他是我弟弟，我有抚养他的义务。我不想再给你增加负担。再说你也该结婚了。"

一说要带走杨河，玉叶心里一下子收紧了。为了不让杨江看出来，她尽量控制住自己的情绪说："这要征求他本人的意见。如果他愿意，你就把他带走。"

这样两人再无话可说，默默地等待杨河回来。

天色黑下来后，杨河放学回来了。他看见杨江又在屋里，劈头就来了一句："你怎么还没走呀？"

杨江不知如何是好。玉叶还发现，杨江到来后，杨河没叫过他一声哥哥，不知道是多年不见生分了，还是由于别的。

玉叶说："杨河，明天跟上你哥去吧。他想把你带走。"

"不。"杨河过去把玉叶抱住，"谁也不能把我们姐弟俩分开。"

杨江说："不跟我走你会把姐姐累坏的。"

"累不坏，我越长越大了，能给姐姐干活。"杨河又指着杨江说，"是你把姐姐气坏的。"

玉叶、杨江尴尬地笑起来。

杨江说："玉叶，也太为难你了。"

杨江临走的时候，从皮箱里取出一迭钞票说："玉叶，请你把这一万元留下。

当然，你对杨河的爱不是一万元钱能买到的。以后我会经常给你们寄钱来。"

玉叶坚决不收。她说："这钱我不能收。收下你的钱，我就成了你们杨家的保姆了。"

杨江出门的时候，趁玉叶不注意，把钱偷偷放在电视机后面了。

玉叶是杨江走后第三天发现那一万元钱的。她跑去问罗大义，这钱该怎么处理。

"罗哥，我想给他寄回去。"玉叶说。

"不要寄，收下。不要说一万，十万你也收下，杨河花钱的日子还在后头呢。"罗大义又说，"玉叶，如果你大公无私到这种程度，就真有点傻了。"

玉叶这才把钱放下了。她专门在银行开了一个户头，把钱存在杨河的账户上。

十九、朦朦胧胧，不知道对谁爱得更深

64

罗大义常到玉叶这儿来，每星期来两次，一般在星期三和星期天。来的时间多数是在晚饭后。他不能来得太早，太早了玉叶收破烂还没有回来。

时间久了，玉叶心里就发生了一点微妙的变化。人生的第一次爱情失败以后，往往没有兴趣爱第二次。自从与杨江分手后，玉叶的心就死了，觉得还不如和杨河相依为命。和罗大义的交往使她渐渐恢复了对爱情的渴求。每当到了星期三和星期天，一个念头就在她的脑海里萦绕：他今天要来。这样她就有了一种期待。

玉叶与罗大义的关系其实只剩下一层窗户纸，一捅就破。通过长时间的交往，玉叶觉得罗大义是个好男人。真诚、稳重、热情、仗义是他的优点。她想不通罗大义的妻子竟然和他离了婚。她发觉罗大义对她也有好感，只是没有明显地表露出来。玉叶希望罗大义能带头把窗户纸捅破。

奇怪的是玉叶一想起罗大义，杨河就会立刻跳进脑子里来。想起杨河不是担心杨河的抚养问题、上学问题，而是隐隐约约觉得她对杨河有所期盼，有所等待。期盼什么，等待什么，她又说不清楚。这样就使玉叶在对待与罗大义的关系问题上一直有些犹豫。

一般刚过六点，罗大义就来了。以前杨河很懂事，罗大义一来，他就主动到外面玩去了。可是最近几次，杨河不去外面玩了，而是坐在小板凳上学习。其实他是想听罗大义和玉叶说些什么。有时说话不太方便，玉叶就说："杨河，到外面玩会儿去，我和罗哥说说话。"

杨河这才极不情愿地慢慢腾腾出去了。

一个星期天，这天玉叶的心情非常好，特别愉悦。她比平时提前一个多小时回来，换好衣服，梳妆打扮。然后一边做着家务，一边往外面瞅。

玉叶和杨河刚吃过晚饭，罗大义就骑着自行车来了，至少比平时提前了半个多小时。和往常一样，罗大义一来，杨河就一脸不高兴，就像罗大义要把他姐姐抢走似的。

玉叶笑着说："罗哥今天肯定有要事，早早过来了。"

罗大义说："是比较急。"

"那你快说吧，看我能不能帮上忙。"

罗大义没说，而是用下巴指了指正在学习的杨河。

玉叶对杨河说："杨河出去玩会儿，我和罗哥商量件事情。"

杨河阴着脸，闷闷不乐地出去了。

罗大义说："玉叶，我要外出进修。"

"去哪儿进修？"

"北京。"

"进修多长时间？"

"一年。"罗大义又说，"一年时间，说长不长，说短不短。但对我们两个来说，一年时间不短了。"

玉叶感到很突然，遗憾地说："这一年时间咱们就见不上面了。"

"所以今天专门到这儿来，有一事相求。不管好坏我得要个结果。"

"什么事？"

罗大义没回答，先脸红了。他拘谨不安地搓着手，"嘿嘿"、"嘿嘿"地笑，不知道如何是好。

玉叶似乎隐隐感觉到了什么，脸也发起烧来。屋里的空气又变得凝重起来。

罗大义终于鼓足勇气说："玉叶，我向你求婚来了。"

说实话，罗大义求婚玉叶并不感到意外，她早知道罗大义爱上她了。但是话一旦真正从罗大义嘴里说出来，她还是感到有些太突然，有些措手不及。

罗大义见玉叶迟迟不回应，又说："玉叶，实在对不起，我已经三十多岁了，快成老头了，你才二十多。可连我自己也说不清不知怎么就爱上你了。是死是活，你说话吧。"

"你叫我说什么呢？"

"你就说：'我嫌你老，嫌你丑，嫌你是个二婚。'玉叶，干脆以后管我叫叔

叔算了，省得我麻烦你。"

玉叶笑了："不。"

"玉叶，从感情上说，我非常爱你，可是理智地讲，我们两个怎么说也不般配。"

"你说不般配？"玉叶警惕地望着罗大义，"不般配你跑来干什么？"

"我已经结过一次婚，你还是个姑娘，你说般配吗？"

玉叶这才放下心来，但她没说话。

罗大义问："怎么又不说话了？"

"我不知道说什么。"

"你就说：'我嫌你是个二婚，再提这事我抽你。'"

玉叶不说话，又特别爱听罗大义说话。她满脸绯红，头侧低着，嘴角和眼角藏着一丝笑意。显然，她心里很激动。

罗大义说："玉叶，你倒是说话呀。天不怕，地不怕，就怕玉叶不说话。再不说话，我可要给您下跪了。"

玉叶抬起头来问："你不嫌我是个农村姑娘？"

"我敢嫌你？吃了豹子胆了！"

"你不嫌我是个收破烂的？"

"收破烂咋了？收破烂因为玉叶而美丽。"

玉叶禁不住笑了："贫嘴。"又郑重地说："罗哥，我也爱你。"

"我的天，窗户纸终于捅破了。"罗大义激动得声音都打战了，"玉叶，从现在起，我们就是恋人了。来，我们两个拉拉手吧。"

罗大义正向玉叶走过来的时候，门"咣"的一声被推开了，声音很响。接着，杨河从门外冲进来。他气势汹汹地站在地上，呼哧呼哧地喘着粗气，两只眼睛愤怒地瞪着罗大义。玉叶和罗大义都大吃了一惊。罗大义只好又退回到原位坐下了。玉叶过去把门关上。

杨河指着罗大义问："罗大义，你想干什么？"

"杨河！"玉叶大声制止。

罗大义被杨河突如其来的质问闹蒙了，他不明白杨河为什么要生这么大的气。

杨河又问："你想把我姐姐挖走是不是？"

罗大义这才知道杨河为什么要发火，但他没生气，反而觉得好笑。他摊开双手说："我没挖她呀。真是太冤枉人了。"

"没挖你跑来干什么？你说那些话干什么？我早就知道你不安好心，打我姐姐的主意。我时时刻刻都对你保持警惕。"

152

玉叶又制止杨河说："杨河，说话要有礼貌。"

罗大义笑着说："杨河，你怎么能说我挖她呢？我只是向她求婚，想娶她做我的妻子。"

"你把她娶走我怎么办？"

"我连你也娶过来还不行吗？"

"不行。"杨河又转向玉叶，"姐姐，你是不是不要我了？"

"没有呀。"玉叶也笑着说，"就是嫁给他，我们还是在一起的。"

"又是一桩冤案。"罗大义说。

杨河说："姐姐，嫁给他，我们还能在一个炕上睡觉吗？"

一下子把两个人都问住了。

玉叶说："其实我并没说要嫁给他，我只是在考虑。"

"考虑也不行。姐姐，我们把他轰出去。"又对罗大义说，"听见了没有，滚出去！"

罗大义现在有些受不了了，耐住性子说："杨河，你要冷静，不要冲动。"

"罗大义，我告诉你，我不允许任何人把我姐姐娶走。你就死了这个心吧。"杨河的语调像是在发布宣言，"赶快找个女人结婚，不要再打我姐姐的主意。娶我姐姐的是我，不是你。你以后再不要来了。"

罗大义没有因为杨河的发作而生气，他毕竟还是个孩子。他只是想不明白，杨河对玉叶的爱情婚姻为什么这么敏感。罗大义不认为杨河的干涉会对玉叶起作用，玉叶不会听他的。玉叶刚才明白无误地向他表示，她也爱他。

罗大义再没有纠缠，回去了。

65

罗大义离开后，玉叶心里很高兴。她高兴的不单单是罗大义正式向她求婚，而且高兴杨河突然从门外冲进来阻止他们。她觉得杨河的样子很可爱。她也知道杨河可爱不能成为她高兴的理由，那她为什么要为杨河阻止他们高兴呢？她一时还想不明白。实际结果是，由于杨河出面阻止，玉叶对罗大义的求婚又有些犹豫，甚至后撤了。

玉叶一直认为罗大义是个好男人。罗大义虽然大她十二岁，虽然罗大义结过一次婚，她认为这些都是次要的。和这样的男人生活在一起，她能幸福一辈子。但是玉叶老有一种奇怪的感觉，总觉得自己另有所期待，好像一个更出色的男人在什么

地方等着她似的，一旦时机成熟，他就来了。可是那个男人是谁，在什么地方，她根本不知道。玉叶认为这很荒唐，可她又不由得要这么想。

晚上睡下后，玉叶问杨河："刚才你突然闯进来，是不是听到我和罗哥说什么了？"

"你说让我出去，我就知道你们不想让我听你们说话。我没有走远，站在门外偷听。罗哥说向你求婚，我想冲进去管一管，又忍住了。罗哥说要和你拉手，我就再也忍不住，冲进去了。"

玉叶笑起来，又问："这些天你一直在外面偷听我们说话？"

"没有。就是今天晚上。"

"你是怎么知道我和罗哥有那种关系的？"

"以前不知道。后来发现罗哥来了以后，你总是特别高兴，有时还脸红。我就注意上你们了。"

这个杨河真叫玉叶猜不透。这不是十一岁的孩子说的话，也不像是十一岁的孩子做的事。想不到他一直留着这个心眼，真是个鬼精灵。

玉叶说："你也说过，罗哥是个好男人。我如果嫁给他，他就是你的姐夫，这多好。"

"那我怎么办？"

玉叶说："什么你怎么办？不能因为你，我一辈子不嫁人吧？"

"我要永远和你在一起。"

"嫁给罗哥，咱们同样在一起呀。"玉叶又说："罗哥也说了，他要连你一起娶过去。"

"那不一样。"

"为什么不一样？"

"我只和你一个人在一起。"

"你的意思是说，就是到老到死，也只有我们两个在一起？"

"对。"

"你的意思是我永远不要嫁人，你永远不要娶媳妇？"

"等我长大了，我就向你求婚。"

"瞎说，哪有弟弟向姐姐求婚的。"

"反正我要娶你。"

杨河的话让玉叶哭笑不得。这个杨河，越来越让她猜不透了。刚才玉叶纯粹是逗着杨河玩的，他的那些孩子气的大人话不可当真。一个十一岁的孩子能懂多少爱情婚姻。可是他要管大人，控制大人，一辈子不让他的姐姐嫁人。玉叶觉得又可气，又可笑。他们再没有说话。杨河很快睡着了，玉叶却醒了很长时间。

66

几天后，罗大义动身去北京，玉叶为他送行。她先到罗大义家里，想帮他打点行李。没想到罗大义的行李只有一个提包和一只塑料袋。提包里装的是衣服，塑料袋里装着洗漱用具。

罗大义坐在沙发上说："进修两年，也就是休息两年，这是中国特色。"

玉叶说："也不带个茶杯？"

罗大义说："你不说我倒把这事忘了。"

玉叶把茶杯洗好装进塑料袋里。

走出院子，给院门上锁的时候，罗大义忽然想起什么似的说："玉叶，如果你愿意，干脆搬到我这儿住好了。估计现在不会有人骚扰你了。"

玉叶心想现在住进来，和罗大义算什么关系？别人看了会怎么说？名不正，言不顺。还有，罗大义一年以后还要回来，回来以后我再搬出去？她认为这样不合适，便说："罗哥，情我领了。不过我还是住我的茅草屋吧。"

他们走出居民区，来到大街上，并排往车站走，没有打车。反正时间还早，不打车为的是多说话。

玉叶问："罗哥，学校也不派车送送？"

罗大义说："就我这级别？免了吧。"

"你是什么级别？"

"负二级。"

他们又逗上了。

罗大义低声说："玉叶你看，他们都在看你呢。"

玉叶头也不抬地说："别管他们，走咱的路。"

罗大义说："玉叶真是太漂亮了，这么一身朴素的装扮都能引来那么多贪婪的目光。"

"我应当穿上收破烂的那身衣服。"

罗大义说："玉叶，你知道不知道，我和你走在一起特吃亏。"

"为什么？"

"不比我的模样还说得过去，走在一起叫你这么一比，我就什么也不是了。"

"你比我有风度。"

"什么风度不风度。我只有温度，三十六度半。"

快到车站的时候，罗大义说："那天晚上到了最关键的时刻，让杨河把事情给搅了，闹得咱们连手都没拉成。"

玉叶笑着问："要不现在拉拉？"

罗大义果然握住玉叶的手。玉叶没有挣脱。罗大义使劲捏捏玉叶的手，脸凑过去问："继续好下去？"

"还没好上呢，哪来的继续？"

"那就从现在开始？"

玉叶说："罗哥，这我得先做杨河的工作。"

罗大义大声说："你的事情你做主，为什么听一个毛孩子呀！"

"反正你有一年进修时间，不急。"

"这个兔崽子，管到我头上来了。"罗大义故意咬牙切齿地说，"那天晚上要不是他进来，不定会发生什么事呢。"

玉叶却来了这么一句："关键时候他替我解了围。"

罗大义没吭声。走了一截他才感叹道："我没有猜错，看来你真正爱的是杨河。"

玉叶停下来，满脸通红："罗哥，你这是什么话？玩笑也开得太大了。你要知道，他是我的弟弟，我比他大十二岁。"

罗大义回头看着玉叶："他不是你的亲弟弟。"

"我把他当亲弟弟看。"

罗大义这才发现玉叶恼了，有点不依不饶的样子。他过去把玉叶拉了一把说："算我罗某人胡说八道，该打。走吧，我要误车了。"

玉叶这才重新走路。

玉叶把罗大义送上火车，一直等到车开了才离开。

二十、苦恼苦恼，只缘感情太微妙

67

又过了一年多，杨河十三岁，上初中三年级。玉叶也二十五岁了。算下来，从乡下到临海市来，已有七年多时间了。七年时间，说长不长，说短不短，除了玉叶和杨河每人长了七岁，杨河从小学一年级升到初中三年级，好像没什么变化。

一天中午，杨河放学回来，玉叶发现他的嗓音突然变了。说话再不像以前那样尖声尖气，变得粗犷而又低沉了，听着很不习惯。这让玉叶有些措手不及。

她有意识地观察杨河，杨河其他方面也发生了变化。他有了喉节，上唇泛起一层淡淡的绒毛。

变声以后，杨河说话的音调特别像他的哥哥杨江，几乎一模一样。而且体形容貌也越来越像杨江了。这让玉叶非常不安，说不出到底是欣慰，还是恐惧。

杨河对玉叶的称呼也有了一点小小的变化，不像以前那样叫她"姐姐"，而是叫她"姐"，减了一个字。

杨河开始把他的同学往家里领，男女同学都有。由于杨河小学跳过一级，又是六岁上的学，这样他就比同年级的学生小两到三岁。领回家来的都是少男少女，大哥哥大姐姐，比杨河高出半颗头。玉叶热情地招待他们，有时还跟他们一起玩。

有一次，杨河从学校回来说："姐，我们同学都说你长得漂亮。"

"你觉得呢？"

"我也觉得你很漂亮。"

玉叶听了很高兴。不知为什么，她觉得杨河说她漂亮比杨河的同学说她漂亮还

重要。

　　玉叶这样想的时候，杨河又说："姐，他们总问我你在哪个单位上班。"

　　"你是怎么回答的？"

　　"我就说你在一家公司上班。"

　　"不要说谎。"玉叶又说，"他们以后再问你，你就说我是收破烂的。"

　　杨河不情愿地点了点头。

68

　　有一次洗炕单，玉叶又发现了新的情况。

　　她往下抽炕单的时候，看见杨河那边有一片一片的印迹。不像是尿，因为尿的印迹比这大得多。这些印迹很难洗，玉叶用洗衣粉使劲搓，粗看好像洗干净了，细看仍然有模模糊糊的痕迹。

　　玉叶不知道到底是怎么回事，找来书看，才知道这是杨河的精液。是男人从孩子过渡到成人的标志之一。

　　玉叶认为杨河长大了。她和杨河再不能在一个炕上睡了，必须分开。她想给杨河在凉房另支一张床，又怕杨河多心。她想过让杨河住校，可是住校就得增加开支，再说星期天怎么办？思来想去，玉叶决定在屋顶上挂个帘子，把炕隔成两部分。

　　下午，玉叶没有出去收破烂。她用尺子量出炕到屋顶的高度，又量出炕的宽度，这样，帘子的高度和宽度也就出来了。

　　接下来，玉叶跑到一家窗帘专卖店，按尺寸定做了一块紫红色帘子。紫红色帘子遮挡效果好。然后领着专卖店的安装工来挂帘子。

　　安装工是个二十几岁的小伙子，也是从农村来城里打工的。当玉叶要求他把帘子挂在顶棚上的时候，他愣住了，看着玉叶问："就这么挂？"

　　"对，就这么挂。"

　　"为什么要把窗帘挂在这地方？"

　　玉叶没做任何解释。

　　安装工又说："我挂过无数个窗帘，从来没见过窗帘还有这么挂的。"

　　玉叶笑着说："这就让你见见。"

　　安装工也笑着说："我也算长了见识。"

　　安装工把窗帘轨道安在顶棚上，再把窗帘挂上去，就把一盘炕分成了两部分。玉叶没让安装工把窗帘挂在正中间，而是一边大，一边小。她知道杨河睡觉不大老实，滚来滚去的，让他睡大的那边。

窗帘挂好后，她就把杨河的被褥搬过去了。玉叶透着窗帘从这头看那头，什么也看不见。她又拉了拉窗帘，轨道很滑溜。白天把窗帘拉开，还是一盘大炕；晚上睡觉时把窗帘拉上，就把炕分成两部分了。

安装工人离开后，屋子里就只剩下玉叶一个人。望着刚刚挂上的紫红色帘子，她心里酸酸的。杨河长大了，再不是小孩子了，从今天开始，他们就要分开睡觉了。这些年来，她和杨河虽然各盖各的被子，但是他们头对头脸对脸挨得很近，杨河忽然钻进她被窝里来也是有的。现在杨河长大了，有些情况就得提早注意，因为他们毕竟不是亲姐弟，就是亲姐弟，长大以后也不能在一起睡了。

玉叶担心的是杨河能不能接受这个帘子，能不能理解她的做法，会不会多心。杨河要是和她闹起来，她不知道如何面对。

又过了一会儿，杨河放学回来了。把书包放下后，他才发现挂在屋顶的帘子，奇怪地问："姐，挂这个干吗呀？"

玉叶把早想好的话说出来："杨河，你也长大了，再不是孩子了，应该和我分开睡。本来想给你另摆一张床，可是房间太小，摆不下。我就挂上帘子，把炕一分两半，咱们一人睡一半。我想你应该理解。"

杨河的脸色唰地变了，眼里透出恐惧和惊慌，但他什么也没说。

玉叶也不说话，暗暗观察他。

过了一会儿，杨河突然冒出这么一句来："姐，你是不是不要我了？"

说完这句话，泪水就从他眼里涌出来。尽管眼泪像泉水一样往外涌，但他一直没哭出声来，也不抽泣哽咽，只让泪水静静地流淌。

看着杨河这样，玉叶心里非常难过。不知为什么，杨河的这种反应似乎又是她所期待的，心里隐隐升起一丝慰藉。如果杨河进来以后高高兴兴接受这个帘子，她会感到更不好受。

玉叶抚摩着杨河的头说："杨河，我知道你很懂事。其实我们早该分开睡了。虽然中间挂了帘子，咱们还睡在一盘炕上，还可以说话聊天嘛。"

杨河还不吭声，默默地流泪。玉叶刚刚用手绢给他把眼泪擦干，很快又从眼里流淌出来了。搞得玉叶心里也酸酸的，陪着杨河一起流泪。她把杨河拉在怀里，杨河这才"哇"地一下哭出声来了。

玉叶也觉出挂上窗帘很不习惯，真想把它取下来。但当她想到以后，想到将来，想到杨河还要继续长大，就认为挂帘子是正确的。刚初几天肯定不适应，不光杨河不适应，她也不适应，过些日子就好了。想到这里，玉叶去凉房生火做饭去了。

晚上，玉叶把帘子拉上。杨河自觉到东边睡去了。虽然不高兴，玉叶的话他还是听的。熄灯后，玉叶装作熟睡的样子，竖着耳朵听那边的动静。杨河先是不停地唉声叹气，后来又翻来覆去睡不着。

玉叶一直等到杨河睡着以后，她才渐渐进入梦乡。

69

罗大义进修回来以后，还和以前一样常来看玉叶，也帮助玉叶。但是，仿佛两人事先有约定，罗大义再不向玉叶提求婚的事。玉叶也不提。

第一次到玉叶这儿来，罗大义看了一眼挂在屋顶上的帘子，并没有表现出特别的惊讶。倒是玉叶憋不住了，说："杨河大了，我想分开睡。"

"合久必分，分久必合。这是预料中的事。"罗大义又说："这帘子以后还会取掉的。"

玉叶敏感地问："什么意思？"

罗大义只是笑笑，不答。

玉叶问罗大义是不是在学校交了女朋友。罗大义答："都是些已婚的家伙，全班就我一个老光棍。别的班倒有不少漂亮女孩，我喜欢人家，人家不喜欢我。"

"为什么不喜欢？"

"嫌我老。"又感叹说，"我罗某人这辈子不会有女朋友了。"

其实罗大义在学校里根本就没有这个闲心思，因为他的心思还在玉叶身上。但他又决定永远再不向玉叶提求婚的事。

70

玉叶经常到临东工业园区捡废品，今天又去了。经济开发区正在建设当中，面积很大。有的楼房建起来了，有的还在建，所以废品很多。有废铁丝、废钢筋、废纸箱等，也有生活垃圾，如啤酒瓶、易拉罐等。那里的废品不用买，尤其是女性，只要不小偷小摸，工作人员一般是不说什么的。工业园区到市区的柏油马路修得很宽畅，有八个车道。

今天收获又不小，车子差不多都装满了，而且都是高质量的废品。玉叶高兴地蹬着三轮车往回走，甚至还唱起来了。

这时从后面驶来一辆小轿车。玉叶没在意，因为经常有小轿车从她身边驶过。

可是这辆轿车驶到玉叶身边放慢了速度，在她前面一点停下了。随着车门被打开，从车上钻出一个男人，手里提着一个塑料袋，向玉叶走来。

玉叶一下子惊呆了。她惊呆不仅仅是因为小轿车停在她旁边，也不仅仅是这个男人向她走来，而是发现这个男人怎么这样像高成。不同的是原来的高成比较瘦，眼前的这个男人却很胖。玉叶戴着口罩，裹着头巾，像个穆斯林妇女，即便他真的是高成，也不会认出她来。

"这是几个易拉罐。"他说着把塑料袋丢在三轮车上，几乎没看玉叶一眼，又钻进车里。车子开走了。

玉叶还看着远去的小轿车发呆。刚才那个男人不只长得像高成，说话的声音也像高成。她又觉得不可能，高成在南方开公司，怎么会跑到这儿来呢？这么一想，她就释然了。刚才那个男人的确像高成，但不一定就是高成。这样想过之后，她又蹬上三轮车赶路了。

又过了大约一星期。一天晚上，玉叶打开电视收看临海市新闻。头条新闻说的是高成建材有限公司投资临海市工业园区的奠基典礼。市长都出席了。看着看着她又惊呆了：几天前送她易拉罐的那个男人又在电视屏幕上出现了。玉叶屏住气目不转睛地看。

其中有两处提到高成的名字，一处是女记者拿着话筒进行现场报道时，说高成建材制造有限公司董事长高成投资三千万在临海市建立分公司如何如何，高成还对着镜头说了几句话。另一处是临海市市长在讲话中赞扬高成先生支援家乡经济建设的崇高精神。

这条新闻让玉叶惊诧了很长时间。新闻早播完了，她还坐在那儿发呆。可以肯定无疑地说，那天送她易拉罐的男人就是和她生活十几年的哥哥高成。她回忆小时候和高成在一起的情景，又由高成联想到父母，他们已有十年未见面了。虽然他们之间发生过不愉快的事情，但他毕竟是她的哥哥。

想到这里，玉叶不禁哭了起来。

"都是因为你！"玉叶指着杨河说，"都是你把我害的。"

杨河就在玉叶面前跪下了，低着头说："姐，对不起，我又惹你生气了。"

杨河一跪，玉叶心就软了，揩着眼泪说："起来吧，不怪你，只能怪我自己。"

晚上玉叶失眠了。高成就在临海市。如果她想找他，那是很轻而易举的事。如果找到他，他还会认她这个妹妹吗？玉叶认为会的。他会不会再向她求婚呢？玉叶不好回答。但她预料高成肯定已经结婚了。说不定高成早就把父母也接到临海市来，两位老人正在颐享天年呢。

找到高成，玉叶的命运将会发生彻底的变化，但她不想这么做。

玉叶不免生出许多感慨。她由高成联想到杨江，又由杨江联想到房东小两口。他们都生活得很好。同样是人，她就不行，罗大义也不行。他们守望的东西看起来很美丽，其实既不合时，也不实用。可是她又不舍得丢弃那些东西。

这种情绪在最初几天相当强烈。过了些天，她就渐渐淡忘了。她早已习惯了和杨河在一起的日子，早已过惯了罗大义常来看她的日子。

71

读到高中一年级，杨河十五岁。他的饭量一下子大起来，特别能吃。好像他的肚子老也没有饱的时候，什么时候都想吃，什么时候都能吃。这使玉叶想起自己当年好像也经历过这么一个阶段，只是不如杨河那么厉害。

杨河的个子也开始猛长，像手提似的，已经超过玉叶了。同时也明显瘦了，体形和脸庞变得更有棱角，透出一种阳刚之气。

这样，玉叶就在杨河面前感觉到了男子汉的强大，有时甚至会对他产生一种畏惧感。以前，姐弟俩拉拉手，拥抱拥抱是常事，现在都不知不觉取消了。

不过最让玉叶心烦的是杨河长得更像杨江了。个头像，体形像，脸形和五官像，走路的姿势像，说话的声音也非常像。唯一不同的是杨河脸上还有稚气。

杨河长得像杨江，这令玉叶始料不及，就好像在平静的水面上投下一粒石子，泛起一圈儿又一圈儿涟漪，一点心理准备也没有。她老觉得眼前的杨河不是杨河，而是杨江，或者杨河变成了杨江。有几次玉叶还真把杨河当杨江叫，杨河听了特别惊讶。

看见杨河突然长大，又这么像他哥哥，深埋在玉叶心底里的一点记忆又死灰复燃了。她又莫名其妙地觉得仿佛看见了希望似的。

玉叶情绪变化的一个明显特征就是看杨河。以前她也看杨河，以前看杨河是光明正大地看，现在是偷看；以前看杨河眼神是纯的，现在看杨河眼里就掺杂了许多复杂的东西，而且眼神有些迷乱。

玉叶偷看杨河主要集中在两段时间。一是吃午饭的时候，二是晚上杨河学习的时候。她看一会儿便躲到一边去，心里咚咚地跳，脑子里胡乱地想，紧张得不得了。就像刚刚偷吃了桃子，还没吃出味来，正躲在一边细细品咂回味一样。

玉叶偷看杨河一心跳就脸红，一脸红就难免被杨河发现。有一天吃晚饭，杨河吃完第一碗饭抬起头来，发现玉叶正痴痴地看他，而且脸很红，眼神怪怪的，就说：

"姐，你脸红了。"

玉叶更紧张，遮遮掩掩地说："啊，是吗？没什么，大概是吃饭吃得热了。"

杨河说："姐，我还觉得冷呢。"

玉叶有些招架不住了，脸上烧得更厉害。

杨河又说："姐，你看你的脸，更红了。"

在这种情况下，玉叶的表情想恢复到平时的样子已不可能。她故意沉下脸说："别说了，赶紧吃饭吧。"

不知道杨河今天是怎么了，偏偏抓住玉叶脸红这个问题不放："姐，你的脸怎么那么红呀，你红布似的。"

玉叶实在待不下去，就放下碗筷到外面去了。

杨河以为玉叶得了什么病，有些害怕。他也跟出去，扶住玉叶的肩膀问："姐，你怎么了？是不是病了？"

玉叶不好意思地说："啊，没什么，没什么。我是有些不舒服。"

兄弟俩长得像并不奇怪，只是杨河太像杨江了。这不禁勾起了玉叶幸福的回忆，也勾起了玉叶痛苦的记忆。尽管当年玉叶和杨江在一起的时间很短，却是铭心刻骨的。

她的心情很复杂，说不上杨河长得像杨江是好还是不好。说好吧，她一想起杨江就从心底里生出一种怨恨。要是将来杨河也和杨江一样变成一个忘恩负义的人，还不把她活活气死。说不好吧，看到杨河现在的样子她又感到欣慰，好像花近十年时间把杨河抚养大，就是为了看他现在这个样子，就是为了和一个真正爱她的好的杨江在一起。她一会儿心生怨恨，一会儿又感到喜悦，这种矛盾的心情一直困扰着她。

让玉叶痛苦的是，她还是不由得要偷看杨河。

一天晚上，杨河似乎感觉到玉叶正在看他，就不好意思地笑着说："姐，你干吗老看我呀？"

"我没看你呀。"玉叶红了脸笑着说，"你才看我呢。"

"姐，我没看你，我在看书呢。"

"你没看我怎么知道我在看你呢？"

杨河也红了脸笑着说："我感觉到的。"

"好了，集中精力学习吧。我出去转转。"

玉叶就到外面去了。

除了偷看杨河，玉叶还爱想一些稀奇古怪的事情。比方说，世界上有没有十六岁的男孩娶二十八岁的女人做媳妇？杨河长得像杨江，是不是将来他的性格也和杨

江一样？假如有一天她向杨河示爱，杨河会不会拒绝？等等。

　　问题很多，可是没有一个能找到答案。这些问题折腾得她很痛苦。她也常常痛恨自己，好像花近十年时间供养杨河，就是为了爱他，这也未免太自私了。一个女人对一个小她十二岁的男孩动心事，真是太卑鄙太下作了。经过很长时间的克制，她的情绪才渐渐平静下来。

72

　　玉叶毕竟是玉叶，这种不正常的情绪持续不到一个月，就被她调整过来了。她把十年前的记忆又埋到心灵深处，继续和杨河过日子。她再没有偷看杨河，再不想入非非，只管全力以赴供他上学。不管是心态，还是情感，完全恢复到以前的状态了。

　　一天傍晚，玉叶骑着三轮车往回走，杨河骑着自行车从后面追上来。杨河让玉叶从三轮车上下来，他骑上三轮车。

　　玉叶推着自行车跟在后面，问："杨河，今天怎么回来得这么早？"

　　杨河回答说："我们班里的王小三和李景辉打架了，王小三用弹簧刀把李景辉捅了一刀，捅在肚子上了。老师和几个同学往医院送李景辉去了，我们就提前回来了。"

　　"这么危险。杨河，你可不能跟人打架。"

　　"我从来不。"

　　玉叶紧走几步赶到前面来，和杨河并排走着，又问："他们为什么要打架呢？"

　　"我们班有个女生叫陈艳，长得很漂亮，是全校的校花。陈艳以前和王小三好。前些天他不跟王小三好了，嫌王小三学习太差，又跟李景辉好上了。王小三气不过，就和李景辉打起来了。"

　　"李景辉有没有生命危险？"

　　"估计没有，刀子没捅在要害部位。"

　　不管男孩女孩，只要进了中学，就不同程度地要和家长产生隔阂。许多话宁肯对同学讲，也不肯对父母说。杨河恰恰相反，无论学校、班上发生什么事情，都愿意告诉玉叶。大到学生之间的矛盾纠纷，小到老师的癖好，他都说给玉叶听。玉叶对杨河在学校的情况了如指掌。

　　走了一截，杨河又说："姐，这个陈艳学习很臭，一天就知道打扮，几乎每天换一次衣服，有时候一天换两次衣服。她家特别有钱。她还往身上洒香水呢，从她身边走过，一股香气扑鼻而来，难闻死了，我就赶紧用手把鼻子捂上。"

　　"他父母是做什么的？"

"她爸爸是个工头，她妈在家里闲待着。其实他们家以前也是农村的。"

走了一会儿，杨河又说："姐，我们班一共有四十九个学生，二十六个男生，二十三个女生。二十三名女生都配上对了。还有三个小光棍。"

玉叶笑着问："那你呢，配上谁了？"

"我也是一个小光棍。"杨河的脸红了一下，"我跳过级，比他们小两三岁，他们认为我不懂事，都把我当小弟弟。有一回陈艳给我巧克力吃，我没要。"

"为什么不要？"

"我讨厌她身上的香水。"

玉叶笑出声来。

杨河又说："姐，现在我们班传纸条传疯了，老师一收一大把。"

"给你传过没？"

"我们班没有，都嫌我小。"

"别的班有？"

"初三的女生给我递过纸条。我们班男同学还给我介绍过初二一个女孩。"

玉叶问："纸条怎么传的，她们托人转给你？"

"不，是当面给。"

"那多难为情呀。"

"她先来向我借了一本书。给我还书的时候，她特意叮嘱我看看书里有没有东西，然后头也不回地走了。还有的直接就把纸条给我了。"

"那个男同学是怎么给你介绍女朋友的？"

"他对我说，初二有个女孩喜欢我，他让我跟她好。"

"好了没？"

"没。"

回到家里，两人把三轮车上的废品卸下来，分类堆放好。玉叶脑子里还想着杨河刚才的话。记得她上中学时，也有过诸如传递纸条的事情，但占的比例很小。现在这类事情已经很普遍了。不过她对杨河还是比较放心的。

干完活，玉叶忙着做饭，就把杨河刚才的话忘了。吃饭的时候她又想起来，问杨河："一共有几个女生给你递过纸条？"

"三个。"

"加上给你介绍的那个，一共有四个女孩对你有意思，对不对？"

"对。"

"纸条上都写了些什么？"问完玉叶又有些后悔，改口说，"当然，你不告诉

我也行。"

杨河没吭声,放下碗站起来。他走过去打开书包,从一本书里拿出那几张纸条,递给玉叶:"姐,就剩下这三张了,我交给你,你处置吧。"

玉叶展开其中的一张纸条,上面用油笔写着:

杨河:

我想和你交朋友,行吗?

李巧燕

x 月 x 日

玉叶觉得太直白了,一点儿也不含蓄。她又展开另一张,写的是:

在天愿作比翼鸟,在地愿为连理枝。

杨海棠

x 月 x 日

这张倒是有一点诗意,可惜文不对题。还不知道杨河喜欢不喜欢她,她就做起什么"比翼鸟"和"连理枝"来了。玉叶一边笑,一边在心里想,现在的女孩胆子就是大。

她又问杨河:"你答应她们了?"

"没有。"

"为什么不答应?"

杨河一本正经地回答:"我看不上她们。"

杨河的话让玉叶吃了一惊。她笑着说:

"哎哟喂,杨河,你的交友条件还蛮高的。"又问,"那你给我说,到底看上谁了?"

杨河没有马上回答,只顾埋头吃饭。一会儿,他突然抬起头来看着玉叶,郑重地说:"姐,现在我还在上学,不谈女朋友。我想过了,将来要找对象,就找你这样的。别的我一个也看不上。"

玉叶听了非常震惊。她怎么也没料到杨河会说出这种话来。他说得很自然,脸都没红一下。说完以后,他又埋头吃饭去了。

杨河的话又在玉叶心里泛起涟漪。

二十一、稀奇古怪，想和姐姐谈情说爱

73

　　杨河上到高二的时候，玉叶就开始为他的高考作准备了。玉叶最担心杨河的户口问题。按规定，在临海市参加高考，必须要有临海市的城镇户口，可是杨河只有暂住证。玉叶没别的办法，只能再请罗大义帮忙。

　　罗大义拍着胸膛说："没问题，这事包在我身上了。"

　　玉叶和杨河虽然在临海市住了十年，户口却一直在乡下。临海市的户口对他们来说似乎并不重要。当年杨河上小学，小学升初中，再由初中升高中，按规定都得有临海市的户口。如果没有，就得交借读费。由于杨河学习成绩好，再加上罗大义出面说情，杨河的借读费全免了。报考大学就不行了，必须要有临海市户口。

　　要入临海市的户口并非易事，没有原户籍所在地的迁移证明就想在临海市落户更是难上加难，除非大把大把地塞钞票。可是玉叶没那么多钱。她非常担心，不知道罗大义能不能在高考报名前把户口办下来。

　　三个多月后的一天下午，罗大义把户口本交给玉叶说："从现在起，你们姐弟俩就是名副其实的临海市市民了。"

　　玉叶感激地说："谢谢罗哥。"

　　罗大义说："为了这户口，我都打破清规戒律，给人家送礼了。这可是我第一次给官府衙门的人送礼。"

　　"将来让杨河好好报答你。"

　　"他呀，不要和我争宠我就阿弥陀佛了。"

玉叶一下子脸红了。

罗大义的裤腰带上"吱——吱——"响起来，他取下手机接听电话。

玉叶说："哎哟，罗哥也有手机了。"

罗大义说："已经落伍了。就这，还是人送的。"又问玉叶："想不想打电话？"

"想倒是想，就是不知道往哪儿打。"

罗大义笑着说："往中南海打。"

玉叶也笑了："打也没人接。"

"这玩意儿呀，没有也罢，拉近了距离，疏远了感情。"罗大义又发感慨，"科技这东西，说好也好，说不好也不好，双刃剑。"

玉叶说："关键是不要被它俘虏。"

罗大义立即向玉叶竖起大拇指，说："高，实在是高。"

他们说话的时候，杨河把手机拿在手里不停地摆弄。

罗大义说："喜欢的话，我送给你。"

杨河说："不。将来我要自己买。"

74

高二第二学期，杨河感情又出了问题。说得直白点，就是对玉叶有意思了。杨河不像玉叶那样会掩饰自己，他的每一个举动，每一点变化，都在玉叶的撑控之中。

杨河最早出现的反常现象是开始关注甚至干涉玉叶的衣着打扮，有时还要评头论足。他常常瞅着玉叶的衣服说好看或者不好看。玉叶也怪，当杨河说这件衣服好看，她就会多穿几天；当杨河说这件衣服不好看，她会马上脱了换件别的。当时她还没有意识到问题的严重性。

接下来杨河就不敢正面看玉叶了。玉叶看他的时候他不看玉叶，玉叶不看他的时候他又偷看玉叶。当玉叶再看他的时候，他就赶紧把眼睛垂下了，脸很红。这和玉叶从前的表现差不多。杨河在玉叶面前话也少，不像以前那么滔滔不绝，没完没了。放学回来总是腼腆腼腆，羞羞答答，很拘谨。

玉叶感到不安。孩子不能长大，一长大就复杂，一复杂花花肠子就多起来了。记得杨河小时候，他们拉拉手，抱一抱，甚至贴贴脸，都很平常。杨河有时钻进她的被窝里，她也不觉得别扭。现在就不一样了，不光杨河复杂，她也复杂。杨河的感情一出问题，她的感情也跟着波动。

玉叶一方面感到不安，一方面又希望长得酷似杨江的杨河能对她有所表示。杨河偷偷看她，她一方面感到生气，认为杨河不该对她有非分之想，一方面又暗自高兴，期盼他们的关系发生新的变化。这种矛盾的心理搞得她横竖不是，左右为难。

杨河的感情变化很快，也很剧烈。和玉叶在一起时候，他红着脸呼哧呼哧地喘着粗气，仿佛要把玉叶一口吃了似的，气氛非常尴尬。

又过了几天，一天早晨，杨河背起书包要去学校，临出门的时候，他把一张叠成两折的信纸丢在炕上说："姐，你看看这个。"说完慌慌张张地跑出去了。

玉叶没急着去拿那张信纸，而是先开门看杨河。杨河出去一路奔跑，出了院子还在奔跑。跑得玉叶都看不见他了，他也没把头回过来。那样子就像小偷偷了东西要拼命逃脱主人的追赶似的。

等杨河跑得无影无踪了，玉叶才返回来，拿起那张信纸。她展开一看，傻眼了，这不是一般的纸条，而是一份情书，而且是写给玉叶的情书。情书是这样写的：

姐：

对不起，我又犯错误了。我的错误就是爱上你了。这些天我也非常苦恼，恨自己为什么会爱上自己的姐姐呢？但我由不得自己，我对所有的女孩都不感兴趣，心里只有你，因为我太爱你了。姐，我现在才意识到，其实在我五岁的时候就爱上你了，只是那时还感觉不到。你的"巧笑倩兮，美目盼兮"，令我"中心藏之，何日忘之"。让我们在天愿作比翼鸟，在地愿为连理枝，爱得海枯石烂，地老天荒。

姐，我知道对你产生这种想法很不应该，我不光要你做我的姐姐，还要你做我的情人，我只知道向你索取，却对你没有付出，真是太自私，太不知足了。但我管不住自己，我的感情就像脱缰的野马在大地上狂奔，就像决了口的洪水汹涌澎湃，就像冲天的火焰熊熊燃烧。我都快被爱情烧死了。姐，爱我吧！原谅我吧！

你的不孝的弟弟

看信的时候，玉叶的心脏一直在嗵嗵地跳。看完以后，心脏还在嗵嗵地跳，像要从喉咙里跳出来。她特别激动，激动得全身发抖，眼里含满了泪花。她脑子里很乱，说不上是高兴，还是痛苦，是喜悦，还是恐惧。她有一种面对突然袭击难以招架的感觉。

什么"巧笑倩兮，美目盼兮"，什么"中心藏之，何日忘之"，什么"比翼鸟，

连理枝"，都是抄来的。但是感情很真挚。

激动过后，玉叶忽然想起一个严重的问题，爱的火焰都已经把杨河烧昏头了，他还能把心思放在学习上吗？他的学习成绩肯定要下降了。

下午，玉叶没去收破烂，而是去了学校。她找到杨河的班主任。班主任也姓杨，三十几岁，所以他常把杨河称作小老弟。玉叶问起杨河近期的学习情况，杨老师苦笑着摇了摇头。

玉叶知道大事不好，问："下降了？"

"不降反升。"杨老师又说，"我正要去家访，你来了，正好沟通一下。小老弟这些天不知怎么了，神情恍惚，像丢了魂似的。我怀疑他是不是在早恋，问我的耳目，说是没有。这就怪了，不知道哪股筋把他给抽住了。长期下去，学习成绩非下降不可。"

玉叶生气地说："这孩子，怎么能这样。"

这句话连玉叶都不知道是说给谁听的。

杨老师说："正在节骨眼上，你管管他吧。"

"我一定好好管教他。"

玉叶更加意识到问题的严重性，她已经顾不得什么爱不爱了，只担心杨河的学习。离高考还有不到一年时间，现在是关键时候，稍有闪失，玉叶十年的辛苦就会泡汤。如果到时候杨河连大学都考不上，他俩的前途将一片黑暗。思来想去，她决定对杨河的情绪进行干预。

一天吃午饭，杨河还和往常一样始终不敢把头抬起来。他仿佛害怕玉叶发现他内心的秘密似的，一吃完就赶紧放下碗到外面去了。他还回头瞥了玉叶两眼，那眼神分明在问她："姐，我的情书你看了没有啊？"

平时玉叶也觉得别扭，杨河出去就出去了，巴不得他快些离开。今天玉叶故意把他叫回来，没话找话地问他一些学校里的情况。杨河回答得极简单，都是"是"、"对"、"嗯"、"不是"、"没有"之类。回答玉叶问话的时候他一直低着头。

坐了一会儿，杨河又要往外走。玉叶大声说："杨河，回来！我有话对你说。"

杨河只好低着头回来，重新在小板凳上坐下，不说话。

玉叶大声命令说："你给我把头抬起来！"

杨河吓了一跳，把头抬起来了，但是不敢看玉叶。

玉叶又命令说："用眼睛看着我！"

杨河还是不敢看她。

"听见了没有，我要你看着我。"

"姐，你今天怎么了？"杨河垂着眼睛问。

玉叶把那张信纸掏出来给杨河扔过去："这是你的情书，现在还给你。我再一次向你声明：杨河，我不爱你。我爱你爱的是弟弟，不是情人。我要的是你能考上大学，将来有出息，不是给我写情书。"

杨河一下子被玉叶的话打蒙了，一直不敢把头抬起来。他慢慢把手里的信纸撕成碎片，撒落在地上。

玉叶又说："杨河，你太不争气了，你太让我伤心了。我十年的辛苦白费了。"说着说着，玉叶就哭起来了。

玉叶一哭，杨河也哭了。他走过来给玉叶跪下，抓住玉叶的手说："姐，我错了，我对不起你，我改，一定改。"

玉叶没急着让他起来，就让他这么跪着。她问："你知道不知道，这是高考的关键时刻？"

"知道。"

"你必须给我考上重点大学。要是考不上，我就不认你这个弟弟。"

杨河更加害怕，忙说："姐，我一定能考上，我不会让你失望的。"

玉叶这才冷着脸说："起来吧。"

杨河起来，又坐在玉叶对面的小板凳上，再没有把头低下去。

杨河说他错了，究竟做错了什么？杨河说他对不起玉叶，究竟哪儿对不起玉叶？杨河说他要改，到底改什么？虽然这些两人心里都明白，但是杨河没有明说，玉叶也没有深究。她不想把事情挑明，挑明了反而不好。一切都等到杨河高考结束再说吧，玉叶这样想。

杨河又变得和以前一样了，他看着玉叶，等着玉叶继续批评他。

玉叶问："现在你的学习怎么样？"

"很好。"

"还是全校第二名吗？"

"姐，不是第二名，我已经上升到第一名了。"杨河的语气充满自豪。

尽管杨老师对玉叶说过杨河的学习不降反升，玉叶还是不敢相信杨河的话。

"吹牛。"玉叶又说，"杨河，我要你说实话，不能撒谎。"

"姐，我说的都是真的。不信你去问老师。"

"这些天你的情绪变化这么大，难道就没影响你的学习？"

"根本没有，姐。"杨河犹豫了一下，又说，"它还能鼓励我发奋学习呢。"

不知为什么，玉叶心里一阵激动。但她没在脸上流露出来，故意板着面孔说：

171

"现在离高考只剩下不到一年时间了。你不能因为升到第一名就骄傲自满。我知道你考上大学没问题，但是，我要求你的不只是考上大学，还要考上重点大学，而且是清华、北大。明白吗？"

"姐，我明白。"

"还有。既然你认了我这个姐姐，我就永远是你的姐姐。你再不能胡思乱想。记下了？"

杨河郑重地点着头："姐，我记下了。"

说完这些，玉叶像完成了一项重大任务一样轻松，同时又有点后悔。她对杨河也有一种说不清道不明的情绪，所不同的是她只把这种情绪深深埋在心底里，杨河一直没有觉察到。

以后玉叶再没看到杨河那个别扭劲，也再没看到他异样的眼神。这么一来，玉叶心里反倒空落落的。她这才想起几年前罗大义说过的话，当时罗大义说玉叶真正爱的是杨河，玉叶听后很生气。现在才觉得罗大义的话是很有预见性的。她确实一直暗恋着杨河。

二十二、姐弟热恋，化解一切恩恩怨怨

75

第二年春天。有一天晚上，艳秋到玉叶屋里来，说她家买下一套楼房，一百一十四平米，花了十六万。玉叶惊讶他们哪来那么多钱。她暗暗算了一下，从买车到买楼房相距还不到六年。好像今天这个社会就是给他们准备下的。玉叶赶紧向于艳秋表示祝贺。于艳秋过来的意思倒不是要玉叶向她祝贺，而是告诉她，他们就要搬到楼房上去住了，可是平房还没有卖掉，在平房卖掉之前，让玉叶帮他们看房子。作为回报，他们只收那间耳房的房租，凉房每月四十元的房租就免了。玉叶当然高兴，不仅仅是因为免房租，而是这么大的院子，就住他们姐弟俩，自由自在。不过她也担心房东过早的把房子卖掉，到时候她又得另外租房子。

很快过了期中，杨河到了最后冲刺阶段。他每天刚破晓就去了学校，中午回来吃口饭又往学校跑，晚上十点以后才能回家。搞得非常紧张和疲劳，睡眠时间不足七小时。玉叶只好暂时停止收破烂，全力以赴为杨河做好后勤保障工作。为了加强营养，玉叶变着花样给杨河做好的吃，鸡、鱼、海鲜都用上了。好在他们有了点积蓄，暂时不至于生活拮据。好容易熬到高考来临，考了三天试。考完以后，杨河感觉不错。玉叶很高兴。

标准答案跟着下来了，要估分填报志愿。七百五十分的题，杨河估了七百一十四分。玉叶领着杨河去向罗大义请教，罗大义说这样的高分报北大、清华没问题。杨河从第一志愿到第三志愿都报了清华大学计算机系。

然后是忐忑不安地等待。杨河几乎每天去一趟学校。又过了几天，考试成绩下

来了，杨河考了七百二十一分，是临海市理科高考状元，还得到了政府的一万元奖学金。玉叶心里这才踏实了。等到八月中旬，杨河终于拿到了清华大学的录取通知书。为了庆贺，玉叶特意把杨河请到迎宾酒楼吃海鲜，同时邀请了罗大义。三个人喝掉了六瓶啤酒，花了二百多元。回到家里已经是十点以后了。

睡下后，也许是啤酒的作用，也许是太高兴了，玉叶一直睡不着。那边的杨河也在不停地翻身。玉叶以为杨河也是高兴得睡不着。又过了两个多小时，玉叶都醒得有些发困了，那边的杨河还在不停地翻身。

玉叶问："杨河，你也睡不着？"

杨河没吭声。他坐起来摸黑穿衣服。穿好衣服又下了地，把灯拉开了。玉叶以为他要出去方便。可是杨河没出门，而是从那边绕过来，扑通一声跪下了。

玉叶赶紧坐起来问："杨河，杨河，你怎么了？"

杨河仍然不吭声。他把头低得很低，几乎就要贴着地了。玉叶穿上衣服，挪到炕沿。杨河还跪着不把头抬起来。

玉叶又问："杨河，你怎么了？倒是说话呀！"

杨河大声哭起来了。

玉叶跳下炕扶住杨河的肩膀："快说，你到底怎么了？"

杨河这才低着头就哭就说："姐，我爱上你了！"

玉叶被杨河的话震惊了。只觉得浑身的血液全往头上涌，脑袋一下子涨大了。身体里好像有无数只蚂蚁在爬行，感到非常不自在。但她同时又很感动，甚至欣慰。这么一来，玉叶也哭了。玉叶心里很乱，似乎有许多话想要说，又不知从何说起。她把杨河扶起来。杨河低下头靠着炕沿站着。两个人都不说话，就这么鼓着。

过了一会儿，玉叶问："你怎么会爱上我呢？"

杨河低着头嘟囔："我也说不清楚。我觉得所有的女人都不如你好，不如你长得漂亮。"

玉叶流着眼泪说："我吃了那么多苦，受了那么多罪，就是为了今天让你爱上我？我一直把你当亲弟弟呀！"

"姐，我也知道这样不对，可是由不得我。"

以下两人各说各话。

玉叶说："我今年二十九岁了，你才十七岁，我比你大十二岁。再过十年，当你二十七岁的时候，我已经三十九岁了。"

杨河说："我从小就有这么一种感觉，你不光是我的姐姐，还是我的母亲，还是我的……情人。"

玉叶说："我辛辛苦苦十一年，就是为了今天？"

杨河说："姐，也许是我太自私，太贪婪了。"

玉叶说："如果只是为了爱情，我付出的代价也太沉重了。"

接下来，玉叶的口气像审讯。杨河也像个接受审讯的人。玉叶问：

"你突然爱上我，是不是一时冲动？"

"不是一时冲动。姐，我爱上你有很长时间了，但我不敢说，怕你骂我。"

"那你就是为了补偿我，报答我。十年前，你哥抛弃了我，你为了报答我对你的养育之恩，就爱上我了。是不是？"

"不是。姐，我真的爱你。我知道爱上你是个罪过，可我还是爱上你了。姐，你惩罚我吧，怎么惩罚都行。你就动手吧。"

玉叶没有惩罚他，而是主动依偎在杨河怀里："杨河，我也爱你！"

玉叶说得泪如雨下。

杨河先是一惊，接着就把玉叶紧紧搂住。两个人抱头大哭。

以后杨河就变得有些任性和蛮横，而且很霸道。他把玉叶抱在炕上，无所顾及地撕扯她的衣服。玉叶被脱光以后，他恨不得将她咬碎，再一口吞下去。杨河又脱光自己的衣服。这时他像忽然想起了什么，站起来，把垂在炕中间的帘子扯掉了。玉叶没有表示反对。

现在，玉叶已经在杨河面前失去了应有的尊贵和威严，成为弱者，像一个面团任其揉搓。她只会发出幸福的呻吟。他们以前都没有做过这种事情，玉叶没有，杨河更没有。可是这又是人的本能，就像吃饭喝水一样，无师自通。只是做起来缺少技巧，比较笨拙，全靠激情在他们两人身上燃烧。他们之间再没有别的，只有爱的火焰。十一年来积累下的干柴一下子被燃成熊熊大火。

玉叶想不到杨河会这么疯狂，甚至于野蛮。她觉得身边的这个人不是杨河，而是另外一个男人。她希望身边的这个男人是杨河，又希望身边的这个男人不是杨河，心里很矛盾。这么一想，她就生出一点失落与悲凉，偷偷抹去眼角的泪水。

76

玉叶当初怎么也不会想到她和杨河的结局会是这样。她说不清这样的结局好还是不好。她不知道该如何把她和杨河相爱的事告诉罗大义，有些犹豫。心想告诉他吧，怕他多心；不告诉吧，以后他知道了会更多心。思来想去，还是决定告诉他。

想不到罗大义听后并不特别惊讶，比玉叶想象的平静得多。这反倒让玉叶有些

失落。

"几年前我就知道会有今天。"罗大义说,"这样,十一年来你对杨河的抚养教育就有了更加合理的解释。"

过了一会儿,罗大义又说:"但我不知道明天会怎样。"

玉叶说:"我怎么就一点儿也没想到呢?"

罗大义说:"都深藏在你的潜意识里,你自己感觉不到。"

此后罗大义像什么事情也没发生,一如既往地和玉叶来往。

77

距离大学报名还有两个多星期,玉叶和杨河依然沉浸在死去活来的疯狂爱恋中。在他们的感觉里,仿佛生活中只剩下"爱情"两个字。如果说杨河还是个孩子,有点把握不住自己的话,那么玉叶简直就是忘乎所以,不管不顾,坠入情网不能自拔了。

他们如胶似漆,无法分开,每天都要逛商场,逛公园,遛大街,看电影。出去的时候玉叶挽着杨河的胳膊,感到心里很踏实。她再不怕别人骚扰,杨河现在完全可以保护她。他们每天晚上都要做爱,有的时候白天也做。由于受过一次失恋的打击,玉叶心灵深处一直藏着一点自卑。和杨河相爱后,这种自卑没有了。这是玉叶十多年含辛茹苦得到的回报,她感到特别幸福。

晚饭后,玉叶挽着杨河的胳膊在马路上散步,杨河长得高高大大,玉叶被他比得娇小玲珑。可是从相貌上看,杨河脸上还有稚气,玉叶却是一脸成熟,让人一看就知道她比杨河大许多。所以别人一看他们玉叶心里就犯嘀咕,一犯嘀咕就紧张,一紧张就心跳脸红。

玉叶笑着说:"杨河,人家看见咱们俩,还以为你陪着你妈散步呢。"

"你本来就是我妈嘛。"走了几步,杨河又说,"你充当着姐姐、母亲、情人三种角色。别人怎么认为我都不生气。"

玉叶说:"我又当姐姐又当妈,还要当老婆,那不把我累死。"

杨河说:"不怕,有我呢。"

两个星期的时光很短暂,过得非常快。玉叶和杨河的感觉里仿佛只过去了两天,他们就要离别了。现在上大学不用带行李,行李学校早准备好了,只要掏人民币就行。杨河只带了一只皮箱和一个塑料袋。一些日常生活用品玉叶让杨河到了北京以后再买。出门的时候,两人抱在一起哭了。在玉叶的记忆中,十多年来,这是杨河第一次离开她,心里非常难过。杨河也很难过。

176

检票进站以后，两个人又拥抱在一起哭了。

杨河说："姐，到了学校我给你打电话。"

"不要打电话，给我写信。再说咱家也没电话。"玉叶又说，"我最喜欢看你写的信。"

"我每个星期给你写一封信。"

"这样最好。"玉叶又提醒他，"不过不能因为写信耽误了学习。"

"不会的。"

玉叶把杨河送上火车，把行李放好。临下火车的时候，玉叶说："杨河，你不能把我忘了。"

"忘不了，姐。忘了全世界的人，我也忘不了你。"杨河又说，"姐，我不知道这四个多月怎么熬过去。熬过这四个多月，我们又能在一起了。"

听了杨河的这句话，玉叶又担心他不用心学习，叮嘱说："你可不能因为想我耽误了学习。"

"我知道。"

说完话，两个人又拥抱了一下，玉叶转身走下火车。

罗大义也说过要为杨河送行，但至今未到，似乎在有意回避他们。火车快开了，他才赶来。杨河从车厢里伸出半个身子和罗大义拥抱。

杨河问他有何吩咐，罗大义说："对你来说，最好的吩咐是什么也别吩咐。祝你一路走好。"

火车缓缓开动了，越走越快。杨河探出头向他们招手。当杨河从玉叶眼里完全消失之后，她一下子呆住了。她的感觉好像五脏六腑全被掏走了，大脑也被掏空了。罗大义拉了她一把，她才如梦初醒似的跟着罗大义走出车站。

罗大义说："再过四个多月他就回来了。"

玉叶什么也没说。

二十三、昙花一现，过了终点是起点

78

杨河上大学走后，玉叶并不感到特别孤独。虽然只剩下她一个人，她总觉得杨河还和她在一起。她仍然坚持每天收破烂，起早贪黑，感觉很充实。她甚至自信地认为自己是个成功者。十一年里，她用心血培养出一名优秀大学生，也浇灌出一朵灿烂的爱情之花。原来她只把杨河当作弟弟，现在杨河不仅是她的弟弟，而且是她今天的情人，未来的丈夫。所以她感到特幸福，特满足，特有成就感。

杨河走后第五天上午，玉叶在一幢居民楼下捡破烂，一个女人的哭声从四楼窗户传出来。楼道口站着几个老人和妇女，你一言他一语地议论一件事情。玉叶一边从垃圾筒里捡破烂，一边听他们说话。一会儿开来辆警车，从车上下来两个警察，一前一后上楼去了。那个女人的哭声也停止了。只听见警察和她说话，但是听不见他们说什么。又过了一会儿，警察从楼上下来，向楼道口的几个居民了解一下情况，就把警车开走了。

玉叶把听到的只言片语拼凑连缀起来，就成了这样一个具体的故事：女主人名叫伊娜，今年三十八岁，是电视台的节目主持人。一说伊娜，玉叶脑海里马上出现了她的形象：美丽、端庄、高雅。她主持的社会生活节目贴近生活与实际，是一道大众化的家常菜，玉叶比较喜欢。一年多以前，她的丈夫（电视台编导）因车祸丧命。半年前的一天，一个二十三岁的男青年闯入伊娜的生活。男青年比她小十五岁，英俊儒雅，充满朝气，是刚毕业的大学生，被招聘到电视台当记者。他们很快一见倾心，互相爱慕，都有一种相见恨晚的感觉，只谈了两个小时就上床了。一个星期后，他们正式公开同居了。尽管没领结婚证，但和真正的夫妻没什么区别。

三天前，男青年突然失踪。伊娜还以为他有什么急事出门了，没来得及告诉她。所以她就等。今天早晨，她才发现家里的贵重物品被洗劫一空，包括钻戒、项链、金条和二十二万元现金，总价值三十五万元。伊娜马上报案。警方经过认真勘察，基本上认定系她的情夫所为。

他们在讲述这件事情的同时，还加上各自的评论，得出的结论是：自古以来，老夫少妻一般都能够白头偕老，老妻少夫没有一例成功的，不过五年都要出问题。

这件事对玉叶触动很大，她由伊娜和那个男青年的关系联想到她和杨河的关系，又由杨河联想到杨江，还有杨江给她的那封令她刻骨铭心的绝交信。伊娜比那个男青年大十五岁，她比杨河大十二岁；伊娜和那个男青年是未婚先居，她和杨河也是未婚先居。她也知道杨河不是那个男青年，不会坏到洗劫钱财的程度。但她又不敢保证杨河的情感不发生变化。她冷静地反思和杨河的恋情，情绪化的成分似乎多了些，理性的成分似乎少了些。杨河只有十七岁，还未真正长大成人，许多事情还是孩子的思维，这就难免以后他的感情不发生变化。杨河长得那么像他的哥哥，简直就是一个模子里脱出来的，谁又能担保他的人品不像他的哥哥呢？杨河的哥哥能给她写那种信，就不能排除杨河也会给她写那种信。这些负面的东西接二连三涌进玉叶的脑子里，搞得她连一点好心情也没有了，整天都在想着这件事情。

当天晚上，玉叶做了一个十分可怕的梦。梦里她收到了杨河的来信。杨河在信中要求结束两人的爱情关系，只保留姐弟关系。他说玉叶比他大十二岁，只能做他的姐姐，不能做妻子，所以他在大学里重新找了一个女朋友。玉叶看了信以后放声痛哭。最后决定服毒自杀。就在她前去买药的途中，把自己哭醒了。醒来以后早已泪流满面了。她再没有睡，一直想她和杨河的事。思来想去，她总觉得这梦是个不祥之兆。

玉叶又觉得杨河和他哥哥不一样，是她一手带大的，不会做出那种绝情的事来。但她又特别害怕杨河做出那种事来，心里很不踏实。玉叶怀疑自己钻进了牛角尖。她需要倾诉，需要交谈，应当听听别人怎么说，尤其想得到别人的鼓励和安慰。她想知道她和杨河的关系到底该怎么办？有没有希望成为伴侣。罗大义当然是最好的倾诉对象，他会无私地为她出主意，想办法。然而不知为什么，眼下她还不想让罗大义知道这件事。想来想去，最后决定听听陌生人怎么说，她总觉得他们的意见比较客观。

第二天，玉叶把自己装成玉叶的表妹，出去为"表姐"咨询。她在市场、商店都走了走，但是太乱太嘈杂，都不是说话的地方，也没有合适的交谈对象。后来她

走进一家书店。书店不大，好像是个体的。店主是一位二十出头的女孩，长得不算漂亮，但是气质不错，显得端庄文静，透出那么一点东方女性的美。刚好这阵儿店里除了玉叶没别的顾客，玉叶想把女店主作为她的第一个咨询对象。为了让女店主对她产生好感，她特意买了一本《爱情婚姻一百问》。

她过去交钱的时候，女店主说："这本书不错，能说到点子上。"

玉叶趁机说："是给我表姐买的。"

女店主只"噢"了一声就再没话了。

玉叶又说："最近她遇到点麻烦。"

女店主又"噢"了一声，不问她遇到了什么麻烦。玉叶有些失望。但她没走开，说："她男朋友上大学去了。她怕男朋友另有所爱，从早到晚愁得吃不下饭，睡不着觉。"

女店主望着她："有这么严重？你这个表姐也太不自信了。"

"也不是不自信，她是有隐忧的。"

玉叶看出女店主对这个话题有了兴趣，便把当初杨江和"表姐"如何绝交，杨江的弟弟杨河又如何缠上"表姐"，"表姐"把杨河带到临海市，十一年含辛茹苦地抚养他，供他上学，最后杨河考上大学，两人相爱同居，都告诉了女店主。女店主聚精会神地听着，简直入迷了。玉叶现在就怕进来新的顾客，一来顾客，女店主就顾不上和她说话了。好在暂时还没人进来，玉叶心中窃喜。

女店主笑着说："你给我讲了一段传奇故事。想不到世界上还有这种事情。你那个表姐呀，有意思。"

"那你说我表姐该怎么办？"

"怎么办？很好办。"女店主说，"赶快找个有钱的男人过日子。不要指望那个十七岁的大学生将来娶她。都什么年头了，还有这种傻帽，能把背叛者的弟弟供养十一年，真是闻所未闻。"

"可是他们已经同居过了。"玉叶提醒她。

"同居能说明什么呀？"女店主又说，"如今随便同居的很多，睡一晚上，第二天各奔东西，这样的露水夫妻多的去了。"

"照你这么说，我表姐的男友真的会抛弃她？"

"百分之百。"女店主胸有成竹，"你想，人家才十七岁，她都快三十了。叫人家怎么娶她？根本不可能。"

玉叶听得目瞪口呆。

女店主说："叫我说，你表姐还是应该实际一点，不要在一棵树上吊死。就是男友要她，现在好像还看不出什么，时间一久，问题就出来了。现在你表姐二十九岁，男友十七岁，再过十年，你表姐将近四十岁，男友才二十七岁，再过二十年你表姐快五十了，她的男友还不到四十岁。想想看，一个近五十岁的女人和一个三十多岁的男人在一起生活是什么样子？不信你走着瞧，不出两年，她的男友就会在大学里找到新的女朋友。"

这时有几个顾客进来，女店主正说在兴头上，已经顾不上搭理他们了。

玉叶说："她的男友多次说过非她莫娶。他说他已经把她爱进骨子里了。"

"现在谁相信那些海誓山盟呀？都是鬼话。什么爱情不爱情，都是利益交换，互相利用，同床异梦。你表姐一无职业，二无金钱，一个名牌大学的学生能和一个大他十二岁的女人生活在一起？"女店主停了一下又说，"回去好好劝劝你表姐，要为自己的幸福考虑，再不要痴情了，否则要吃大亏的。"

玉叶没有绝望，她把《爱情婚姻一百问》伸到女店主面前，不服气地说："那你还卖这种书干什么？"

女店主压低声音说："都是蒙人的，谁信？"她发现说漏了嘴，又说："不过这本书还是讲出了一点道理。"

女店主给她泼了冷水，玉叶觉得很失望，很沮丧。可是又觉得女店主说得太片面，太绝对，太夸张，没有多少依据，不能让她心服口服。但是听了女店主的话，玉叶心里还是很沉重。心情越沉重，就越想得到支持。她想离开书店到别的地方去。

恰好这时进来一位白胡子老头，精神矍铄，腰骨笔直。女店主迎上去说："孙爷爷好！又来买书了？"

老头："小马，最近又进来什么好书了？"

"您看看新书专柜就知道了。"

原来他们认识。女店主可能还惦记着玉叶的"表姐"，有点心不在焉。她对老头说：

"孙爷爷，现在怪事可真多呀。"

老头转过身来问："小马，又出什么怪事了？"

女店主指着玉叶说："她表姐爱上了一个小她十二岁的男孩。"

"这有什么好奇怪的。"老头说，"这年头还有二十几岁的小伙子娶七十多岁的老太太做老婆的呢。"

女店主又把刚才玉叶对她说的话向老头转述了一遍。

玉叶也走过来说："爷爷，您说我表姐该怎么办呢？"

"叫我说呀，你就回去劝劝她，再不要痴情了。这年头，还哪里有什么真情？

都认这个。"老头做出捻钞票的动作，"亲情、友情、爱情都被孔方兄俘虏喽。"

玉叶说："那您说我表姐该不该再等他？"

"等，能等得上吗？等到何年是个头？那孩子和她一刀两断是迟早的事。现在的大学能培养出好人？"老头又说，"你表姐太善良太无私了，令人钦佩。如今这种人太少，犹如大海捞针！可是这年头，好心得不到好报，多亏了她的一片好心哪！要在二十多年前，不要说睡了觉，就是拉一拉手，也算私定终身，不可反悔的。现在的社会，今天领了结婚证，明天就去离婚的有的是。"

玉叶说："我表姐抚养他十一年，他不能不讲良心吧？"

"现在良心值几个钱？良心都给狗吃啦！"老头激动得脸都红了，"世风日下，世风日下呀！"

老头这么一说，玉叶就更加失望了。但她想不通，按说老头对现实不满，看不惯现在的社会风气，就应该支持他们的爱情，可他不但不支持，而且从反面证明她和杨河的恋情不实际，好像根本不该发生似的。不过玉叶还没有完全泄气，觉得老头的话里牢骚的成份多一些，是九斤老太的心理，总觉得一代不如一代。她认为女店主也好，白胡子老头也好，都是知其然，不知其所以然，再加上经历、阅历所限，看法难免主观片面。她索性哪儿也不去了，就在店里等，看看别的人怎么说。

一会儿进来一位中年男人，戴着眼镜，样子比较斯文。他进来后，女店主也过去打招呼，原来这个人她也认识。

女店主对玉叶说："尹老师是专家，你向他咨询一下，看他怎么说。"

老头不高兴了，瞅了尹老师一眼说："他又要发谬论了。我听不惯他发谬论。"

老头说完头也不回地出去了。尹教师大度地望着老头的背影笑了笑。

一问才知道尹老师是临海大学教授，专教社会学。女店主把"表姐"的事说给尹老师听。玉叶又作了一些补充，如在菜市场卖菜、给李局长当保姆等。尹老师没有马上发表意见，而是把手掏在裤兜里转圈儿。看样子在认真思考。

转了几圈后，他站在玉叶面前说："这件事情的确很离奇。奇的不是弟弟爱上姐姐，他们本来就没有血缘关系；也不是十七岁男孩爱上了二十九岁的妇女，老夫少妻、老妻少夫早已司空见惯。奇的是一个女孩居然能把一个非亲非故而且背叛她的男人的弟弟抚养十一年，还供他上了大学。这是一件很值得研究和探讨的事情。"

玉叶似乎又有了希望，想继续听下去。尹老师却不说了，又踱着步在地上转圈儿。玉叶专门数了一下，他转过五圈后，才站在玉叶面前说："你表姐的行为的确很高尚，别人却说她是个傻瓜；她为了自己的操守和尊严，宁可收破烂也不靠色相吃饭，别人却说她有病。这就是当今社会的价值观。"

玉叶仍然没得到她想要的东西。尹老师又转了五圈后，停在玉叶面前说："你表姐的观念和行为放在二十多年前行，放在现在不行；放在农村行，放在城市不行。以后恐怕在农村也不行了。过去道德的东西现在被视为不道德；过去不道德的东西现在被视为道德。举例说明：过去婚外情得偷偷摸摸地搞，否则会被唾沫淹死，现在婚外情是地位、富有、能力的写照，是炫耀的资本。你表姐身上的确体现出许多传统美德。比如：她收养杨江的弟弟，说明她以德报怨，大度善良；她宁可不卖菜也不想面对那些贪婪的眼睛，说明她生活作风正派，不靠色相吃饭；几个人找上门来，用高薪引诱她搞色情服务，被她一一拒绝。还有在李局长家，也许别的女孩早就跟那老头睡了，就是不睡，为了钱，也要和他保持一种若即若离的关系。可是你表姐没这么做，宁可去收破烂。这些都说明她洁身自好，把贞操和尊严看得高于一切。这些等等的美德今天看起来仍然美丽，可惜已经不会有人为它唱赞歌了。我们只能为它唱挽歌。我是大学老师，大学校园里的情况我比你知道得多。现在的大学生男女同居很普遍。为了挣钱，女生卖淫，男生当鸭子的越来越多。少数洁身自好、看重贞操的学生反而被人瞧不起。所以你表姐的男朋友也不可能生活在真空里。你表姐现在所要做的不是和社会赌气，抗争，而是尽快融入这个社会，否则寸步难行。"

　　玉叶听了不寒而栗，问："照您这么说，我表姐全错了？"

　　尹老师说："说不上谁对谁错，谁是谁非。存在的就是合理的。你说今不如昔，可是今天的人比过去有钱；你说农村民风淳朴，可是农村比城市穷多了。"

　　玉叶还是没得到自己想要的东西，尹教师一直在兜圈子。她一心想要知道的所以然大概就是这样。她正要说什么，尹老师又开始转圈儿了。

　　转过五圈后，他又停在玉叶面前："结论：不出一年，那个小男孩会在大学里找到新的情人。劝你的表妹尽快忘记他，另打锣鼓另唱戏，寻找自己真正的幸福。再不要做傻事了。"

　　说完后，尹老师再不理她，到一旁翻书去了。

　　女店主对玉叶说："我说的没错吧？快去做你表姐的工作，再不要痴情了。"

　　玉叶一脸绝望地从书店里出来了。

79

　　离开书店后，玉叶心情更坏了。女店主、白胡子老头、尹老师的话对玉叶来说无疑是一个致命的打击。这就是社会舆论。他们虽然只有三个人，但是代表着不同年龄、不同性别、不同知识层次人群的观念。再问其他人，估计大体上也是这种看

法。就像一块土地，本来种着玉米，偶然长出一株高粱来，农民也要让它活不成，非让它死掉不可。玉叶没有了往日的自信，再不敢对她和杨河的恋情盲目乐观了。

玉叶现在是这样一种心境，盼望杨河快快来信，又害怕杨河来信；从早到晚满怀希望，又害怕失望。总是疑神疑鬼的。她每天晚上失眠，整夜整夜睡不着，到了白天便无精打采，胡思乱想。她失去了生活的信心，做什么也打不起精神来。

杨河走后第十二天，玉叶终于等来了他的第一封信。玉叶想了一下，这个时间收到杨河的来信是适当的。杨河在路上走两天，到学校后要报名、住宿、参加开学典礼、购买生活用品，总共用去四五天；这时杨河对学校已经有了一些感性认识，可以给玉叶写信了。信从北京发出，再送到玉叶手里，怎么也得五天时间。可是杨河不知道，这十二天玉叶承受了多大的精神压力啊！

玉叶拿着信左看右看，左掂量右掂量，就是不敢拆。她害怕是杨河的绝交信。她也知道杨河不可能这么快就背叛她的感情。理性地分析，她也认为不可能。刚到北京，杨河对校园里的一切，包括老师、学生以及校园环境都还很陌生，在这么短的时间里不可能交上新的女朋友。此其一。其二，杨河六岁上学，比规定年龄小一岁，小学期间又跳过一级，在新生中他的年龄应该是最小的，这就对他结识新的女朋友带来一定难度。哪个大女孩会注意到一个十七岁的小男孩？但她很快又否定了自己：说环境陌生，一见钟情的恋人并不鲜见；说杨河年龄小，她比杨河大十二岁，怎么就好上了呢？她认为任何情况都可能发生。

更要命的是杨河长大以后和杨江长得一模一样，在她眼里，哪个是杨河，哪个是杨江，已经有些分不清了。杨江就是杨河，杨河就是杨江，仿佛他们本来就是一个人。她爱上的既是杨江，也是杨河，既是杨河，也是杨江。既然这样，她就不敢保证这封信不是一封绝交信了。

玉叶思量来思量去，还是不敢把信拆开。她想等到杨河寄来第二封信后，再拆看他的第一封信。这样她心里才会踏实一些。

一星期后，玉叶果然收到了杨河的第二封信。她激动得心跳气喘，浑身打战。她颤抖着双手把第一封信拆开，一口气读下去。

杨河在信里仍然称呼她"亲爱的姐姐"。信写得很细，先介绍路上的情况，再介绍对北京的印象和学校的情况，以及入校后的一些观感和体会。玉叶一直面带会心的微笑读这封信。可是读到后半部分，她流泪了。信中说：

亲爱的姐姐，十一年了，我没有一天离开过你。我们朝夕相伴，无法分开。这是我第一次离开你到遥远的北京来。我非常想你，就如弟弟思念姐姐，孩子思念母亲，丈夫思念妻子。我思念你母亲般的胸怀，思念你仙女般的容颜，思念你菩萨般的心灵。我思念咱们共同拥有的那间小屋，思念共同拥有的那盘土炕，思念咱们在一起的每一天，每一夜，每一刻。不过请你放心，姐姐，我不会因为思念荒废学习，我要发奋学习，为你争气。

亲爱的姐姐，你不只是我的姐姐，你还是我的母亲，我的情人。对我来说，你是一个拥有多重身份的伟大女性。由于你占据了我所有的心灵，任何其他女人在我面前都将变得黯然失色。

多多珍重，亲爱的姐姐，请相信我，我会使你幸福的。永远。

看完信，玉叶早已泪流满面，泣不成声了。杨河还是原来的杨河，他没有变。她一连把信看了十五遍。每一遍给她的感觉都是新鲜的，每一遍都能看出一些新意来。

但她不敢拆开杨河的第二封信，她害怕信中有她不希望的内容。等下封信来了再说吧。这样想过以后，玉叶开始给杨河写回信。

从此以后就形成了一种惯例，每当收到新来的信以后，玉叶才拆看上一封信。也就是说，她手里永远有一封没有拆开的信。

80

收到杨河的第三封信后，玉叶就把第二封信拆开了。第二封信的内容与第一封信大同小异，除了介绍学习情况、生活情况，就是对玉叶的思念之情，爱恋之情。玉叶当然很高兴，但是在回信中，她却要求杨河不要过分想她，要安心学习。对于她的景况，她只字未提，信中只说她很好，要杨河放心。

杨河基本上每星期给玉叶写一封信，周六晚上把信写好，周日发出去。玉叶呢，往往收到的是第二封信，回信的内容针对的却是第一封信。这个问题杨河也发现了，来信寻问，玉叶随便找了个理由搪塞过去。

玉叶每星期都能看到杨河的来信，特别高兴。但是当她一想起十几年前杨江的那封绝交信，想起女店主、白胡子老头、尹老师说的话，就不由得恐惧，害怕有朝一日杨河把她给甩了。他从早到晚提心吊胆，疑神疑鬼，而且经常失眠。

连玉叶也奇怪自己怎么突然变得这么脆弱了。当年杨江对她伤害很大，她悲痛欲绝，但她没有倒下，挺过来了。这次还不知道结果会怎样，她就受不了了。她和杨河在临海市生活了十一年。十一年的磨炼使她变得成熟了，坚强了，也有了比较

丰富的社会经验。可是在和杨河的恋情上，她怎么就不能理性对待，总也想不开呢？

自打杨河上学走后，院子里就只剩下玉叶一个人。除了出去收破烂，她从早到晚待在屋子里。罗大义由于出差，也有些天没来了。玉叶把自己封闭起来，幻觉般地回忆和杨河在一起的日子。

直到有一天罗大义到这儿来，才发现玉叶整个儿变了个人似的，面黄肌瘦，一脸憔悴，连眼睛都塌陷下去了。罗大义吓出一身冷汗，吃惊地问："玉叶，你怎么了？怎么成这样了？"

玉叶苦笑了一声，没说话。

"病了？"

玉叶含泪摇头。

"那是怎么了？是不是有人欺负你了？告诉我，罗哥给你报仇。"

玉叶又苦笑说："是我自己欺负自己。"

罗大义不解地看着她："这是什么话？"

"罗哥，我觉得我的神经有些不正常了。"

"快说，怎么不正常。"

玉叶这才把杨河上大学走后发生的事情告诉罗大义。

罗大义一直认为玉叶和杨河的爱情是个悲剧。但他又不能因为是悲剧就去干涉他们，古今中外的爱情悲剧正因为它们以悲剧的结局收场，才显得格外美丽和独具魅力。罗大义不能劝说玉叶放弃与杨河的爱情，那样玉叶会多心的。就是劝，玉叶也不一定听他，何况玉叶从来就不认为是悲剧，甚至是喜剧呢。罗大义只能在其他方面照顾她。想不到才一个来月时间，玉叶就变成这样了。

"玉叶，没那么严重。你的神经比我的还好。"罗大义又说，"不过医院还是要去的。我们现在就去。"

罗大义把玉叶领到市医院神经科。他怕玉叶有想法，就说："来神经科不一定有神经病。我担心你神经衰弱。"

玉叶笑了："罗哥，你不要神经过敏好不好？我没什么想法。"

罗大义也笑了："你看，经你这么一说，我倒有神经病了。那就让神经过敏的人看神经科吧。"

经过一番诊断，医生说玉叶患了中度抑郁症，给她开了一个星期的抗郁药。趁玉叶去卫生间的空儿，医生问罗大义："她是你妻子？"

"不是。是我朋友。"

"女朋友？"

"不是。是一般朋友。"

医生表情严肃地叮嘱说："抑郁症往往有自杀倾向，要多加小心。"

罗大义虽然点了头，但他很为难。为难的倒不只是他每天要去学校给学生上课，怕看不住玉叶，而是根据目前他和玉叶的关系，他不可能寸步不离地看守玉叶。自杀是几分钟就能得手的事。比如晚上，他不可能和玉叶睡在一起看她。他只能耐心地给她做思想工作，让她放弃死的念头。

把玉叶送回家，罗大义说："玉叶，听哥的话，不要胡思乱想，好好过咱的日子。没什么想不开的事，天塌下来有罗哥顶着，你只要在罗哥这棵大树下乘凉就行了。"

玉叶一下子感动得哭起来了。罗大义认为哭一哭也好，让她好好渲泄一下，心情就会好一些。罗大义又叮嘱了一番，一直等玉叶点头以后，才到学校上课去了。

这就多亏了罗大义。他每天早晨先去学校报个到，就赶紧到玉叶这儿来，看一看，说说话，再跑回学校上课。中午放学后，他先来玉叶这儿，要么在玉叶这儿吃午饭，要么两人一起去饭馆吃。下午下班后，罗大义在学校食堂买两份盒饭，带到玉叶这儿。吃完饭，再和玉叶聊天，直到夜里十一点以后，他才回去。每次来，他都要认真观察玉叶的情绪。服用过一段时间抗郁药，玉叶的睡眠状况改善多了。睡眠一好，心情就跟着好起来。只是一想起杨河，她就会紧张，就会提心吊胆。

这样一直持续到收到杨河的第十三封信，已经进入十二月份的严冬季节了。

二十四、生离死别，结局无法大团圆

81

几个月来，每天来看望玉叶四次，已经成了罗大义的例行公事。他每次必来，风雨无阻。

玉叶的病情时好时坏。她还和以前一样，只有收到新的来信后，才把上次的来信拆开。按说几个月过去了，没发生什么变化，她应该放心了。但是玉叶不这样认为，杨江的绝交信就是发生在半年以后。她甚至认为这一天迟早会到来，杨河迟早会了断他们的爱情关系。因此她心里就从来没有踏实的时候。十二月中旬的一天，罗大义早晨没来，这是三个多月以来的唯一一次。玉叶感到很奇怪，心里七上八下的。

上午九点以后，玉叶觉得罗大义该来了，但是还没有来。玉叶心里就更慌了。

大约十点钟，玉叶听见有人敲门，她以为是罗大义来了。结果进来的是个陌生男人。

那个男人问她："你就是玉叶？"

"对。"

"我是二中的老师。罗大义出了车祸，正在医院抢救。"

"啊！"玉叶惊叫起来。

"他说他想见见你。"

玉叶跟着他走出院门，外面停着一辆小车。玉叶坐上小车到医院去了。一路上，玉叶心里一直在嗵嗵地跳，她想知道罗大义伤了什么部位，情况是否危急，但她害怕，始终不敢问。

罗大义正在急诊室抢救，浑身上下都被医疗器械武装了，鼻子上插着氧气，胳膊上正在输液，还有心电图监视。穿白大褂的医生和护士走来走去。罗大义的神智似乎很清醒，玉叶进去后，他还向玉叶微笑了一下。但是他的脸色很不好，没有血色，一片蜡黄。可是玉叶怎么也看不见罗大义受伤的地方，头上好好的，身上也好好的，没有一点儿血迹。玉叶这才放下心来，估计罗大义不会有大的问题。

就在玉叶小心往罗大义跟前移动的时候，听见医生对身边的护士低声说："够呛。肝脏破裂，内脏出血。"

玉叶的心一下子悬了起来。她不知道这种情况能不能抢救过来。她过去握住罗大义的手。

罗大义笑着说："玉叶的小手好柔软啊。"又笑着说："玉叶，只要你来，我就什么也不在乎了。"

玉叶："罗哥，我来陪你。"

罗大义这时候还不忘逗笑话："我听说有美女在身边陪着，病就好得快。"

玉叶："那我就一直陪你到痊愈出院。"

"出院以后就不陪了？"

"陪。"

"陪到什么时候？"

"永远。"玉叶又说，"罗哥，如果不遇上你这个知已，我不可能在临海市住这么久。"

学校和教育局领导来看罗大义，主要领导每人手里拿着一束鲜花。玉叶把地方让出来，站到一边去了。玉叶从他们口中知道了车祸的原因：早上罗大义从学校出来（玉叶估计是去看她的）。在校门前的马路上，一个学生眼看着和一辆急驶而来的出租车撞在一起，情急之下，罗大义冲过去推那个学生，他被撞出三米多远。前后也就四五秒钟时间。结果那个学生得救了，罗大义受重伤被送进医院。

被救的学生名叫武云彬，初中三年级学生。他的父母也带着他来看罗大义。由于来了许多领导，武云彬和他的父母只能站在后面。

教育局长说："罗老师，你这是舍己救人。我们一定要认真学习你的英雄行为，大力宣传你的英雄事迹。"

玉叶从罗大义脸上看出了明显的不耐烦。罗大义摇头说："别，别。如果你们尊重我，就什么也别说，什么也别做。我没那么高尚。"

罗大义示意武云彬过去。武云彬过去了。罗大义说："武云彬，我们和好吧？"

武云彬一下子痛哭起来。他的父母站在后面陪他哭，一边说着感激罗大义的话。

189

罗大义说："小家伙在黑板上写字骂我，说我思想反动，是美国人的一条狗。我不计较。"

他们走后，玉叶又来到罗大义身边。

罗大义说："玉叶，我有个请求。"

"罗哥你说。"

"我能不能吻吻你的手背？"

玉叶的眼泪止不住淌下来了。她说："罗哥，你吻我哪儿都行。"

玉叶把手伸给罗大义。然后又弯下腰，把她的脸颊送在罗大义的唇上。她也吻了罗大义的脸。罗大义脸上漾溢着幸福的笑容。他说："玉叶，如果我死了，你搬到我那儿去住吧。"

"罗哥，我不允许你这样说话，好端端的怎么能死呢？"

罗大义摇头。

玉叶始终握住罗大义的手，好让他觉得有个依靠。因为罗大义是北京人，虽然打了电话，家人还没有赶到。只有玉叶陪在身边。

罗大义的情况一会儿比一会儿差。到后来，连睁开眼睛的力气都没有了。他使劲把眼睛睁开，瞅着屋顶说："我被历史的车轮碾得粉碎。"

罗大义说完又把眼睛闭上了。玉叶听不明白他说的是什么意思。

歇了一会儿，罗大义又说："也好，死了清净。"

这是罗大义生前说的最后一句话。玉叶伏在罗大义的遗体上痛哭，还握着罗大义的那只手，可是罗大义的手已经冰凉甚至僵硬了。

把罗大义的遗体送进太平间后，玉叶跑出去买来一束兰花放在遗体上。

据医生说，罗大义是内伤，肝脏破裂了，血液流进内脏。血流尽了，他的心脏也就停止跳动了。

玉叶从医院出来往回走，眼里一直在流泪。街上是来来往往的车辆和行人，十分拥挤。玉叶却觉得世界上光秃秃的只剩下她一个人。街上的噪声吵得人头昏脑涨，她却什么也听不见，只能听见自己的呼吸和心跳。她感到特别孤独和无助。她想哭，却找不到一个哭的地方。回到屋子里，她才痛痛快快大哭了一场。

82

罗大义去世后，玉叶就更孤单了。她现在才发现，在临海市的十一年里，她的精神原来是靠罗大义支撑着。玉叶很奇怪，她爱的是杨河，精神上依赖的却是罗大义。

罗大义一走，她就彻底垮了。她依然整夜整夜睡不着，饭也只吃一点点，没有食欲。

她把药也停了，觉得靠吃药维持生命没什么意义。但她还去买药。她把医生开的药只保留安定片，别的都扔了。二十片安定是三天的药量，所以她每隔三天去一趟，把买来的药片存起来。

杨河仍然每星期来一封信，玉叶也按时给杨河回信。玉叶还和以前一样，把新来的信保存起来，只拆看一星期前的来信。杨河的信写得总是那么热烈，总是那么充满激情。只有在读杨河的信的时候，玉叶死去的心才会有活力地跳跃几下。可能是学习太紧张，杨河的来信明显比以前简短了。但是玉叶总觉得，收到杨河最后那封信是迟早的事情，所以她的情绪一直处在一种灰色状态中。

进入元月，玉叶连续两个星期没收到杨河的来信。杨河不来信，压在玉叶手里的那封信就不能拆。她想也许是杨河太忙了，连写信的时间都没有。可是她又觉得不甘心，心想就是忙，那怕写上三言两语也行啊！于是她就等。又等了一星期，杨河还是没有来信。玉叶这才觉得大事不好了，认为这是杨河变心的征兆，写信都写得有些不耐烦了。

玉叶想做的第一件事是付清前三个月的房租。本来说好一个月付一次房租，自从房东搬到楼上去住以后，他们轻易不过来。他们不过来，房租就没法付，因为玉叶不知道他们住哪儿，一拖三个月就过去了。正好那天房东两口子坐着小车过来，陪一个买主看房子。买主是骑摩托车来的。看完房子，房东两口子要走的时候，玉叶过去把房租交给他们说："我把这个月的也交到二十号。二十一号我要搬走。"

于艳秋问："你要搬到哪儿去？"

"房子还没找好。"

王宝良："走的时候你把院门一锁就行了。钥匙嘛，你先拿着。我们也带着钥匙呢。"

于艳秋没有表示异意。

接下来，玉叶又到殡仪馆向罗大义做最后的告别。可是到了殡仪馆，怎么也找不到罗大义的骨灰盒。

她只好询问殡仪馆的工作人员："先生，我吊唁987号，可是找不到他的骨灰盒。"

"是那个姓罗的死者吗？"

"对。"

"他的骨灰盒被他的家人带到北京去了。"

玉叶非常失落，感觉就像来找活着的罗大义，罗大义却不辞而别，到遥远的地方去了，而且永远不回来了。使她非常失落和伤感。

从殡仪馆出来，她又打车到罗大义的房子上去，因为他们曾经在那儿度过许多美好时光。到去以后，发现院门从里面锁着，玉叶就知道里面有人。她感到奇怪，不知道里面住着谁。她敲门，一会儿有人过来把院门开开了，是个中年男人。

他打量着玉叶问："请问你找谁？"

玉叶不知道如何回答，犹豫了片刻才问："这儿以前住过一个姓罗的人？"

中年男人回答："噢，他不在了，去世了。我把他的房子买下来了。"

"是谁卖给你的？"

"是他的家人。"

玉叶想起罗大义临终前曾经说过让她搬过来住。她当时就觉得不可能，结果还是被他的家人卖了。玉叶没有进去，退出来。这又让她失落伤感了一次。她只好往回走。

正值下班高峰，学校也放学了，街道上的车辆和行人很多。玉叶觉得世界上的人多得就像地上的蚂蚁，挤压得她喘不过气来。

她在人流车流里走着，不停地摇头苦笑，自言自语地说："唉！我真是个多余的人。"

又过了一星期，玉叶还是没收到杨河的信。她几乎百分之百地认为，杨河变心了，肯定有了新的女友。杨河以后即使再给她来信，也是以弟弟的口气给她写信。玉叶对杨河已经没有什么期待了。她把那封还没有拆开的信丢进火炉，用呆滞的目光瞅着火苗，嘴角露出一丝嘲弄的笑意。

"我傻！我真傻！"她说。

"我傻！我真是太傻了！"她又说。

火苗在火炉里跳了几跳，很快熄灭了，只剩下黑色的灰烬。

玉叶平静地说："杨河，你想怎么就怎么去吧。我要走了。"

下午，玉叶把杨河账户上的存款全部取出来，又通过邮局给杨河汇去。

第二天早晨，纷纷扬扬下起了大雪，但是玉叶不知道。早上起来出去一看，大地一片白茫茫。大片大片的雪花正在飘落。这天是二〇〇四年十二月七日，星期二，农历十月二十六。她本来计划十二月二十日离开这里，有了这场大雪，她的心情忽然愉悦起来，便提前到今天离开了。她换上一身自己最喜欢的衣服，然后对着镜子梳妆打扮。出来的时候，她没有忘记把那个盛满安定片的药瓶带在身上。从屋里出来，她把房门锁上。走出院子，她又把院门锁上，然后向东拐过去。她上了马路，又一直往北走。路上还有稀稀拉拉的车辆和行人。玉叶现在好像卸下千斤重担，从身体到心灵都很轻松，似乎一切都与她无关了。

走到路的尽头就到郊区了。穿过一个村庄是广袤的原野，被白雪覆盖。这儿几乎看不见一个人，也看不见一头牲畜，显得那样静穆。这时候她又说了一句没头没脑的话："我想守，终究还是没守住。"

说完这句话，她掏出药瓶，把一百片安定片都倒在手里，分两次吞下去。由于无法下咽，她弯腰抓起一把雪塞进嘴里。雪在嘴里化成水，水又把药片冲下去了。

玉叶继续往前走，走了大约五百多米，她突然觉得特别困倦。她就在雪地里躺下，头朝东，脚朝西。她想把眼睛睁开，却怎么也睁不开，很快就睡着了。大片大片的雪花温柔地飘落在她的身上……

2004 年初稿

2013 年 5 月 1 日改定

二十四、生离死别，结局无法大团圆